小林信彦／著

●●

# 紳士同盟



扶桑社文庫

0500

目次

# 紳士同盟

# プロローグ　一九四七年渋谷

もし、若い読者《あなた》が、時間の裂け目に落ちて、一九四七年（昭和二十二年）の東京のどこかに、急にあらわれたとしたら、そこが地球上のどこであるのか、見当がつけにくいにちがいない。

一九四七年の早春、といえば、敗戦の夏から一年半後である。官公庁職員の賃上げ要求がこじれて、日本最初の大ゼネストが、二月一日に予定されていた。

だが、一月三十一日の午後、ＧＨＱは、マッカーサー元帥の名の下に、ゼネストを禁じた。ききとりにくい国民型ラジオが、それを日本中に報じた。

この年の一月には、当時の日本人にとって驚くべきことが、もうひとつ、起っている。一月十五日、新宿帝都座五階で、日本最初のヌード・ショウが上演されたのである。

まず、帝都座五階劇場について、説明の必要があるだろう。

帝都座、といってわからぬ向きも、のちの新宿日活といえば、ああ、と思い出されるであろうか。伊勢丹の前にあったこの建物は、数年まえにとりこわされ、現在は丸井新宿店本館が建っている。

当時の名は帝都座——その五階に小劇場ができ、柿板落《こけら》し公演として「ヴィナスの誕生」が上演されたのである。

作者《わたくし》は、いちおうヌード・ショウと書いたが、それが正確な意味でヌード・ショウと呼べるかどうか、自分の目で観ていないので判定はできない。

踊り子の名前は、わかっている。満十九歳だった甲斐美春《かいみはる》で、えらび出したのは故秦豊吉《はたとよきち》氏だったそうである。「ヴィナスの誕生」のアイデアも、同氏の案、ということになっている。

当時は、ヌード・ショウなどという言葉は使われていなかった。

その名も、奥床しく、「額縁ショウ」。当時の雑誌記事でみると、

——カーテンが左右に割れると、美しい額縁の中に、乳当ても何もなしに、ふくよかな桃色に弾む胸部を惜しげもなく露出させてポーズをとる美女ひとり、と思う間もなく静止の状態のまま静かにカーテンがしまるという、ほんのアレアレといっている間のものであったが、従来の我が国におけるレビューの常識から考えても、観客を瞠若《どうじやく》たらしめるに十分であり、話題の的となったのも当然の理であろう。……

幕があいて、しまるまでが十五秒だった——そうである。残りの時間は、ふつうの

レビューが上演されていたのだろう。

新宿といえば、戦後の東京で最初に露店ができたのも、ここである。

昭和二十年八月十五日が敗戦、わずか五日後の二十日に、葦簀《よしず》張りの尾津マーケット（正式には新宿マーケット）が開店している。関東尾津組の尾津喜之助親分が中心になっていて、キャッチ・フレーズは〈光は新宿より〉であった。

さて——

昭和二十二年二月の東京の街の表情はどうであったろうか。

焼跡はいたるところに残っていた。

というよりも、焼跡のところどころにマーケットやバラックの民家があった、という方が正確であろう。

新宿では、尾津、安田、和田の三つの組の新興マーケットと、戦前からの老舗《しにせ》である高野、中村屋が土地問題で争っていた。

新橋では、関東松田組が一千万円かけて作った駅前マーケットが火事で燃えている。

（つとめ人の平均月収が九百円ぐらいのときの一千万円である。）

三月に入ると、尾津組組長は土地不法占拠で書類送検される。

また、闇物資の取締りが強化され、闇屋の一家四人が心中した（！）のも三月だ。

都内の米の遅配は十七日で、全都民が十七日間、メシを食わずにはいられないから、当然、闇米が流入する。警察はそれを阻止しようとする。闇屋は警察の張る罠《わな》をくぐるべく努力する。いたちごっこが、際限なく続いていた。

同じころ、渋谷のマーケットは、現在《いま》でいえば、井の頭線の進行方向左手にかたまっていた。当時の町名でいえば大和田町である。

他のマーケット同様、長屋式で、焼けトタンに葦簀張り、板囲い程度だったのが、このころになると補強され、壁にベニヤ板を張る店もあった。狭い通路を入ると、左右に、さらにこまかい路地が入りくんでいて、さながら迷路である。

靴屋、電気器具屋、ライター屋、中華そば屋、果物屋、乾物屋、何を売るのかわからぬ店、花屋、時計屋、自転車屋などを左右に見ながら入って行った奥に、不景気そうな鞄屋《かばんや》がある。

間口一間半のその店を、カーキ色のオーバーを着た若い男がのぞき込んで、

「社長、いる？」

と声をかけた。

返事はない。

復員軍人めいた若い男は、オーバーの襟《えり》を立てながら顔をしかめた。

「おかしいな」と呟《つぶや》いてから、もう一度、「ごめん下さい」と声をかけた。

奥行きも一間半、その奥は小部屋になっている。薄く色のついた眼鏡をかけた中年の男が顔をのぞかせた。

「あ、いたんですか」

「うるさいな」

中年男は無表情で、

「子供の使いじゃあるまいし、大きな声を出すな」

「わかりにくいところですね」

「早く上れ。ここらの人間は、勘がいいんだから」

若い男は靴を脱ぎ、オーバーのボタンを外した。国民服を改造した背広を着て、ネクタイは締めていない。

「三月に入ったってのに、寒いのなんの」

「出涸《でが》らしだけど、コーヒーがある。勝手に電熱器にかけて、飲んでくれ」

中年男の口調がやや柔らかくなる。

「腐ってもＭＪＢだ。砂糖でも、サッカリンでも、好きなのを入れるがいい」

「ＭＪＢって何です？」

「コーヒーの銘柄だ。それくらい知らんと、この商売はできんぞ」

若い男は奥の部屋に入った。二畳ほどだが、床板はしっかりしている。

「おまえ、拳銃を持っているな」

色眼鏡の奥の眼つきが鋭くなった。

「へえ」

「物騒なものを持ち込まんでくれ。間違いでもあったら、おれが迷惑する」

「社長に迷惑かけるような真似はしませんよ」

「社長はやめてくれないか。橋爪さんでいい」

「はい」

「で、荷物はどこに置いてある？」

橋爪はラッキー・ストライクを一本、唇のはしにひっかけるようにして、きいた。

「店先です」

「どこの？」

「ここです」

「え？」

橋爪は腰を浮かせた。そのまま、店先に出ると、売り物の古鞄類の中に置かれた、とび抜けて大きなボストン・バッグをひったくるように手にした。

「どういうつもりだ？」

「気がつかなかったんですか、いままで」

若い男は、うつむきかげんで笑った。

「冗談ですよ、ほんの……」

「若い奴のやることはわからん」

橋爪は首を横にふって、

「怒る気もしない。冗談ですむことと思うか」

「気を悪くされたのなら、あやまります」

「もう、いい」

橋爪は奥の部屋に入ると、バッグをあけた。白い粉のつまった瓶《びん》が何本も入っている。

「品質は絶対だって、うちの大将が言ってました」

橋爪は答えなかった。瓶のふたを外すと、ふたの裏に付いたのを、指でこすって、舐《な》め、「うむ」と頷《うなず》いた。

「横浜のPXから出た品だ。スタンプでわかる」

「橋爪さんのようになりたいですよ」

若い男は、ほっとしたようだった。

「別な場所で堅気の商売をしていて、一日に二、三時間、ここにいるだけで、がっぽり、儲《もう》かる。……しかも、サッカリン、ズルチンは、三倍に値上りしましたからね」

「その代り、何度も、殺されかけた。身辺が安全になったのは、去年の秋からだ」

「鞄屋ってのが頭がいいと、うちの大将は言うんです。PXの品物をここに運んで、古鞄の底の下に隠して、さばくわけでしょう。ここの店先から古鞄を持ち去るのは、ごく自然ですからね」

「けっこう、ふつうの客も多いのだよ」

「しかも、サッカリン、ズルチンの値が三倍になったのは、政府がやったことですからね。本当に、強運だなあ」

「こんなことは、そういつまでも続かない」

と橋爪は冷ややかに言った。

「甘味料は、いずれ、自由販売になる。次の品物を考えるように、大将に伝えといてくれ」

「次の品物ですか」

青年は橋爪の顔から眼を離さなかった。

「たとえば?……」

「そうさな。……たとえば、ペニシリンとか」

「何ですか、それは?」

「肺炎の特効薬だ。大将は知ってるはずだよ。これなら、あちこちの病院にさばける」

「薬品ですか」

「ああ。ただ、こいつはPXで売ってるものじゃない。入手は困難だぞ」

「米兵《へいたい》に持ち出させるしか手はないな」

　青年はひとりごちた。

「ペニシリンの需要は多いのだ。知り合いの医者によくたのまれるが、現物がない。これがまとまって手に入ったら一財産だ」

「自分の知ってる米兵《へいたい》で、本牧《ほんもく》の病院で働いてる奴がいます。そいつにきいてみます」

「この商売も、あと一年とみておいた方がいい」

　橋爪は電熱器を指さした。薬罐《やかん》が煮えたぎっている。青年は薬罐を持ち上げ、ふちの欠けた湯のみ茶碗に、焦茶色の液体を注いで、

「いい匂いだな」

「あと一年……」

　橋爪は呟くように言った。

「二年ぐらいは続くかも知れないが、うまみがあるのは一年だ。そのうち、煙草も自

由販売になるだろう。やがて、アメリカ煙草が放出されるという噂《うわさ》もあるしな」

青年は遠慮がちに、砂糖壺の中の粗目《ざらめ》を茶碗に入れ、スプーンでかきまわした。それから、ひとくち飲んで、

「うまい」と言った。「砂糖の味がたまらんです。ずっと、無糖コーヒーを飲んでましたから」

「そうか」

橋爪は笑わなかった。

「でも、橋爪さんはいいですよ。どこかに物資のつまった倉庫を持ってるって噂だし、世田谷辺りの焼け残った邸宅を十軒ぐらい買ったとか……」

「大げさだな。まあ、二、三軒というところさ」

外が騒がしくなった。

——進駐軍のジープがとまったぞ！

という叫びがきこえた。

「MPですか？」

青年は顔色を変えた。

「きたか……」

橋爪は笑って、

「気にするな。映画の話でもしていよう」

「でも……」

「まあ、いい。……クローデット・コルベールの『淑女と拳骨』を観たか？」

「いえ……」

青年は落ちつかぬ様子だった。

「橋爪さんは、映画がお好きなんですか？」

「唯一の趣味さ。……アメリカの女優ではだれが好きだ？」

「イングリッド・バーグマンとグリア・ガースンです」

「バーグマンというと、『カサブランカ』だな」

「ええ。あれは名作ですね」

「ただのメロドラマだ」

橋爪は短く評した。

そのとき、店の前に、白い鉄兜《てつかぶと》をかぶった数人のＭＰがあらわれた。

中でも、ひときわ大きな米兵が進み出て、声をかけてきた。

「ソリー。アイ・キャント・スピーク・イングリッシュ」

と橋爪が答える。

大男は通訳らしい日本人をつれてきた。レイバンのサングラスをかけ、グレイのスプリングコートに赤いマフラーという、垢抜《あかぬ》けた服装である。

「この店は、アメリカの物資を……なんと言うか……そう、隠匿しているという密告がありました」

二世じみた、巻き舌の発音だった。

「われわれは、調査する。……もしも、それがここにあったら、没収しなければなりません……」

「そうですか」

橋爪は平然としていた。

「二世だか、三世だか知らんが、あんたも日本人の血が混っているなら、眼鏡を外して喋《しゃべ》ってもらえんかね」

「なんですか?」

「こいつを知らなかったら、ひっかかるところだ」

橋爪は鞄をのせた店先の台の裏側から、男の似顔が印刷された紙をとり出して、

「白系ロシア人をMPに仕立てて、あちこちのマーケットの物資をかっぱらってゆく詐欺の一団が横行しているそうだな。その中心人物の似顔絵が、こっそり配られとる。……この絵、あんたに似とるようだが」

「逃げろ!」

男が叫ぶと、MPの服装をした外人たちはばらばらと散った。

「動くな」

かっとなった青年がリヴォルヴァーを両手で構えた。

「撃つんじゃない」

その場に釘《くぎ》づけされた男を見て、橋爪は青年を制した。

「おれに貸せ」

リヴォルヴァーを受けとると、橋爪は右手で構えて、

「長島さんよ、あんたたちがくるのは、わかってたんだよ」

「ど、どうして、おれの名前を？」

長島と呼ばれた男は、愕然《がくぜん》とした。

「戦前の銀座で、長島といえば、最高に頭《ぺてん》の良い詐欺師として、噂の男だった……」

と橋爪は言った。

「鈍《なま》ったな、こんな安っぽい詐欺に身を落とすとは。あんたの子分のひとりが、おれに通報してきたぜ」

「撃たんでくれ」

長島はサングラスを外した。あごの辺りに肉がつき始めているが、四十前後の、美男といってよい顔立ちだった。

「おれには、小さな子供がいる……」

「泥臭い台詞《せりふ》はやめてくれ」

　橋爪は冷笑して、

「おれの店の物資のルートをだれにきいた。そいつが知りたい」

「それは……」

「言え、言うんだ」

　長島は不意に逃げようとした。

「とまれ！」

　橋爪は長島の足元めがけて、拳銃を発射した。

# 第一章　春の突風

## 1

　渋谷の公園通りときいただけで、かっとなるおとなたちが、世の中には存在するようである。

　なぜ、かっとなるのかといえば、その通りにならんだビルや商店に、世界の一流ブランド商品が、これみよがしに、かつ、きらびやかに展示されているからだという。

　もっとも、イヴ・サンローランの靴やルイ・ヴィトンのバッグは、東京、いや日本のどこででも売っている。それらは、公園通りにだけあるわけではない。

　おとなたちが、かっとなるのは、そこに若い男女が集っているからであるらしい。若い男女どもは、なんともはや、けったいな恰好で、わがもの顔に、坂道を闊歩《かっぽ》している。これが許せないのである。

　そうした偏狭な考えの持主のひとりである寺尾文彦は、いましも、公園通りの坂を登りつつあった。

(物資が豊富過ぎる……)

寺尾は思わず、呟《つぶや》いた。

(世界の一流品ばかりをウインドウにならべて、どうするんだ。国産品でいいじゃないか。……若い奴らにゼイタクを許さんような法律を作らなけりゃいかん……)

そういう寺尾も、身につけているものは、殆どが輸入物である。

(おれはいいのだ。もう、四十六なのだから……)

この男の二十代は、丸井の商標入りのダスターコートで始まった。グレイのダスターコートは、当時の寺尾にとって最大の贅沢《ぜいたく》であり、飢餓と就職難が一段落したシンボルでもあった。

(そういえば、あのダスターコートは、どこへ行ったのだろう?)

ダスターコートを見失ったころ、彼は貧困と縁が切れたのだ。テレビ局に就職し、よく働く一方、六本木や赤坂で遊んだ。そして、丸井のマークのついたダスターコートのことは、いつしか忘れた……

(生れてから飢えたことのない若い連中は、どうも好きになれない。……いや、女の子は別だ。いかんのは男どもだ。背がひょろっと高いだけで、キャッチボールも、ろくにできない。食うのに不自由しないので、〈優しさ〉などと、軽く、口にする……)

日露戦争生き残りの老人のようなことを呟いている寺尾の特徴は、年齢がよくわからないことである。三十代後半ぐらいにしか見えないのは、色が白く、痩《や》せているからだろうか。おそらくは、水商売の女性だけが、あごの辺りの肉のつき具合から、正確な年齢を推定できるはずである。

寺尾は、コンクリートの壁いっぱいに描かれたインドかチベットあたりの風景の色彩画を眺め、次に女性歌手のリサイタルの看板に眼をやった。ホモセクシュアルを題材にした芝居の追加公演の看板も出ていた。

(異常な光景だな)

新たに開店するブティックの軒で、無数の赤い風船が揺れている。となりのピッツェリアの上に、しょっつる鍋《なべ》の店がある。

(日本中が、こうした雑居文化になってしまった……)

さらに少し歩くと、レコード店のガラス戸で、ロッド・スチュアートのポスターが風にあおられていた。

(軽薄な外人めが……)

寺尾は、自分も、かなり軽薄な服装をしているのに、呟きつづけた。

(なにがロッド・スチュアートだ。同じスチュアートなら、ジェームズ・スチュアートを呼べばいいのに……)

むちゃくちゃである。レコード店から流れ出る軽やかなニューミュージックが彼に追い討ちをかけてきた。

番組の打ち上げパーティーなるものが、なんのために存在するのか、ひとことで答えられるテレビ関係者がいるだろうか？

一つの番組が終る時は、次の番組の準備が始まっているわけだから、プロデューサー、ディレクターは非常に忙しい。タレントやマネージャーたちはさらに忙しい。

この種のパーティーに熱心なのは、広告代理店の人たちである。逆にいえば、これこそは彼らの〈仕事〉なのである。番組進行中は、さして仕事熱心でないかに見受けられた彼らが、突如、全身全霊をあげてパーティーのために働き始める。

(まあ、顔を出さないわけにはいかないわな、あとのこともあるし。打ち上げパーティーに行かないぐらいで、生意気だてんで、あの局を所払いになったら、危《やば》いもん)

と、これは芸能プロのマネージャーの独白。

(そうね。やっぱり、にっこりして、スタッフの皆様のおかげ、ぐらい言っといた方が、無難だなあ)

と、これはタレント。

(つまってるんだよな、仕事が。……でも、行かないわけにはいかんぞ。それでなくても、おれ、ここんとこ、不調だったし……)

と放送作家。

(スポンサーに笑顔の一つも見せてやろう。視聴率が、もう一発、派手にいかなかったからな)

とプロデューサー。

かくて、しぶしぶ、というか、ようやく、というか、とにかく、集ったのが、公園通りの上にある中華料理屋二階のパーティー会場である。

寺尾はわざと遅れて着いたので、プロデューサーの挨拶は終り、スポンサー代表が型通りの謝辞を述べているさいちゅうだった。

――わが社といたしましては、三年でも五年でも続けて頂きたい、すばらしい番組でした。……

スポーツ紙の芸能記者が何人かいた。

「不熱心なディレクターですね」

と若い記者のひとりが寺尾に言った。

「こんなに遅れてくるなんて……」

「いいんだよ」

寺尾は水割りを片手に答える。

「……なぜ、こういうセコい店でやるんだろう？　どういうつてで決ったのか知らないが、『幸福飯店』なんて名前、きいたことがないよ……」

「打ち上げというと、だいたい、いつも、サンドイッチ程度か、中華ヴァイキングですね」

と記者が言う。

「たまには、ホテル・オークラの別館を借りきるとかできんのかいな」

寺尾はぼやいた。

「どうですか、次の番組は？　ニュース・ショウですって？」

「やってるよ、もう」

「よく働きますね、寺尾さんも」

「そのわりに報われない。会社は希望退職者を募ってるぐらいだ。なんとかヒットを出さないと……」

「上司に肩を叩かれますか」

「冗談じゃないぜ」

寺尾は笑わなかった。世の中には茶化していいことと悪いことがある。

「働き中毒《ワーク・ホリック》じゃないですか。休暇をとってサイパンへでも行ったら？」

「いやだよ、わが軍が玉砕した島は。日本の女性が子供を抱えて集団自決をしたんだぜ、あそこで」

「本当ですか」

　歴史に疎いらしい若い記者は眼を丸くした。

「本当だとも」

「でも、どこかで発散させないと病気になりますよ」

「なにをしたらいいか、わからないんだ」

「遊びですよ」

「遊びだから、わからないんだよ」

「なんか、ありませんか。ディスコで踊るとか」

「だめだよ」と寺尾は疲れた声を出した。「一度、行ったことがある。若い女の子に、『監獄ロック』のセンスね、って言われたよ。おれはビージーズの『ステイン・アライヴ』を踊ってるつもりなのに、『監獄ロック』。この屈辱が、わかるか」

「どうして、そうむきになるのですか。だから、昭和ひとけたの人は、つき合いにくいんだ。『監獄ロック』でいいじゃありませんか。いちおう、ロックなんだから」

「『監獄ロック』は、失業してた時、毎日きこえてきたから、いやなんだ。昭和三十二年だった……」

「そういう風に深く思い入れないで下さいよ。なつメロでどこが悪いかと開き直って

「おい、プレスリーは、なつメロじゃないぞ」

寺尾の声が変った。

「ペリー・コモならなつメロと言われても我慢する。でも、プレスリーはちがうんだ。あれは、現在《いま》なんだ……」

「わからないなあ、その感覚は……」

「つまりね——一九五〇年代に生れたか生れなかったぐらいの連中が、五〇年代がなつかしいなんて言うと、腹が立つんだよ、おれは。日本の五〇年代を考えてみろよ。朝鮮戦争が始まった年から六〇年安保までの苦しい時期だぜ」

「そう、かっかしないで下さいよ」

記者は笑って、

「じゃ、ボギーが生きてた時代だな」

「そのボギーって言い方も、やめてくれないか。背筋がむずむずして仕方がない」

「じゃ、ハンフリー・ボガードが……」

「ボガートだ。少しは、神経というものを使ったら、どうかね？」

「どうしてそんなに苛々《いらいら》してるんですか」

記者は鈍い語調でたずねた。

「……」

「ぼくのせいだったら、お詫《わ》びしますが……」

「手遅れだよ、もう」

寺尾はそう言った。

「ども、ども、寺尾さん！」

中年の肥った芸能記者が近づいてきた。

「打ち上げ、おめでとうございます。この『猫神家《ねこがみけ》の一族』の成功は、寺尾さんの演出力によるものが大きいと言われてますが……」

「成功といえるかどうか……」

視聴率のことを考えて、寺尾はためらった。

「いえるとしたら、関係者全員の力ですよ」

「またまた、ご謙遜《けんそん》を……」

「だって、他局が『犬神家の一族』で当てたから、『猫神家の一族』をやろうと、題名だけ、決める。それから、あわてて内容を考える。こういう仕事は、もう、いやだよ」

通称サスメロ——サスペンス・メロドラマにしようと主張したのは、寺尾だった。花形ディレクターでないせいか、二流の仕事ばかり引き受ける羽目になる。

「でも、真似が出たから大したものです」と中年の記者は言った。「文化テレビが

『泥亀家《どろがめけ》の一族』をすぐ作って、コケたでしょう」

「泥亀コケたら、みなコケた」

初老の記者が古い冗談を口にして、ひとりで笑い声を立てた。

「四月からのニュース・ショウを観て下さい。いちおう、RTVの目玉商品なの。……悪口以外だったら、なんでもいいから書いて下さい。批判も、前向きだったら、けっこうです」

寺尾は建て前を述べた。こういう厚かましさと、ひどくうぶなところが、この男の内面にはまだらに存在している。

――みなさん！

プロデューサーが、マイクに向っていた。

――ここで、重大発表をいたします。

場内が水を打ったようになる。冗談ではなさそうだった。

――わが六本木テレビが本放送を開始してから、二十四年になります。その間《かん》、ずっと――初期には娘役で人気を博し、さいきんはホームドラマのお母さん役で、活躍してきた浅墓《あさはか》ひな子さんが、今回の『猫神家の一族』の終了と同時に、引退なさることになりました。浅墓さんは、まだ四十二歳、これからは翔《と》んでる中年女性を演じて頂けると期待しておりましたのに、ご本人の決意が固く……。

「寺尾さん、知ってた?」

中年の記者が、そっときいた。

「噂《うわさ》ぐらいはね……」

寺尾は答える。じっさいは、よく知っていたのである。

――では、浅墓さん、どうぞ。

記者たちは物凄《ものすご》い勢いでマイクの傍《そば》に走ってゆく。

(やれやれ……)

寺尾はひそかに苦笑した。こうやって引退劇を演じさせ、少し休ませて、ニュース・ショウのホステスとしてカムバックさせる、というのが、プロデューサーの作った筋書《プロット》であった。

浅墓ひな子が引退したがっていたのは事実である。四十二とは公称で、実は、寺尾より一つ歳上の四十七歳だ。――むかしむかし、寺尾がまだ二十代だったころ、彼は、ひな子の何番目かの愛人だったので、知っているのである。

ひな子は美人だった。いや、いまでも、美人の顔立ちではあるのだが、首から下がふくれ上ってしまい、体重を減らしてくれない限り、テレビ出演はむずかしいところにきていた。せめて間食をやめたら、と寺尾が遠まわしに注意すると、彼女は、それより、むしろ、死をえらぶと言い、遂には引退すると言い出した。引退して、郷土料理屋を開店し、思うがままに、酒を飲み、飯を食いたい、というのだ。

——ありがとうございます、みなさん。

ひな子の涙声が響きわたった。

——今日限りで私はタレントをやめ、ふつうの女の子に戻ります。

（女の子とは厚かましい）

寺尾は濃い水割りを貰った。

マイクの前のひな子は色が白く、脱色した狸《たぬき》のようにみえた。

（あのころは違っていた……なんとかして四十五キロまで肥りたいと、おれに言っていた……）

——みなさん！　私は幸せでした！

キャンディーズの真似じゃねえか、と思いながらも、寺尾は、あやうく涙をこぼしそうになった。彼はハンフリー・ボガートのように歯をむき、急いでサングラスをかけた。

（おれは感傷的《センチメンタル》な人間じゃないぞ。たとえ、そうだとしても、自分が感傷に溺《おぼ》れることは許さない。そういう主義なんだ……）

自分に言いきかせた。だが、ひな子の引退が、彼の過去の一部をもぎ取ってゆくのは確かだった。

――二十四年間、未熟な私を支えてくれたのは、みなさんの〈優しさ〉です。私なりに〈したたかさ〉を身につけられたのは、そのおかげです。〈優しさ〉、〈したたかさ〉は、〈生きざま〉などと共に、彼が嫌悪する現代言葉であった。

――私なりに〈しなやかさ〉、〈さわやかさ〉を身につけることができ、〈ひと味ちがう〉女優、または〈いい女〉として大衆に迎えられたのは、芸そのものよりも、実生活における私の〈生きざま〉が……。

出た、と寺尾は首をすくめた。いったい、〈生きざま〉なんて日本語があるのか。

ああ、恥ずかしい！

――……多くの男性が〈私の上を通り過ぎて〉ゆきました。ゆきずりの恋もあります。……でも、私が〈できる女〉として成長した蔭《かげ》には、ひとりのテレビマンの姿があります。彼は、私にすべてを、〈女のさが〉の翳《かげ》の部分に至るまでも、教えてくれました。

（だ、だれだ、そのテレビ屋は？）

寺尾はびっくりした。

（お、おれは聞いてないぞ……）

ひな子の恋人、愛人は、全部、知っているつもりだった。ひな子は、新しい恋人ができるたびに報告にくるのだ。

ここ二十年、彼とひな子は友人に過ぎなかった。友人として酒を飲み、マリファナを吸った……

——私にマリファナ煙草の吸い方までを教えてくれた人、それは寺尾文彦さんです。この告白は、私の〈優しさ〉の証明です！

(むちゃだ、こんなことが世の中にあってたまるか！)

寺尾は立ちすくんだ。カメラを構えた芸能記者たちが殺到してきた。

## 2

「つまらんことをしてくれたな」

大きなデスクの向う側で、局長が呻《うめ》くように言った。

寺尾は答えようもなく、ソファーのすみから狭い局長室を見まわしている。

局長のデスクには、数々のベストセラー本と週刊誌が積み上げてある。いちばん上にのっている「算命占星学入門」をとり上げた局長は、金ぶちの眼鏡越しに寺尾を見て、

「どういうつもりかね、きみは……」

「浅墓ひな子のあのひとことで、わが六本木テレビの信用は大きくゆらいだ。スポンサーに、なんと詫びたらよいか……」

「なぜ、詫びる必要があるんですか？」

寺尾文彦はききかえした。

「なぜって、きみ……」

「天災みたいなものですよ、ぼくにとっては……」

「きみ！」

局長はきびしい声を出した。

「きみは、タレントという名の商品に手をつけ、局の威信をいちじるしく傷つけた。今朝のスポーツ紙を見たろう」

「はい……」

「あれが天災かね」

「局長のお言葉ですが……」

寺尾はためらってみせて、

「彼女とつき合っていたのは、わずか三ヵ月です。しかも、二十年前ですよ。……そうそう、『ヴォラーレ』という歌が流行《はや》ってたころで、銀座のバーへ彼女と行って、高い金をとられたあと、二人でボーラーれ、と大声で歌ったものです」

「けしからん、たのしみおって！」

　局長は真赤になった。

「だれかに見られなかったか」

「いろんな人に見られましたよ。でも、翌週の週刊誌の記事になったりしない、のんびりした時代でした。……『黒い花びら』の年です。ザ・ピーナッツの『情熱の花』も、あのころだったかな。あの片方が、まさか、沢田研二と結婚するとは思わなかったなあ。ところで、沢田研二と結婚したのは、双生児《ふたご》の、左右、どっちの子ですか、局長？」

「痴《し》れ者めが……」

　局長はデスクを叩いて、

「自分が起したスキャンダルへの反省のかけらもない」

「ご迷惑をおかけし、ステーション・イメージを傷つけたことは申し訳なく思っております」

　寺尾は頭をさげた。

「しかし――どんなものでしょうか――二十年も経てば、時効じゃないですか」

「時効とか、そういう問題ではない！」

「浅墓ひな子がキバツ過ぎるんです。……あいつ、まだ、自己顕示欲が抜けきれないんだな」

「馴れ馴れしい口をきくな」

「ぼくにとっては、やっぱり、天災です。天災は忘れたころにくる」

冗談めかしたが、寺尾の声はかすれていた。睡眠不足のせいか、眼の下が黒ずんでいる。

「……かっとなってすまなかった」

局長は、にわかに椅子にぐったりした。

「私だって、本音をいえば、浅墓ひな子が悪いと思っている。幸い、あの女は引退する。少くとも、うちの局では、カムバックさせない」

寺尾は答えなかった。

「女という生物は公私の区別がつかんのだ。だから、男が苦しむ羽目になる。きみがこんなに追いつめられた立場になるとは、彼女は思ってないのじゃないか」

「でしょう、ね……」

「優しさの証明、とか言ってたそうだな」

「ええ」

「どこが、優しいのだ、いったい？」

「全然、優しくないです」

寺尾は言いきった。

「百歩ゆずって、あらゆる罪科《つみとが》がぼくにあるとしても、彼女の発言は、優しさとは無縁なものです」

「きみ……」

局長は奇妙な笑いを浮べて、

「二十年まえに三ヵ月だけ関係があったというところに問題があるんじゃないかね」

「え?……」

「つまり……その……それっきり、というのが……いや、きみの気持はわかるよ。局員という立場上、身をひいた。それはわかる。私にも覚えがある……」

「は?」

「いや、その、しっかり、わかるの。……きみとしては、それで、すべて終ったと考えて、気楽な関係になって、マリファナを吸って……おい、なぜ、局内でマリファナなんか吸うんだ!」

「急に怒鳴らないで下さいよ」

「法で禁じられとることを社内でやるな。新聞の攻撃は、もっぱら、マリファナに集中しておる」

「しかし、それを言ったら、局長は、むかし、徹夜のとき、必ず、ヒロポンを……」

「ヒロポンはいいのだ」

「それはないでしょう」

「話をつづけよう。……ヒョウキンにも、きみは終ったと思っていた。その後、きみは美貌で知られた映画評論家の真知子さんと結婚した。——ところがだ、ひな子の側からみれば、ことは、まったく、終ってはいないのだ。終ったと思っているのは、きみひとりだ」

「局長は、なにを、おっしゃりたいのですか？」

「……わからんのかな……たまにはさ、ひな子に優しくしてやるとか……」

「関係を続けていればよかったと、おっしゃりたいのですか」

「いや、まずい。まずいな。関係はいかんぞ」と局長は早口に言い、「……きみ、女は、そうさっぱりいかんのだよ。いや、いかないらしいよ」

「充分にわかりました、今度のことで」

「女のさがだな」

「さがでしょうか」

「さがだとも」

「あのさがってやつは、ぼくは、いまや、ギャグの一つとしか考えてなかった。これがミスでした」

「わかるよ。ひな子は、冗談が通じる女のようにみえるからな」

「ええ。……しかし、要するに、ぼくら男性とは違うんですね」

「どろどろした情念を心の奥に秘めとる。十年も、二十年も前のことを記憶していて、いざとなると、そいつを持ち出してきおる。情念取り締り法を作って、シビアに規制しないと、女はなにをし出かすか、わからん！」

「局長、大きな声を立てないで下さい」

「……運が悪かったのだ、きみは」

局長は「算命占星学入門」をひろげて、

「生年月日から割り出してみると、きみは二月と三月が天中殺だな」

「なんですか、それ？」

「トラブルが集中しやすい時期のことだ。二月に、なにか、なかったか？」

「ないとは言えませんね」

寺尾は、妻の真知子が〈自立〉の決意をもらしたのを想い出した。四十歳を目前にしたいま、〈翔びたい〉というのだった。

「三月に入って、すぐ、今度の事件だ。まだ、気をつけた方がいいぞ」

「その……天中殺ですか」

寺尾は狐につままれたようである。

「うむ、転職、転居、新規事業など、自分から、ことを起してはいかんのだ。三月一杯はじっとしていろ」

「はい」

「まあ、きみには、『猫神家の一族』パート2とか、やって貰わなければならん仕事が山ほどあった。しかし、現在準備中のニュース・ショウも含めて、すべての仕事から、きみを切り離す」

「どうしてですか」

「きみの天中殺が移るといかん」

「移るものですか、あれは?」

「ああ、移る。きみの天中殺は重症だ。私は暮と新年に軽くすませた」

「麻疹《はしか》ですな、まるで」

「私としては……」

局長は声を低めて、

「きみを、美術とか、そういった地味な部に移したかった。きみの行為は、そう批難さるべきものとは思えんが、なにしろ、マスコミがうるさい。とくに女性週刊誌がひどい」

「すごいです。ゆうべはヒルトン・ホテルに隠れていたのですが、〈週刊ギャング・レディ〉の記者が、ちゃんと、きました」

「女性の敵、人類の敵といった扱いだ。社長も頭を抱えている」

「七十五日、経てば、忘れられると思いますが……」

「ここが問題なのだが……社長も天中殺なのだ、二、三月が……」

「は?」

「社長は四柱推命学《しちゆうすいめいがく》や占星術に凝っておられる。さっき私を呼んで、社内の危険な天中殺分子を切り棄てないと、四月からの新番組があぶない、とおっしゃるのだ。……天中殺分子とは、ずばりいえば、きみだ。社長曰《いわ》く、『ダブル天中殺は避けたい。寺尾が社内にとどまる限り、〈ハートのエースが出てこない〉』……」

「待って下さい」

寺尾は蒼白《そうはく》になった。

「社長、続けて曰く、『寺尾は〈やさしい悪魔〉だ。〈春一番〉で、あの男を切らないと、われわれは〈わな〉に落ち、〈涙の季節〉を迎えることになる』……」

「キャンディーズの歌の題名ばかりじゃありませんか」

「社長は、四柱推命学とともに、キャンディーズを好んでおられる。とにかく、きみの運命は決った……」

どこをどう歩いたのか、はっきり覚えていないのだが、気がついたときは、赤坂の一ツ木通りの出口まできていた。

新宿区本塩町《ほんしおちょう》の寺尾のマンションまでは、地下鉄の駅にして一つ。歩いてもほどほどの距離である。

いつもだったら口笛を吹いて帰る道筋だが、口笛どころか、出るのは溜息《ためいき》ばかりだった。ホテル・ニューオータニの方へ、通りを渡る気に、どうしても、なれない。

（なんのかんばせあって、妻子《まみ》に見えられようぞ……）

結婚するまえの情事とはいえ、これだけの騒ぎになっては、迷惑をかけた、ではすまないことだ。

眼の前の青山通りが三途《さんず》の川に見えた。春風が、無情というか、無常というか、〈風が吹いて暖かさを運んできました〉というキャンディーズの歌詞とは逆の冷たさで彼の髪をなぶった。

彼は青山通りに面した小さな喫茶店に入った。

（これから、どうしよう？）

根本的問題が、ドルビー・サウンド風に頭の中に響きわたり、次に、

（マンションのローンが、あと、三千万近く残っている！）

という思いがセンサラウンド方式で、彼の内臓をゆさぶった。

局長との話し合いで決ったのは、〈依願退職〉という形である。退職金は八百万円であった。

（……おれはＲＴＶに二十年ちょっと、つとめた……それで、八百万円だ……こんなことって、あるか……）

すべては、あの脱色した狸、ふくらませたペキンダックめの祟《たた》りであった。

（仕事を探すのだ。テレビ関係だったら、どんな半端仕事でも……）

そのとき――

（三月一杯はじっとしていろ、ことを起すな！）

という局長の声が、再び、ドルビー・サウンドで響きわたった。

（しかし、事務所だけは借りておかなければいかん。タレントどもに莫迦《ばか》にされるのを、食い止めるのだ。寺尾文彦はなにかを企画しているという圧迫感を、奴らにあたえなければならん……）

寺尾はブラック・コーヒーを飲んだ。失職は二十一年ぶりだと思った。

――なんか、アイデア、ないかね？

彼の背後で大きな声がきこえた。

――もう、アイデア、尽きたって感じだよな。電卓つき腕時計、デジタル時計つき洗濯機のあと、どうする？

——まだ、あるだろう。

と、もう一人が言った。

——あるとも。音声多重洗濯機ってのは、どうだ？

と、三番目の声。どうやら、近くの家庭電器メーカーの社員たちらしい。

——マイクロコンポつき勉強机、電卓つきぶらさがり健康器、なんてのは、どうだね？

——ラジカセつきルームランナーという手もあるぜ。

（……仕事がある奴はいい……）

寺尾はコーヒーを啜《すす》って、

（昨日のいまごろは、平和だったのだ。あっという間に、こうなった）

二時間後、寺尾は自分のマンションのドアを押した。

「えらいこってしたな、寺尾さん」

管理の老人が声をかけてきた。

「マスコミの人が大変でしたよ、今朝まで」

「申し訳ありません」

寺尾は最敬礼をした。

「家内は出かけてますか？」

薄氷を踏む思いでたずねた。

「ゆうべ、お子さんをつれて、裏口からこっそり出られたままです。中三の男の子の教育上、良くないですよ、あれは……」

「汗顔《かんがん》のいたりです」

「ま、静かになりましたな」

「そうですか」

「大スターの婚約発表があるそうで。みんな、そっちへ行ったのでしょう」

「よく、ご存じですね」

「そりゃもう……」と老人は煙管《きせる》をくわえて、「テレビをまめに観てますからな。寺尾さんの事件は、終りですね。ショック度が弱いもの」

「弱くて幸いです」

寺尾は苦笑した。

「大物を相手にしなけりゃ駄目ですよ」と老人は力説した。「いちばん人気のある女性歌手を妊娠させて、開き直るとか。そのくらい派手にやれば、あなたもイメージ・アップできるのに」

「けっこうですよ、もう」

「あっ、夕方の芸能ニュースの時間だ！」

老人は、あたふたと奥に消えた。

寺尾はエレベーターのボタンを押した。エレベーターは、なかなか、降りてこない。

やがて、やっと、ドアが開くと、大きな段ボール箱を抱えた、白い作業衣の男たちが出てきた。箱は二つ、男は五人である。

「手伝いましょうか」

寺尾は苛々して言った。

「お願いします」

男たちのひとりが頭をさげた。

「エレベーターのドアをあけとくボタンを押して……」

寺尾はてきぱきと指図する。

二つの箱はエレベーターを出て、マンションの出入りのドアの前まで動いた。

「ぼくがドアを押してるから、早く、外に出しなさい」

男たちは箱をかつぎ出し、外にとめてある小型トラックに積み込んだ。

（だらしない奴らだ……）

寺尾はエレベーターの前に戻り、八階のボタンを押した。

都心部にしては、スペースのゆとりがあるマンションだった。彼と真知子が気に入ったのは、そこである。

自分の部屋の鍵《かぎ》を出して、鍵穴にさし込むだけで、ドアがあいてしまった。

（あっ……）

入ってすぐの居間に置いたカラーテレビとホーム・ビデオと三枚の油絵がなくなっており、壁が妙に白っぽかった。

## 3

盗難にあったのは、腹立たしいことであったが、寺尾夫妻の収入からすれば、大打撃というほどではなかった。

文彦にとって応えたのは、奇妙な暴露事件、失職、とダブルパンチを受け、気が弱ったところで、もう一発、腹にくらったからだ。しかも、泥棒どもが荷物を運び出すのを手伝い、最後には、「ありがとう」とまで言われている……。

（天中殺か……だんだん、信じる気持になってきたぞ……）

彼は送受器を外し、一一〇番にダイアルした。

――本塩町？　そりゃ、困った。

電話線の向うの声は、うわずっていた。

――おたくの近くの銀行に自動小銃を持った強盗が入りましてね。近くのパトカーは全部そこに向っているんです。

――じゃ、こられないんですね？

――いや、行きます。しかし、遅くなるでしょう。

――犯人はつなぎの白い作業衣を着た五人組、黄色い小型トラックに乗っています。荷物は大きな箱が二つ……。

――あ、強盗ですか？

――強盗じゃありません。

――それじゃ……どうして、そんなにくわしいのですか？

――すぐそばで、この眼で見たのです。

――叫び声をあげて、人を呼ぶとかできなかったのですか。……もしもし……もしもし……。

寺尾は電話を切った。

(警察もたよりにならん。治安がニューヨークみたいになってきた)

しばらくして、ドアチャイムが、二度、鳴った。家族だけに通ずる合図だった。

いよいよだ、と緊張しながら、寺尾はドアに向って歩き、チェーンロックを外した。

ドアをあけると、青山の高級スーパーの大きな紙袋を二つかかえた真知子が立っていた。

寺尾は、なんと声をかけたらよいか、わからなかった。こちらの出方しだいでは、大爆発するダイナマイトだ。

彼は黙って紙袋を受けとり、床に置いた。さらに、もう一つの紙袋も受けとった。

一重仕立ての青銅色のトレンチ・コートを着た真知子は、悪戯《いたずら》っぽい底に憎悪を秘めた眼で、彼を見つめたまま、動かなかった。

「敏彦はどうした?」

彼は話題を息子にそらした。

「誘拐《ゆうかい》されたわけじゃないわ……」

真知子は唇をかすかに歪《ゆが》めたが、意地悪さよりは美しさが目立った。

「まあ、入れよ。寒いだろう」

真知子は二、三歩入って、ドアをしめた。

「珍しく、優しいのね」

「敏彦は、どうした?」

「実家に預けました」

「ゆうべ、電話をかけたんだが……どこにいたの?」

「ヒルトン・ホテル」

真知子は台詞《せりふ》を棒読みするように言った。

「こいつは面白い。ぼくもヒルトンに泊ってたんだ」

「知ってたわ、見かけたもの」

寺尾は、どきっとして、妻の顔を見た。

「声をかけてくれりゃよかったのに。いっしょに食事でも」

「ばかばかしい」

にべもない返事である。

寺尾は沈黙した。

「おかげで、深夜のテレビの仕事に穴をあけたわ」

「知っている」

寺尾は贖罪《しょくざい》の気持をこめたつもりだった。

「若手の——いや、感じの悪い映画リポーターが、きみの代役をつとめていた。あいつの映画紹介は、ひどかった……」

真知子は答えなかった。

「きみと敏彦が心配で、食事がのどに通らなかった」

「私はトマト・ジュースと野菜サンドイッチがやっとだったわ」

ある種の気迫がこもった声だった。

「あなたが食事をしてるのを、背後《うしろ》のテーブルから見てたの。エビフライにチキン・ピラフよ。それからビールにスープ。コーヒーを飲んだから、終りかと思ったら、ビーフステーキがきたわ。……それも、いいでしょう。このごろ、エビフライが小さいから。……問題は、そのあとよ。大きなハンバーガーを食べたのは、どういうこと？よく、食べられたわね」

「緊張すると、腹が減るんだ。……集団疎開の後遺症というか……」

「ほら出た、ワンパターン」

真知子の声に毒がにじみ出た。

「集団疎開とかB29の爆音とか、それからホタル電灯の想い出とか、あのパターンは、私には通用しないわ」

「だって、本当なんだから……」

寺尾の声は弱々しい。

「若い女の子は騙《だま》せても、私はだめ。もう、飽きたの」

「コートを脱いだら、どうだい」

寺尾は真知子の背後にまわり、ふわりとしたトレンチ・コートを受けとった。

「優しさの証明、ね」

真知子のメスが彼の身体《からだ》に入ってきた。

「ゆうべ、私が何をしたと思う?」

「さあ?……」

「うろたえたみたい」

かすかに笑って、

「浮気じゃないわ。マリファナを吸っただけ……」

「だ、だれから手に入れた?」

「私だって、それくらいのルートはあるわよ」

「困るなあ。そういうことは、やめて欲しい……」

なにを喋《しゃべ》っても危険なようで、どうしたらよいか、わからなくなった。

(「死の棘《とげ》」の作者がいかに真実を抉《えぐ》っているか、よくわかる。いったい、この女は、なにを言いたいのだ?)

「……あなたは、煙草をやめた方がいい、と私に言ったわ。美容上、良くないって」

「うん」

「それで、あの女《ひと》とは、マリファナを吸ってたわけね」

「あれは、二人きりじゃない。プロデューサーも含めて、五人ぐらいだ。だいいち、マリファナは煙草じゃないよ」

「同じよ」

真知子は断定した。

（黙っているより手がないな）と寺尾は思った。

（相手は、まだ、切り札を出していない。なにが始まるか、わからんぞ）

「あら……」

真知子は初めて、壁ぎわの空白に気づいたようだった。

「先手を打たれたみたい。……少し、アンフェアだけど」

「いや、あれは……」

「ホーム・ビデオを買ったのは、私よ。私のものは持ち出さないで」

「ぼくが、やったんじゃない！」

寺尾は抗弁した。

「白い服を着た五人の男が持って行ったんだ！」

「イングマル・ベルイマンの映画じゃあるまいし」

真知子は映画評論家らしく評した。

「本当だよ、黄色いトラックで持ってったんだ」

「つまり、泥棒？」

「そうだ」

「ソファーもなくなってるわ！　あのオランダ製の！」

寺尾はびっくりした。昨日からのショック続きのせいか、いままで、気づかなかったのだ。

真知子は奥の部屋に走った。

やがて、蒼白な顔で戻ってくると、

「指環《ゆびわ》や真珠のネックレスが、なくなってるわ」

と言った。

「一一〇番には知らせてある。警察がくるはずだ」

「あなた、奥の部屋を見てないでしょう」

「ああ」

「だから落ちついてるのよ。ベッドが三つとも、ないの。敏彦のまで」

寺尾は脱兎のごとく、奥に走った。寝室も、子供の部屋も、徹底的に荒らされ、残された家具の方が少なかった。

(どうしたら、いいんだ……)

このさい、彼がやりたいのは、床に倒れて、「クワイ河マーチ」の口笛を吹くことだった。

「さっきまで小市民的破滅を予想してたのに、ルキノ・ヴィスコンティの世界に近くなったわ」

真知子は夫には謎《なぞ》めいてきこえる言葉を呟いた。

「一台のトラックじゃなかったのかな。きっと、何度も運び出してたんだ。……ちきしょう、あのうすのろ管理人め！」

「そう……あなた、白い服の死神、じゃなかった――その泥棒たちを見たのね」

「ああ、ばっちりさ」

「なぜ追いかけなかったの？　大きな声で『泥棒！』と叫べば、なんとかなったんじゃない？　いったい、どこで見たの？」

「一階のエレベーターの前だ」

「泥棒たちはどこにいたの？」

「一階のエレベーターの前だ」

「こわかったのね、あなた！」

ちがう、と寺尾は心の中で叫んだ。しかし、真実を話すわけにはいかなかった。

「こわかったわけじゃない。とにかく、五対一だ。勝負にならない……」

「荷物は？　なにか、見てないの？」

「見た。大きな箱二つだ」

「どこで見たの？」

「一階のエレベーターの前だ」

真知子は突っ立ったまま腕を組み合せた。

「そうすると、一階のエレベーターの前に、五人の泥棒と、盗品の一部と、あなたがいた……」

「盗品がいたというのは、ないだろう。あったと……」

「どうでもいいのよ、美しい日本語なんて」

「…………」

「エレベーターの前は、とても狭いわ。そこに、人間が六人と荷物があって……わからないわ」

「……日本の警察は優秀だ。盗まれた物は、きっと、かえってくる……」

寺尾は力なく呟いた。

「宝石は戻ってこないわ。あれは、私が働いて、買い集めたものなのに……」

「しかし、この部屋を盗まれなかっただけ、幸いじゃないか」

必ずしも冗談ではなかった。

「そうね……日本では……住居が財産なのね……」

真知子は自分に言いきかせるように頷《うなず》いた。

「そうだとも……」寺尾は光明を見出《みいだ》した思いだった。「致命傷じゃないよ、われわれにとっては……」

「われわれ？」

真知子は不審そうにききかえした。

「かいかい、あなたと私のこと？」

「もちろんさ」と寺尾は付け元気で、「ミイ、ターザン。ユー、ジェーン……」

それでなくても、白っぽくなっている部屋の空気が、さらに白けた。

「すわらない？」

真知子は三点セットの一つである籐《とう》椅子を指さした。結婚してすぐ、新小岩の1DKのアパートに住んでいたころ、二人で金を出しあって買ったものである。

「うん……」

夫はのろのろと歩き、籐椅子の背にもたれかかるようにすわった。

「泥棒のおかげで、肝腎《かんじん》の話を忘れるところだったわ」

妻の声が低く、おびやかすようなものになる。

「明りをつけようか？」

「動かないで！」

びしり、と決った。

「……今度のことについては、べつに、どうとも思ってないの」

（いや、そんなことはない。こだわっているぞ……）

夫は身がまえる。

「ばかみたいな話ですものね。敏彦でさえ、スポーツ紙を読みくらべて、笑ってたわ」

（いやらしい餓鬼だ。ＡＢ型の秀才の典型だ……）

「ぼくにもパパの軽率な血が流れてるのかなあ、ですって。――しっかりしてると思わない？」

（それが、どうした？　Ｂ型の血を笑うものは、Ｂ型に泣くのだ）

「敏彦にくらべても、あなたは子供だわ。ミイ、ターザン、なんて、四十六の男が、よく口にできるわね。まるで敏彦が父親で、あなたが息子みたいだわ」

（おれの実存が照らし出されてきた。女は、なぜ、かくも本質を追究するのを好むのだろうか？）

「……先月、言ったことのくりかえしよ、あとは。……私は、ひとりになりたいの。ムリをするのが、いやなの……」

「ムリをする？」

「仕事のスケジュールと、あなたとの触れ合いを両立させるのが、しんどくなったのよ。あなたのフレーズを使えば、〈翔びたい〉だけど、そんな軽薄なものじゃないの。

ただの疲れたオバサンよ」

「そんなことはない。きみは、オバサンと呼ぶにはあまりにも魅力的だ。外見だって、三十代前半だぜ」

「出来の悪いスーパーインポーズみたいなことを言わないで」

「……しかし、子供のことを考えないと……」

「考えてます。考えてるから、そうするの。……あの子は私が引きとります。あの子、新聞配達をやってでも、大学へ行くって言ってるわ」

（なんたるわざとらしさ！　おれより収入の多い女に引きとられるのだぞ！）

「あの子は、私のA型の血と、あなたのB型の血をひいてます。カンフーの真似をしたりして、B型の軽薄さの片鱗《へんりん》を示すときもあるわ。だから、これ以上、あなたの血がよみがえらないように隔離しなければ……」

（血がよみがえるって、まるで、おれを狼男《おおかみおとこ》みたいに言やあがる）

文彦は、くさった。

「このマンションは頂きます。あとは、弁護士を通してお話するわ」

「待ってくれ」

「異議があるの、マンションの件に？」

「そうじゃない。きみが取るのは当然だ」

「……」

「おれは、依願退職ということになった。要するに、クビだ……」

真知子は、一瞬、身体をかたくし、それから、

「極端なことをするものね」

「ひどいものさ」

「で？……」

「マンションは、いまから、きみのものだ。それは、いいんだ。……で、ぼくの身なんだが……どうだろう、とりあえず、一間、貸してくれないか？」

「退職金は出ないの？」

「それは出る。——八百万円だ」

真知子はかすかに口笛を吹いた。

「ワンルームのマンションも買えないじゃないの？」

「ね、哀れな身だろ」

答える代りに真知子は片手をさし出した。

夫がその手を握ると、

「ばかね」と言った。「合鍵を貰っておくために、手を出したのよ」

「じゃ……本当に、おしまい、か？」

「しっかりしてよ。……荷物を、なるべく早く、まとめて。……それから、連絡先が決ったら、葉書をちょうだい。電話はだめ。私、明後日からロスへ旅行するの」

# 第二章 仕事を探せ

## 1

サミー・デイヴィス・ジュニアの有名なジョークに、「役者は歌手になりたがり、歌手は役者になりたがる」というのがある。

この筆法でいけば、「結婚している男は、とかく、独身になりたがり、独身の男は、とかく、結婚したがる」——とも、いえるのではないか。

しかし——

妻子に棄てられた寺尾文彦の場合は、解放感を味わうどころではなかった。

真知子の弁護士の話では、真知子は心から文彦に同情しているとのことであった。

しかしながら、マンションの未払いの三千万は、できるだけ早く都合して欲しいと、弁護士は言った。

「奥様が、ああいう寛大な方だから、三千万円ですむのです。ふつう、あなたのような立場の方の離婚は、こんなものじゃすみませんよ」

弁護士は寛大そうな笑いを浮べた。

文彦は、自分の側に弁護士を立てる気はなかった。そして、誠意のしるしとして、退職金の半額を弁護士に渡した。

彼は、自分の仕事を探すのに、必死だった。

かりに、実力があったとしても、奇妙な事件で局をやめたディレクターを迎え入れてくれる会社は、まず、ない。これといって誇れるキャリアのない寺尾にとって、事態は深刻であった。

彼は北青山三丁目の裏通りに2DKのマンション（とは名ばかりの、まあ、古アパートだが）を借り、バー、洋服屋、その他の借金を返した。

退職金八百万は、あっという間に、三百万に減っていた。

（これじゃ、事務所を借りるどころじゃない……）

曲りなりにも、番組の企画会社を作るとすれば、深大寺《じんだいじ》とか多磨霊園あたりというわけにはいかない。

（赤坂、青山、六本木あたりでないと、さまにならないだろう）

そのつもりで不動産屋を歩いたが、彼が手を出せる物件はなかった。

寺尾は神宮前の交差点近くで、タクシーを降りた。

明治通りに面した神宮前アパートは、いまでこそ、煤《すす》けたような古い建物であるが、日本のマンションのはしりであり、ルーツといってもよい。ふたむかしまえには豪華にして優雅、いったい、どういう人種が住んでいるのかと、当時、寺尾は首をかしげたものであった。

　現在の神宮前アパートには、ふつうの居住者の住んでいる部屋は一つしかない。他の何十という部屋は、カメラマン、イラストレーター、デザイナーといったかたかな商売の人たちのオフィス、小出版社の事務所によって占拠されている。日本のサブ・カルチュアの中心の一つと考えても、よろしかろう。

　驚くほど小さく、のろいエレベーターが、なにかに突っかかえるように、ごとん、ごとんと動き、寺尾を六階の廊下に吐き出した。

　回廊状の廊下に面した各戸のドアの番号を眼で確かめながら、寺尾はゆっくり歩いた。気どった名前のオフィスが多いわりには、薄暗い廊下は深閑としている。

〈旗本プロダクション〉という、平凡な表札がかけられたドアの前で、寺尾は立ちどまり、ブザーを押した。

　ドアが内側のチェーンロックの長さのぶんだけ開《あ》いて、

「だれ？」

男のつっけんどんな声がきこえた。

「寺尾です……寺尾文彦ですが……」

「寺尾？」

「RTVにいた寺尾です。ゴム紐《ひも》か、ブリタニカ一組《ワンセット》か、どっちか、買ってくれませんか……」

自虐的な冗談に、相手は、はっと気づいたらしく、

「待って下さい」

あわてて、チェーンロックを外す音がした。

サングラスをかけた、顔色の悪い男があらわれ、

「すみません。ジャーナル屋と間違えたもので……」

「忙しいところじゃないの？」

寺尾はためらった。

「ひっちゃかめっちゃかです。さあ、入って下さい」

男の言葉につられて、寺尾は、廊下よりさらに暗い室内に入った。

内部はあまり広くはなかった。入って左側が応接室、右側がデスクが二つある仕事部屋——この二間である。電話機だけがやたらに多いのが目立つ。

「良いオフィスですね」

「ご冗談を……」

その男、旗本は、にこりともせずに、応接室のソファーを左手で示した。

「〈旗本プロダクション〉と書いてあると、時代劇でも作る会社のようですな」

寺尾はソファーに腰を沈めながら軽口を叩く。

旗本は笑わずに、

「女の子を急にやめさせてしまって……お茶ひとつ出せなくて……」

「おかまいなく」

寺尾は片手をふった。

ロカビリー歌手からタレント・マネージメント業に転じた旗本は、なかなかの二枚目である。二枚目ではあるが、独特の眠たそうな眼のせいか、外国の漫画映画に出てくるネズミに似たところがある、と寺尾は思う。

「寺尾さんも災難でしたね」

旗本は苦笑してみせて、

「会社ってものは、むちゃですな」

「まあ、こっちが、悪《びーく》いんだから……」

「あんなことで、首になったら、たまらんじゃないですか」

サングラスの奥で、うかがうような眼つきをした。この眼つきが、かつて、女の子たちを熱狂させたのである。

一拍、置いて、

「奥さん、どうでした？」

「別れた……」

寺尾はあっさり言ったが、未練がにじんでいた。

「……失礼しました……」

「向うから、ばーん、と言われた。いま、取材でハリウッドへ行ってますよ、彼女
……」

「はあ」

「マーロン・ブランドのインタビューができるらしい」

「危《やば》いですね、それは」

旗本は真面目な顔つきで、

「マーロン・ブランドは東洋の女性が好きですぜ」

「困ったな」と寺尾は溜息《ためいき》をついて、「彼女もマーロン・ブランドのファンなんだ」

旗本は急いで話題を変えた。

「で、寺尾さん、これからは？」

「テレビ番組の企画会社をやるつもりです。一から出直しですな」

「それじゃ、ぼくと同じだ」

　旗本は初めて、にやっとした。

「三十七歳にして、出直しですよ」

「え？」

　寺尾はようやく、異変に気づいた。

　壁の黒板のスケジュール表は、完全に、拭き消されている。電話は一度も鳴らない。

三人いたはずの社員の姿が見えない。

「旗本君……なにか？……」

「スポーツ紙で見なかったですか？」

「……ああいうものは、もう、読まない」

「テレビも？」

「アパートを借りたばかりで、まだ、買ってないんです」

「それじゃ、ご存じないな」

　旗本は煙草をくわえて、

「昨日から静かになったんです。それまでの三、四日、気が狂いそうでしたよ。スポーツ紙と芸能週刊誌の記者、テレビの芸能リポーターと称するやつら……」

　寺尾は頷《うなず》いた。この一週間、彼はふつうの新聞も読んでいなかったのだ。

「どうしたのですか?」

「小西ともえ——ご存じのように、うちの一枚看板です」

「いい子だ。『猫神家の一族』の三女の役は好評でした」

「そうそう、お世話になっていたんですね。その節は、どうも……」

「いえ、こちらこそ……」

寺尾も頭をさげた。

「いまどき、珍しい美少女だって、新聞の批評で褒められましたよ」

「ぼくは、大事にしていたんだ。男はおろか、牡猫《おす》一匹、近づけなかったのに……」

旗本は煙草をもみ消して、

「デキてたんですよ、ちきしょう」

「だれと?」

「無名のギタリストですよ。スペイン・ギターの名人とかいうんですがね」

「へえ……」

寺尾はがっかりした。彼もまた、スタジオで、小西ともえに悪い虫がつかないように監視していたからだ。

「突然、蒸発ですわ。スペインへ行っちまったんです、二人で……」

「スペインへ?」

寺尾は啞然《あぜん》とした。

「じゃ、タレントとしての生命は？」

「そんなこと、考えてないんでしょう。あちこちの局の番組には穴をあけるし、大騒ぎでしたよ……。それに、この春から、SOSレコードが歌手として売り出してくれるというので、なんやかや、四千万ぐらい、使いましてねえ」

「じゃ、いま、小西ともえは、スペインにいるの？」

「ゆうべ、電話がきましたよ、こちら払いで」

「コレクト・コールですね」

「ヴァレンシアってところにいるそうです。寺尾さん、ご存じですか？」

「ヴァレンシア・ライスしか知らない。油っこいピラフみたいなものだが」

「二人で、そんなものを食って、フラメンコでも踊ってやがるんだろ、あの腐れ×××、××、×××××……」

旗本は、とうてい活字にできぬ罵言《ばげん》をならべた。

「ヒジョーシキきわまりないな」

寺尾は溜息をついた。世の中には、さまざまな不運があるものだ。

「そんな子には見えなかったけど……」

「うちの事務所に入るまえは、いろいろ、あったそうです。しかし、うちに入ってからは、ぼくが、きびしかったですからねえ。清純派のイメージを崩すような真似はさせなかった」

「それで、フラストレーションが溜まったのかな」

「とにかく、一巻の終りです。ほかのタレントは、よその事務所にあずけました。旗本プロは、おしまいです」

「会社、やめるの？」

「とはいっても、ぼくは、この世界しか知りませんからね。有望な新人を探してきて、エージェント業を、また、始めます。事務所も、もっと、安いところへ移って……」

「実は、そのことで、ここに来たんだ」

寺尾は鋭く言った。

「ずばりときくけど、ここの部屋代はいくら？」

旗本の眠たげな眼が寺尾を見つめた。

「部屋代、ですか」

「ええ」

「ひと月、十六万円です」

寺尾は頷いて、

「旗本君、この商売をつづける限り、安い事務所を探したとしても、月々、七、八万はかかりますよ」

「ええ」

「でも、少しでも、節約したいのですね？」

「はあ……」

「どうだろう？」

寺尾は切り出した。

「十六万の半額を、ぼくが負担します。その代り、この事務所の半分を、ぼくに使わせて下さい」

「そうなれば……」と旗本はサングラスを外して、「大変、助かります。来週の月曜が部屋代を支払う日でして」

「あさって、か」

「古いビルなのに、値が高いのです」

「場所代でしょう。……じゃ、あさって、八万、ぼくが持ってきます」

「これで、引越しをしないで、すんだ」

旗本はサングラスをかけ、白い歯を見せた。

「実は、おたくの電話の一本を、ぼくの事務連絡用に借りたいと思って、きたのです。ひょんなことから、事務所が出来た」と寺尾は喜んだ。「困った時は、お互い様ですな」

「ヒジョーシキな女に、ひどい目にあわされた点では、似ています」

旗本は、ぼそっと言った。

「こうなると、改めて、電話番の女の子をやとわなけりゃいかんな」

「留守番電話を置けばいい」と寺尾。

「われわれの仕事は、それじゃ駄目です。どうです、不賛成ですか？」

「いや……」

寺尾はあわてた。

「つまり、電話番の人の給料を、ぼくが、半分、負担すればいいのでしょう」

「そうです」

「賛成です。……ただ、そういう人が、すぐに、見つかりますかな」

「心当りがあります。すぐに、問い合せましょう」

旗本はてきぱきと言った。

「旗本君は元気だな」

寺尾は感歎《かんたん》する。

「元気じゃないですよ。ちっとも。……ぼくだって、佐藤とか、山田、田中、小林、鈴木といった姓に生れて、ダレていたいですよ。……あいにく、ぼくの名前は旗本です。子供のころから、ちょっとでも怠けていると、〈旗本退屈男〉って呼ばれたんです」

「は、は」

「あなただって、RTVの若手ディレクターのころ、よく、ぼくのことを、退屈男って呼んだですよ」

「本当？」

「ええ。……傷つけられたほうは、ちゃんと覚えてます」

「ごめん、ごめん……」

「いいんですよ、もう」

旗本は屈折した笑みを浮べた。

「ぼくは、四千万の借金で気が狂いそうです。筋の良くない金なので」

自分は、まだしも、幸せな方らしい、と寺尾は思った。

電話がけたたましく鳴った。

旗本は送受器をとると、

――渋谷警察です。

と言った。

――あ、きみか……いや、マスコミがうるさいので、警察だとか、珍来軒だとか、

名乗るの。……ああ、あの件ね。いや、完全にプロダクションをやめたわけじゃない

が……ちょっと、待ってくれよ。ほんのちょっとだ。

送話孔を左の掌で押えた旗本は、寺尾に、

「清水史郎ってタレント、ご存じでしょ?」

「清水?」

「ほら、RTVの子供向けの怪獣ものに仕出しで出ていた……」

「あ、夕方の番組ね」

そういわれれば、そんなタレントの名を見たことがあるが、顔は覚えていなかった。

「……どうも、印象にないな」

「わりに二枚目だけど、それだけなんだなあ」

旗本は真顔だった。

「変な奴で、うちに入りたいって、しつこく言ってくるんですよ。トラブルがあった

ことを知っていて……」

「特技があるの?」

「強いていえば、物真似でしょうか」

「ふむ、会うだけでよければ会うよ」

寺尾はタレントの鑑定には自信があった。

旗本は送話孔に向って、

——わかった。今夜、乃木坂のディスコで会おう。たしか、「アニマル・ハウス」

といったな。丁度いい。おれも気晴しがしたいんだ。

ディスコときいて、寺尾は、にわかに、ゆううつになった。

## 2

青山一丁目から乃木神社まえにつづく狭い道路は、東京でも、もっとも交通渋滞が
はげしいコースの一つである。

青山一丁目で地下鉄をおりた寺尾と旗本は、役所が年度末に予算を使い果すための
工事の灯がえんえんとつづく、夜の道を歩き出した。

「ただでさえ混《こ》む道路で、必要でもない工事をするとは、けしからん」

寺尾はイタリー製のダスターコートの襟《えり》を立てながら、ぼやいた。

サングラスをかけた旗本は答えない。ただ、面倒くさそうである。

「きみ、むかし、『ゲラ・ジョブ』という歌があったの、覚えてないか」

「ありましたな」

と、もとロカビリアンは言った。

「いまでも、LPに入ってますよ。オールディーズものの」

「あの題名は『就職しなさい』という意味らしいが、ぼくは、失業してたとき、よく、耳にしてね。仕事を探せ、と、直訳風に受けとったよ……」

「同じことじゃないですか」

「ニュアンスがちがうさ。……あの歌、やたらに、仕事を探せ、って、くりかえすんだよな。焦っちゃったよ」

「どうして、そんな話をするんですか？」

「二十一年たって、ぼくは自分がちっとも変ってないんで、うんざりしてるんだ。あいもかわらず、『仕事を探せ』って声が耳元にきこえる」

「ぼくだって同じですよ」

　旗本はかすかに笑った。

「ロカビリアンとしては、ぼくは、最後のスターです。時代遅れだったんですよ。もう少し、遅く生れてたら、グループサウンズの一人としてデビューするところです。……仕事、なくなってから、悲惨でしたよ。役者をやろうとしてくび、CMソングを歌ってヒットせず……プロダクションを作って、やっと、二人ぐらい売れてきたな、ってところで、奴ら、独立宣言ですよ。小西ともえは、ぼくのラスト・チャンスだったんです」

「それを言うなって。もう一度、やり直すよりないよ」

「だけど、三十七ですよ」

「ぼくはどうなるんだ、ぼくは？　四十六だぞ」

住宅街にあるために、「アニマル・ハウス」は、五〇年代風の乳白色のネオンが、小さく闇の中で光っているだけだ。ドアをあけると、かすかにディスコ・サウンドがきこえ、狭い階段を降りてゆくようになっている。降りきったところにクロークがあり、コートをあずける。

さらに降りてゆくと、テイスト・オブ・ハニーの「今夜はブギ・ウギ・ウギ」が大きくなる。

地下の中二階というのか、壁から柱まで黒ずくめで、しかも、全体が鏡のようでもある広いバーがあった。

「土曜日ですので、階下《した》が満席です。ここで、少々、お待ち頂けますか」

マネージャーが言った。

「ここで充分。ここの方がいい」

寺尾は黒い椅子にかけた。

ボーイがウイスキーと氷を運んでくる。

「おつくりしますか?」

軽く頷いた寺尾は、

「まえに連れて行かれた六本木のディスコテークにくらべると、静かでいい」

「そうですか。ぼくは、もっと音が大きい方が好きですが……」

旗本は、リズムに合せて、上半身をかすかに動かしながら答える。

「清水は、まだ、きていませんな」

「階下《した》で踊ってるんじゃないか」

「いえ、ここにいるように言っておいたのです」

旗本は煙草をくわえる。すかさず、ボーイがライターの火をさし出した。

「おつまみは何にいたしましょう」

「たしか、エビのチリソース煮があったなあ」

「はい、ございます」

「おい、よせよ」

寺尾は止めた。

「安心して下さい。ここは、ぼくが払いますから」

「そういう意味じゃない」

寺尾は旗本に言う。

「さっき、本格的な中華料理を食べたばかりじゃないか。ディスコで、チリソース煮なんか食うなよ」

「ふつうのおつまみでいい」

旗本はボーイに言い直した。

「ここはどういう店なのかね？」と寺尾がたずねる。

「そうですね。サラリーマンと女子大生が多いかな。五十過ぎの人も、けっこう、きますよ」

「初老の紳士で、けっこう、うまく踊るのがいるんだよな」

「ここにくる若いサラリーマンからみれば、われわれも、中年の紳士ってことになるんじゃないですか」

その時、階段に近い隅のテーブルにいた白髪の男が踊り出した。

「なんだ、あれは……」

寺尾は二の句がつげなかった。野暮ったい背広、地味なネクタイに似合わず、老人は、抜群にうまいのである。

「曲が『ＹＭＣＡ』に変ったとたんに踊り出した。変だなあ」

老人は、ぴょん、ぴょん、はねながら、寺尾たちの方に近づいてきて、最後で大きくとび上った。

二人は、思わず、拍手をした。

「あ、ありがとう……」

老人は腰をおさえて、

「いかん、ぎっくり腰になったらしい」

「もう、芝居はいいよ、清水」

旗本が声をかけた。

「……わかりましたか？」

老人の眼が輝いた。

「ど、どの辺から？」

「途中でな」と旗本は苦笑した。「きみは、いつも、やり過ぎる。癖が直っていないな」

「そうか……」

「変装は見事だった。もう少し、抑えた演技をすれば、気がつかなかったのに」

老人の扮装《ふんそう》のまま、清水は近づいてきた。そして、寺尾に一礼し、名刺をさし出した。

「寺尾文彦さんですね。武道館でお見かけしました」

「いつ？」

「リンダ・ロンシュタット公演の初日です。三月二日でした」

「まだRTVにいた時だ、おれが」

寺尾は自嘲《じちょう》気味にわらった。そして、清水史郎に椅子をすすめた。

「リンダ・ロンシュタットは、いかがでした？」

清水は腰をおろしながらきいた。

「すばらしい」

寺尾は自分のグラスにウイスキーを注ぎ足して、

「彼女を観るために、アメリカまで行くつもりだったんだ。まさか、日本にくるとは思わなかった」

「いい声でしたね」

「それもそうだが、彼女のパワー、体力に圧倒された。彼我の体力の差は歴然だ。日本が戦争に敗《ま》けたのは、物量の差だけじゃないと思いあたった」

「ふしぎな感想だな」

青年は笑った。

「ぼくは、彼女が『ウー・ベイビー・ベイビー』を歌わなかったのが残念でしたねえ」

「きみは幾つ？」

「二十六です」

「若いな……」

寺尾は嘆息した。

「しかし、タレントとして売り出すには、決して若くはない」

「はい」

青年は鬘《かつら》と付け髭《ひげ》をとり、眉につけた白い粉をタオルでこすった。これといって欠点はないが、特徴もない、感じの良い顔があらわれてくる。色白なのも、時代の好みからいえば、さほどプラスとは思えない。

「ひっかかったから褒めるわけじゃないが、変装は巧みなものだ」

「しかし……」

旗本が口をはさもうとするのを、寺尾は押えて、

「きみは役者になりたいのだろう。物真似や変装は、そのためには、さして、役に立たない。寄席芸人なら、物真似とか百面相で売れるかも知れないが……」

「……旗本さんにも、そう言われました」

「きみの出演したビデオテープはないかね。それとも、どこかの小ホールで芝居をやる予定とか」

「いまのところ、ないんです」

こういう連中が多いのだ、と寺尾は思った。ただ、そう思って莫迦《ばか》にしていると、突然、売れたりするから、この世界は将来《さき》がわからない。

階下《した》のダンスフロアから響いてくる曲が変った。

イップイップとかボンボンボンとか意味のない音がつづく。

「これだ」と寺尾は表情を硬くした。

「『仕事を探せ《ゲラ・ジョブ》』だ……」

「想い出した！」

旗本は軽く指を鳴らして、

「たしか、ザ・シルエッツというグループが歌ってたんだ」

「これをきくと、尻のあたりが、むずむずしてくる。仕事が要る。仕事がなかったら銀行強盗をやるより仕方がない、といった気分になる……」

「ぼくは、四千万返さないと眠れないぐらいですよ」

旗本は小声で寺尾に言い、

「どうですか、この男？」

「どうって、判断のとっかかりがないなあ」

寺尾は困惑した。

「スタジオで、少しでも、芝居をしているのを見れば、見当がつくかも知れないけれど」

「こういうことができませんか」

　と旗本は声をひそめて、

「寺尾さんのタレント鑑定には定評があります。いまの寺尾さんの立場がどうあろうとも、その方面のひとことには重みがある……」

「どうかねえ」

　寺尾は謙遜《けんそん》してみせたが、その言葉にさえ、自信がにじんでいた。

「ぼくが親しくしてるスポーツ紙の記者がいます。その男を、こっちサイドに引きずり込みます。寺尾さんが、清水君は有望だ、というコメントを出す。記者が記事にする。そうしたら、ぼくが彼のマネージメントを引き受ける」

「詐欺だな、まるで」

「寺尾さんの常套《じょうとう》手段じゃありませんか」

「莫迦を言っちゃいかん。たしかに、ぼくは新人を売り出すベテランと言われた。そのためには、あらゆる手段を使った。……しかしだ。その場合は、タレントその人に才能があるという大前提が必要なんだ。才能が不確かな場合でも、べつな、なんというか、天性の光り輝くものがあればいい。……この男には、才能も輝きも感じられない」

旗本が口をひらこうとすると、寺尾は右手で制した。

「わかっている。きみは、即四千万、必要なんだろ。ぼくも、別れた女房に渡すだけで、あと二千六百万、要る。……しかし、ここで詐欺同然の真似をしたら、いよいよ、信用を失うぞ。ぼくらには、もう寺尾文彦と旗本……旗本なんて言ったっけ？」

「旗本忠敬」

「すごい名前だ。戦争末期に生れたってことが、すぐ、わかる。忠臣の忠に、敬礼の敬。そんなすごい名前のてまえ、恥ずかしい真似をするな。ぼくらに残されたのは、もう、名前だけだ。それも、かなり、汚れている。これ以上、汚すのはよそうや」

「わかりました」

旗本は水割りを飲んで、

「この男に言ってやらなきゃ、お別れだって」

「待てよ」

寺尾は声をひそめたままで、

「ぼくも自信をもって言えるわけじゃないが、この男には、別なにか《サムシング》があるような気がする。それが、何だか、ぼくにも、はっきり摑《つか》めないのだ」

「何でしょうな」

「きみ、わからんか？」

「うーむ……どうも……」

「どういう過去があるの？」

「さあ……」

「妙に馴れ馴れしくて、しかも、腹を立てさせないというのも、ひとつの才能だ。ただ、演技者《アクター》としての才能ではない」

「つまり、保険勧誘員とかセールスマンとか……」

「そんなところだ」

寺尾は、テーブルの向うで水割りを飲み、音楽に合せて、ときどき身体《からだ》をくねらせている青年を観察しながら頷いた。

「社員として採用してみたら、どうかね？　ほら、電話番が必要だったろ」

「あれは、もう、たのんじゃったんです」

「断ればいいじゃないか」

しばらく考えていた旗本は、カシュウナッツを口に放《ほう》り込んで、

「よし、こうしよう」

と声を大きくした。

清水は、こちらを向いて、両手の動きをぱっと止めた。

寺尾は笑いを嚙《か》みしめた。コメディアンとして、三流ぐらいまではいけるかも知れ

ないと思った。

「正直に言って、きみをタレントとして扱うことは、今の時点では、むずかしい。きみも、そこは、わかっていると思う。……ただし、きみが、ぼくの事務所にくることは拒まない。潰《つぶ》れた会社だから、給料は払えんが、たまには、ちょい役程度の仕事の依頼がくるかも知れない。寺尾さんとぼくと、両方で、簡単な用事をたのむことがあったら、やってくれなければ困る。こんなところで、どうだろう？」

「けっこうです」

青年は微笑を絶やさずに、

「ひとつだけ、お願いを言ってもいいですか」

「お願い？」

「要は、無給の社員でしょう。それでも、いいんです。あの事務所のソファーで――床の上でもいいんですが――寝かせて下さい」

「どうですか」

旗本は寺尾の顔をみた。

「まあ、いいんじゃないかな」

「よし、それでいい！」

「助かりました」

清水はにっこりして、

「悪質なサラ金業者に追われているもので」

「きみは、サラリーマンなのか？」

「サラリーマンじゃないから、問題が起っているわけです」

「おい、おい、いくら、借りてるんだ？」

「それは言わない方がいいような気がします……」

翌々日、月曜日の正午に、寺尾は、表参道の銀行に八万円を出しに行った。

残高は三百万あるはずだった。自動現金払い出し機の左端にキャッシュカードを入れ、暗証番号を押すと、〈番号が間違っておりますから正しく押して下さい〉と文字が出た。

そんなはずはなかった。さらに二度押したが、文字は同じだった。もう一度押すと、〈このキャッシュカードは使用できません〉という文字が出た。

カードが吸い込まれたままの細い黒々とした隙間を、寺尾は凝視した。

# 3

〈旗本プロダクション〉という表札のかかった重いドアを、寺尾は、こっそり開けた。

「いまは、まだ、忙しくない。編み物でもしていてくれたまえ」

旗本の声だった。

「はい……」

若い女が答える。

「いまのところ、電話がかかったとしても、一日に五本ぐらいだろう。だが、仕事が軌道にのってくると、一日に百本、百五十本と入る。昼飯を食いに出る閑《ひま》もなくなる」

電話番の人がきたのだ。

（旗本は、着々と手を打っている。しかるに、おれときたら……）

とはいえ、ひきかえすわけにもいかなかった。

寺尾は、わざと靴音を大きくした。

「お早うございます」

左手のソファーで漫画週刊誌を読んでいた清水が、すばやく顔をあげた。

旗本は、ちょっとびっくりした顔で寺尾をみて、

「ご紹介します。今日から事務員になった中本紀子君です」と言った。

寺尾は窓ぎわにいる若い女を見た。とび抜けた美人ではないが、好感の持てる容貌だと感じた。野暮ったいカーディガンに野暮ったい茶のスカートで、化粧をしているのかどうかも分らないが、眼だけが妙に色っぽかった。

(近眼だな、あれは……)

寺尾はそう思った。

どうしても理解できないのは、中国風の赤い紐の耳飾りをしていることであった。そのような耳飾りがこの世に存在し、それを耳朶《みみたぶ》につける女がこの世に存在するであろうことはわかるが、この娘の場合には、ふさわしくないどころか、突拍子もない眺めだった。

(まず、耳飾りを取らせるんだな。なんとも落ちつかなくて、いかん。安物でいいから、ふつうの耳飾りを買ってやる……)

はっと、気づいた。自分は文なしなのだ。

「旗本君、ちょっと……」

寺尾はソファーの方に旗本を招いた。

「なんですか」

旗本は傍《そば》にくると、清水を脇に追い立てた。

「重要な話があるんだが……」

「わかってます、あの表札でしょ。新しい社名を考えるか、寺尾さんの会社の表札をもう一枚出すか……」

「そんなことじゃないよ」

寺尾はソファーにすわって、

「どうやら、ぼくの運は尽きたようだ」

「どうしたんですか」

旗本はメントール入りのモアをくわえた。

「顔色が真蒼《まつさお》ですな」

「三百万あった預金が、すっかり、引き出されている。残《ざん》は二百九十三円しかない……」

「あなたの持っていたキャッシュカードは他人《ひと》のものだったわけですね」

寺尾が落ちつきをとり戻すのを待って、旗本は念を押した。

「そうなんだ。そうと知らないで、キャッシュカード・ケースに入れていた。われながら莫迦げている」

「で、そのキャッシュカードは？」

「銀行で照合したら、すぐにわかった。ある男が紛失したもので、届け出ずみだった……」

「すると……」

旗本はサングラスの中央を中指で押し上げて、

「三百万盗んだ犯人は他人《ひと》のキャッシュカードをひろって、寺尾さんのと擦り替えたわけか」

「寺尾さんが最後に自分のキャッシュカードを使ったのは、いつですか」

清水がソファーの隅からたずねた。

「それは、はっきりしている。先週の金曜日だ。……洋服屋の借金を支払った」

「何時ごろですか」と清水。

「午後一時だ。銀座で用があったので、洋服屋を、四丁目の喫茶店に呼んだ。少し雑談してから、ひとりで、道の向い側の銀行にゆき、自動払い出し機で、一万円札を十五枚出した。残が三百万あるのは、そのとき、明細票で確認している。……喫茶店に戻って、待っていた洋服屋に十五万円を渡した」

「寺尾さん」と清水の声が変った。「退職金の話を、その洋服屋にしたんじゃないですか?」

寺尾は黙考していたが、

「ああ……したよ。もう三百万しか残っていない、とこぼした」

「そこですね」

色白の青年は、急に、生き生きしてきて、

「ぼくがその洋服屋の立場で、金に困っていたら、寺尾さんの三百万をぱくることを考えますね」

「待て待て」

旗本は薄ら笑いを浮べて、

「その男は、初めから、ぱくるつもりできたんじゃないのか」

「そんな……」

寺尾は呻《うめ》くように、

「古くから、RTV出入りの洋服屋で、虎ノ門に立派な店を構えている」

「かりに――かりにですよ、洋服屋が金に困っていたとします」と旗本は早口に言う。

「彼は、寺尾さんの取り引き銀行を知っていて、退職したことも知っている」

「たしかに、ぼくの取り引き銀行は知っているよ。銀行から振り込んだことがあるから」

「その男は、同じ銀行のキャッシュカードをひろうか、銀行に作らせるかしたんだ。そして、男は寺尾さんのと擦り替えた。そんなことをしても、どうせわかるのだけど、幾日かは誤魔化せる。げんに、三百万が消えているんだから」

「会う日を金曜と指定したのは、寺尾さんですか、相手ですか」と清水。

「向うだ」と寺尾は答えた。

「うまい狙いですよ。ふつうの男は、土曜日の午前中、銀行へ行くのは避けます。自動払い出し機の前は、とくに、混みますからね。だから、キャッシュカードをぱくった男にとって、土曜日は穴です。……ところで、あの銀行の自動払い出し機は、一回に二十万まで出せます。五回、カードを使えば、百万——この百万が、一日の支払い限度です。……だから、金曜なら午後六時まで、土曜日は午後二時まで。月曜日、すなわち今日は、午前八時四十五分から支払い機を利用できる。つまり、金、土、月の三日間で三百万出せるんですよ」

（こいつは何者だ？）

寺尾は清水の顔をみつめた。

（ぴったり、当っている。銀行の説明では、金、土、月の三日間に、おれの預金が、百万ずつ、引き出されている……）

「しかし……あの洋服屋とは長いつき合いだから……考えられないよ」

「そりゃ甘いですよ、だいぶ」

と旗本はわらった。

「いや、そんなことをする男じゃないと思う」

「絶対にしない男でもないでしょう」

旗本は立ち上り、電話を左手で摑んで、寺尾の前に置いた。

「その洋服屋に電話してごらんなさい」

「どう言ったらいい？」

「とにかく、ダイアルをまわすんですな」

寺尾は手帖《てちょう》をひらき、洋服屋の番号を確かめた。それから送受器を外し、ゆっくり、ダイアルをまわした。

――こちら、ステーキハウス「牧場」です。

きびきびした声の背後で、皿が触れ合う音がしている。

――小野テイラーじゃないのか？

寺尾はびっくりした。

――小野テイラーさんは、三月前にどこかへ行かれましたが……。

――どこへ越したか、わかりませんか？

――さあ、そういう問合せがよくあります。このあいだは、警察の方が見えました。

寺尾は思わず、送受器を取り落とした。

（そうだ……催促と、会うための打ち合せの電話は、向うからきたのだった……）

「なにも説明しなくても、寺尾さんの表情でわかりましたよ」

旗本は同情するように言った。

「その洋服屋だって、なにも好んでやったわけじゃないでしょう。追い詰められてたんだと思いますよ」

「けしからん！　警察に届けてやる……」

寺尾の身体は小刻みにふるえている。

「なかなか、つかまらんでしょうな。詐欺ともいえない、やけっぱちの犯罪ですが」

「キャッシュカードをどうやって擦り替えたか、暗証番号がどうしてわかったのか——疑問はこの二点です」

と清水はあくまでも冷静に言った。

「どうですか、寺尾さん。落ちついて考えてみませんか。……洋服屋に十五万円わたした——ここまでは、うかがったのです。……その前後に、喫茶店で、あるいは喫茶店を出たあとで、なにか、ありませんでしたか。擦り替えるチャンスは、その辺しかないと思うのですけど……」

「……うむ……」

寺尾は気を沈めようとつとめる。

「とくに……これといって……」

「どんなに小さなことでも、けっこうですから、想い出してみて下さい」

清水の眼は、いままでになく真剣な光を湛《たた》えていた。

「まだ、そう時間が経っているわけじゃないですから」

「それはそうだが……」

寺尾は鬚《ひげ》が芽を出しかけているあごをこすりながら、

「なにがあったろう？……不景気の話をした。インフレが大きく再燃しそうだという話もした。……大阪の三菱銀行事件の犯人の話もしたな。あの犯人の放った銃声が口火となって、全国の銀行、郵便局が襲われるようになった、とか。……あとは、さしたる話もしなかった……」

「話の内容じゃないんです」と清水は異様な眼つきで、「キャッシュカードは、いつも、どこに入れてるんですか？」

「上着の内ポケットだ」

「その上着を脱いで、椅子の背にかけたまま、手洗いに立たなかったですか？」

「そんなことはない」

寺尾は言いきった。

「三月にしては、寒い日だった。暖房が入っていても、寒かった。だから、コートはともかく、上着を脱ぐはずはない」

「アクシデントがありませんでしたか。ほんのちょっとした……」

「あ、そういえば……」

寺尾は想い出した。

「店の女の子が、なにかに躓《つまず》いて、ぼくの上着にコーヒーをかけた」

「その時、上着は？」

「脱いだよ。あたりまえじゃないか、肩にかかったんだもの」

「洋服屋は、どうしてました？」

「上着を脱がせてくれたね。女の子はあわてて詫《わ》びるわ、ぼくはお絞りでコーヒーを拭うわで……」

「上着を脱がせながら、キャッシュカードを擦り替えたのだ、おそらく」

「しかし、おかしいぞ」と旗本が言った。「寺尾さんの肩にコーヒーがかかることが、どうして予測できたのかね？」

「ぼくなら、共犯者を傍のテーブルに置きますね。店の女の子がきたら、そいつが片足をわずかに突き出せばいいんですから」

まるで自分が詐欺師ででもあるかのように清水は答えた。

「その通りだ！」

思わず、寺尾は叫んだ。

「中年の女がいた。ウエイトレスは、女のハイヒールの爪先にひっかかって、転んだのだ！」

「謎《なぞ》ときごっこは晩にでもやろうや」

旗本は現実に立ち戻っていた。

「問題は、部屋代をどうするか、だ。ぼくは、自分の負担分以外に、五万は出せる。そのくらいは、なんとかなる。それでも、まだ、三万足りないのだ」

「…………」

寺尾は途方に暮れている。生活の設計が、根底からくつがえされたのだ。

「三万、ぼくが出します」

清水が片手をあげた。

「ポーカーで稼《かせ》いだ金が、そのくらい、あります」

「喜んで受けとろう」

旗本はうっそりと笑った。

「貸してくれるのか、投資か、どっちだね？」

「投資です。少しでも、発言権が欲しいですから」

清水はズボンのポケットから、クリップに挟《はさ》んだ札を出した。大きな札は三枚しか残っていなかった。

「これで、部屋代は解決した」

受けとった三万円を胸ポケットに差すと、旗本はにやりとした。

「きみは金がなくなったのじゃないか」

「なんとかなります」

清水は奇妙な笑いを浮べた。

「無一文には馴れてます」

「ぼくは馴れていないぞ」

寺尾が言った。

「ぼくだって、部屋代を払ってしまうと、おけらになる」

旗本は片手を開いてみせた。

「中本君の給料はどうするのだ?」

寺尾は心配する。

「まあ、そう、先走らないで」と旗本は小声になり、「彼女、当代一流の放送作家の電話番をしてたんです。放送作家としての技術を身につけようとしてね。ところが、その先生たるや、昨日はホノルルのキク・テレビ、明日は北海道と、講演に忙しくて、技術指導どころじゃない。……で、ぼくは囁《ささや》いたのです。うちのオフィスにくれば、あの寺尾文彦氏が無料でシナリオの指導をしてくれる。但し、三ヵ月は無給だよ、と」

「勝手に、そんな話を捏造《ねつぞう》されちゃ困るなあ……」

「気にしないで下さい」

旗本は平然として、

「問題は、われわれ二人が――いや、三人か――いかにして食いつなぐかということです」

「ぼくは、どうも、暗証番号の件が気になって仕方がない」

清水は考え込んだ。

「犯人は、どうして、寺尾さんの暗証番号を知ってたんです?……道の反対側にいて、どうして分ったんでしょう? 双眼鏡ででも見たのかしら?」

「不可能だ」と寺尾は首を振った。「自動払い出し機は銀行の内側にある」

「五、六回、ボタンを押し直すと、暗証番号をつきとめられる方法があるそうですが」

「キャッシュカードが突っかえされる方式の店があれば、そんなことが可能かも知れない。しかし、あの銀行では、最初にキャッシュカードが吸い込まれたら、正しい暗証番号を押さないかぎり、カードは絶対に戻ってこないのだ……」

三人の男は沈黙した。

「あの……」

中本紀子が、おそるおそる、口を開いた。

「私の考えを申し上げてよろしいでしょうか?」

「む……」

旗本は生返事をする。

「どうぞ、言って下さい」

清水が促した。

「払い出し機の前で、だれか——たぶん、女の人が、寺尾さんに順をゆずりませんでしたか? 『お急ぎでしたら、お先に、どうぞ』とか……」

「な、なぜ、わかるんだ、そんなことが!」

寺尾は愕然《がくぜん》とした。

「その女の人は、寺尾さんの背後《うしろ》にまわって、番号を押すのを見ていたのだと思います」

紀子はしずかにつづけた。

「詐欺としては初歩のトリックですわ。その女は共犯者。おそらく、ウエイトレスを躓かせたのも同一人物でしょう」

「き、きみは、どうして……?」

微笑を浮べた紀子を旗本は疑わしそうに見た。

# 第三章　紳士と淑女

## 1

われながら、みっとも良いこととは思えなかったが、寺尾文彦は赤坂警察署に被害届けを出した。

応対に出てきた署員は、小野テイラーの主人の名をよく知っていて、「モンダイの男ですな」と呟《つぶや》いた。どうモンダイかというと、全国を逃げまわる天才だというのである。

かりに、つかまえたとしても、三百万円は回収できまい、と寺尾は観念した。

神宮前アパートの事務所に戻ったのは夕方だった。

「いかがでした?」

旗本の問いに、

「ま、駄目だろう」

と寺尾は答えた。

「取る奴が泥棒なら、取られる奴は箆棒《べらぼう》、という言葉がある。ぼくは箆棒の見本だ」

「そう捨て鉢にならないで下さい」

「仕方がないよ。旗本君、いろいろ、お世話になった……」

「寺尾さん！」

「無一文のぼくが、ここのデスクを借りているわけにはいかない。気の利いた幽霊なら、姿を消す時分さ」

「まあ、待って下さい。あなたは気が早過ぎる」

旗本は寺尾の前に立ちふさがった。

「あなたが必要なんです。ぼくも、清水君もね。理由は、あとで話します。……中本君も含めて、今夜、再出発のささやかな祝杯をあげるつもりですが、同席して下さいませんか？」

旗本の口調は強引であった。ひとこと反対すると、三ことぐらい言いかえされそうである。

それに——

〈あなたが必要なんです〉

という一語が、寺尾の心に突き刺さった。失業中の男にとって、これは殺し文句に近い。

「祝杯って、そんな金があるのかい」

寺尾はききかえした。

「赤提灯《あかちょうちん》で、ささやかにやるんです」

「再出発の会なら、ぼくも加わるけど」

「ワーオ！」

清水が叫んだ。アメリカ直輸入のこの喚声を、寺尾は好まなかった。

「どうせやるなら、ちゃんとやろう。ぼくが紳士にふさわしい店を探す」

と寺尾は重々しく言った。

いかに落ちぶれたとはいえ、つけのきくレストランがまだ残っているはずだった。

赤坂のビストロは予約で一杯であり、新宿の中華料理屋も満席だと断られた。本当に混《こ》んでいるのかどうか知れたものではない、と僻《ひが》みっぽくなった寺尾は考えた。

九段のインド料理屋だけが、寺尾の予約を受けつけた。

「インド料理というと、カレーですか」

旗本は浮かぬ顔で上着を着る。

四人は神宮前アパートを出た。小雨が降り始めている。

清水は機敏な動きでタクシーをとめ、助手席に滑り込んだ。寺尾はまず中本紀子を乗せ、次に自分、旗本が最後に乗って、ドアをしめる。

「きみ、なぜ、眼鏡をかけないの？」

窓の外を眺めている紀子に、寺尾は不意にたずねた。

「どうして、わかるんですか？」

紀子は驚いたようである。

「なにが？」

「私が近眼なのが……」

「商売さ」

寺尾は軽く言った。

「ディレクターってやつは、他人の健康状態を判別できないと、つとまらない……」

「へえ、すごい」

(要するに、女優の生理日を見抜くってことだが……)

寺尾は心の中で呟いた。

「でも……」と紀子は言い淀《よど》んで、「私、眼鏡が似合わないんです」

「コンタクト・レンズにすればいい」

そう言ってから、はっとした。

（まったく同じ会話を、遠い過去において交したことがあるぞ。そうだ、真知子と知り合った時だ。あの時は、知り合ってから五時間後に、コンタクト・レンズをはめさせたのだ……）

インド大使館の館員たちが好むといわれる店のカレーは、やたらに辛かった。スープに逃げ道を見出《みいだ》そうとすると、これがまた、辛い。肉料理を口に入れると、これも辛い。

辛くないのは、ビールと水とコーヒーだけだった。

「死に死にですよ」

さすがの旗本が悲鳴をあげる。

「デザートのアイス・クリームはよしましょう。ひょっとして、カレー粉が入っているといけない」

四人は九段の坂を降り、近くのホテルの、かなり広いバーに入った。

「ここまでくれば大丈夫でしょう」

清水の言葉に、三人はふき出した。

彼らのほかに客の姿が見えないバーには、リンダ・ロンシュタットの「ブルー・バイユー」が流れている。

「いつ聴いてもいいな」と清水は声を低めて、「FMで、井上陽水が『ブルー・バイユー』に痺《しび》れたと話してるのをきいて、あの男を見直しましたね」

「ぼくは『バック・イン・USA』が好きだがね」

もとロカビリアンは言った。

（このバーは、蒼い入江《ブルー・バイユー》そのものだ……）

そう思って、寺尾はほっとする。〈バイユー〉は、入江といっても、アメリカ南部の、どろりとした沼のようなものを指すはずだった。そして、ここはまさに天井の隅だけが蒼《あお》く明るく、あとは仄暗《ほのぐら》い。

「なにを笑ってるんです？」

旗本が寺尾を見つめた。

「なにって、自分をさ……」

寺尾はゆっくりと答えた。

「四十代半ばで、自分の人生が、ぱっと消えてだな、GAME OVERって文字が出る感じがわかるかい。……ワンパターンと批判されても、ぼくは言うよ。中学一年の夏まで〈屠《ほふ》れ米英われらの敵だ、進め一億火の玉だ〉って教育を頭に詰めこまれてきて、一夜で、どんでん返しだ。次の標語は〈アメリカ映画は文化の窓〉さ。毎日毎日、アメリカに学べ、を続けてきた挙句が、朝鮮戦争だ。またしても、どんでん返しよ」

「どういう意味ですか？」

清水がきいた。

「アメリカ軍は占領軍で、日本の民衆を救いにきた解放軍じゃないってことがわかったのさ」

「あたりまえじゃないですか」

「当時は、わからなかったんだよ、みんな」と寺尾は語調を強めた。「大学を出た年は不況で、何度も、失業さ。ようやく仕事にありついて、間もなく高度成長が始まった。猛烈社員とか煽《おだ》てられて、狂ったように働いたのは、ぼくらの世代だ。戦争中の〈進め一億火の玉だ〉精神がよみがえった雰囲気《ふんいき》だった……」

「でも、寺尾ディレクターは醒《さ》めてたよな」

ブランデーのグラスを片手に旗本が指摘した。

「あなたは、こんな騒ぎがつづくのは、おかしいと言ってた。必ず、どんでんがくるって……」

「ぼくは用心深いんだ。黄金の六〇年代とか、未来はバラ色なんて言われると、ヤバいと思う。きっとどんでん返しがくるぞ、と直感する。——案の定、石油ショックがきた」

「醒めてるんだ、あなたは」

　と旗本はかすかにわらって、

「たしかに用心深い。ただ別な部分が不用心だったから、今度みたいなことになったのよ。しかも、三百万、ぱくられてさ」

「完全な人間はいないさ」

　寺尾は、むっとして答えた。

「いや、失言でした」

「……ぼくは、もう、GAME OVERって文字を見てしまった。しかも、なにもかも失った。逆にいえば、ぼくは、もう、なんでも出来るってわけさ」

　不意に、沈黙がきた。

　リンダの歌声はつづいている。

　南部の蒼い入江《ブルー・バイユー》に恋人を残してきてから、ずっと孤独で、心が晴れたことがない、という ロック・バラード。わずかな金を溜《た》め、働き通しなのは、いつか故郷に帰れる夢があるからだ、と歌いながらも、その夢が、ついには夢で終るしかないような哀《かな》しみが伝わってくる、すばらしい歌声だった。

（だれだって、心の底に、おのおのの〈蒼い入江《ブルー・バイユー》〉を抱いている……）と寺尾は考えた。

（おれの場合は、戦争に敗《ま》けて、集団疎開から焼跡の東京に戻った時代……空が、ぽかんと蒼かったあの数年だ。故郷といったら、あれしかないし、といって、いまさら戻りようもない……。おれは無邪気《イノセント》だったし、日本人ぜんぶが、未来について、おどろくほど無邪気《イノセント》だったのだ……）

彼はその想いを噛《か》みしめていた。

ややあって、旗本が発言した。

「どうですか。スポーツ紙の記者を仲間に入れて、タレント清水史郎を売り出す計画ですが、もう一度、考えて貰えませんか？　芸能週刊誌の記者にも、書いてくれそうなのが、ひとり、いるのです」

「ぼくを必要とするってのは、それか！」

寺尾は呆《あき》れた。

「ええ……」

「おかしいな、旗本忠敬といえば、もっとフェアな男だったはずだ。……きみ、なにか、あるな」

「いえ……」

「本当のことを言えよ。そうすれば、ぼくも、参加するかどうかを考える」

「じゃ、はっきり言います。四千万、暴力金融から借りたことは、まえに話しましたね。……あと十日で、とりあえず、一千万返さないと……」

「どうなる？」

「これもんです」

旗本は左腕を、付け根から、ばっさり斬る手つきをしてみせた。

「きみ、そんな極端な……」

「相手は暴力団ですからね。こっちを昇り坂のプロダクションと信じ込ませて借りたんです」

「担保はないのかい？」

「中目黒の小さなマンションがそうですが、それだけじゃ、四千万円貸しません。……ぼくも恰好をつけましてね。この身体《からだ》が担保だ、みたいなことを言ったんですわ」

「ふーむ……」

「そうしたら、向うが乗りました。『気に入った！　きょうび、極道かて、そないな台詞《せりふ》、言わんで』――ぽーん、と小切手をよこしました」

「それが裏目に出たわけだな」

「両手両足四本で、四千万円。返せない時は、一本ずつ斬るという約束で……」

「きみ、警察へ行ったら、どうかね？」

寺尾はすすめた。

「もう少し、穏便にすます方法はないのか」

「旗本さんの場合は極端過ぎますが、サラ金だってきびしいですよ」

清水が口をはさむ。

「ぼくは、数人に追いかけられているのです」

「いくら借りたんだ？」と旗本。

「十七軒の業者から借りた金に、雪だるま式に利子がついて……」

清水は定期入れから超薄型電卓をとり出して、指をこまかく動かし、

「わっ、二千万を超えたか」

「きみはどういう人間だ？」

旗本は溜息をついた。

「借金といっても、せいぜい、二、三十万だと思ってた。それじゃ、きみの顔写真を公開できないじゃないか」

「そうでしょうか」

「当然だ。サラ金業者がオフィスに殺到してくる」

「三人あわせて、九千万近い金が、とりあえず、要るわけだ。これは、ふつうの方法で作れる金額じゃないぞ」

寺尾は腕組みした。出社第一日目の中本紀子は、さぞや、呆れていることだろう。

「はっきり言って、詐欺をやるよりないです」

清水は二人の男を見た。

「寺尾さんは、やられたんじゃないですか。騙《だま》されたら、騙しかえせ、ですよ」

「それは飛躍し過ぎる。……ぼくは詐欺行為を提案しているんじゃない」

旗本は紀子の存在を意識しながら、

「少くとも、ぼくらの世界で儲《もう》けている奴はまともなやり方はしていない。といって、詐欺をやっているわけでもない。——すれすれだ。すれすれのやり方をしてる奴だけが、生き残る」

「どの世界でも同じだよ」

寺尾がつけ加えた。

「いや、芸能界はゆるいですよ。一億円持ち逃げしたと新聞に報じられたマネージャーが、いつのまにか、カムバックしてる世界は、ほかにないですよ」

「政界は、もっと、ひどいぜ」

「あれは、もう、別格です」

旗本はサングラス越しに寺尾に笑いかけ、

「このすれすれってのは、構造的なものです。かりに、下請け会社が、テレビ局から、番組制作を六千万円で請け負ったとします。このとき、番組が二千万で完成したら残りの四千万が儲けになる。局の方には、もっとかかったように言っておけばいい。これなんか、〈フェアではないが、詐欺でもない〉一例です。……ぼくが、寺尾さんといっしょにやりたいのは、こういった仕事です」

「よく、わかる……」

寺尾は大きく頷《うなず》いた。

「しかし、それだけの仕事をするには、ある程度の資本が必要だ。素手では無理だ」

「今夜は、このくらいにしといた方がいいんじゃないですか」

清水が、そわそわした。

「中本さんが退屈してますよ」

寺尾と旗本は、同時に、紀子を見た。水割りを飲んでいる紀子は、首を横にふった。

「呆れたでしょう?」

寺尾はていねいな口調で言った。

「男どもの妄想《もうそう》ってのは、こんなものです」

「妄想にしてはリアル過ぎる感じだわ」

紀子は微笑を漂わせた。

この女、いったい、幾つだろう、と寺尾は思った。二十四、五という感じだった。

「きみは変ってるぜ」

旗本が興味を惹《ひ》かれたように言った。

「ぼくらの話をきいても、びくともしない。キャッシュカードの話の時は、たしか、〈初歩のトリック〉と言った。そういう、世馴れた、利巧そうな態度を装うのが趣味なのか？」

「そんな、趣味だなんて……」

「じゃ、なんだ？ おかしいじゃないか？」

「旗本君……」

寺尾はたしなめにかかる。旗本は酒が強くないはずであった。

「中本君、気にしないでくれたまえ」

「私の態度がいけなかったんだと思います」

紀子は寺尾の眼をまっすぐに見た。

「私が驚かなかった理由を申し上げます。そうすれば、わかって頂けるでしょうから……」

「いいんだよ、旗本君は少し酔ったんだ」

「たしかに、私は、びくともしませんでした」

紀子は、かまわずに続けた。

「べつに驚くことはなかったのです。私の父は……戦前に、名が知られた詐欺師だったのですから……」

寺尾はかすかに口を開けた。旗本はサングラスを外して、紀子を見つめた。清水は、ただ、まばたきをするだけだった。

## 2

まっさきに常態に立ち戻ったのは旗本である。

サングラスを、おもむろにかけ直すと、

「こいつはシビアな冗談だ。ははは、ははは」

「いえ、冗談ではありません」

紀子は、はねつけるように言った。

「冗談で言えることだと思いますか？」

ばつの悪そうな顔で、旗本は沈黙した。

「しかし……」

寺尾は慎重に言葉をえらびながら、紀子の眼を眩《まぶ》しげに見た。

「どうして、そんなことを自分から口にしたの？」

紀子は困惑気味の表情になった。

ややあって、自分自身に言いきかせるように、

「お話をうかがっていて、私も同じ身だと思ったのです。追いつめられている点で……」

「追いつめられているって……きみが？」

「ええ」

紀子は氷だけになったグラスを両手で玩《もてあそ》んでいる。

「さしつかえなかったら、話してみないか？」

好奇心を抑えようとして、寺尾は乾いた声になった。

「私、放送作家志望で、シナリオの学校へ行ったり、いろいろしたのですが、どうやら才能がないらしいとわかったのです……」

「そんなこと、まだ、わからんさ」と寺尾は即座に言った。「才能の有無《うむ》なんて、なかなか、わからないものだ。三十過ぎてから、ものになった放送作家は、ざらにいる。それを、きみぐらいの若さでだね……」

「私をいくつとお考えですか？」

紀子は挑むようにきいた。

「女のひとの歳を云々《うんぬん》するのは、ぼくの好みではない」

「逃げないで下さい。いくつとお思いですか」

　真摯《しんし》な眼つきで問いかけられ、寺尾は窮した。

「いまの話題と関係ないじゃないか」

「〈きみぐらいの若さで〉と、おっしゃったわ……」

「だから、若いんだよ、きみは……そうだろ？」

「私、二十八です」

　思いきったように紀子は言った。

（若く見えるんだな）と寺尾は思った。（しかし、この耳飾りが問題だ。二十八になっているわりに、美的センスが幼い）

「若いよ、二十八ってのは」

　寺尾の声はやや苦しげだった。自分でもそう感じるのだから、他人にはもっと苦しげにきこえただろう。

「そりゃ、青春まっ盛り、とか、青春ど真ん中、とかいう年齢じゃないわな。だけど、あれじゃない？……つまり、なんというのか、ほら、おとなの味わいってやつが、しみじみと……」

「そう、そこよ」

　と旗本は軽薄に受けて、

「日本人の平均寿命は、どんどん、延びてるんだ。欧米じゃ、中年ての は、四十五から六十までを指すんだって。そうなると、まあ、寺尾さんは、れっきとした中年だ。だけどさ、おれたち三人は、西欧流にいえば、ずばり青春ピープルよ。二十八なんて、まだ餓鬼じゃないかね」

「そうですよ、中本さん」

清水が、あまり、信じていなさそうな口調で言った。

「海の向うに太陽が沈んでゆく。砂浜を、思いきり、水着で走るんですよ、『おーい、青春！』て叫びながら」

「きみが言うと、すべてが、わざとらしくなるんだよ」

旗本は清水を叱った。

「変な声で『おーい、青春！』なんて呼びかけるなよ。青春が、いやがって、どっかへ行っちゃうぞ」

「二十八ってのは、もうすぐ、二十九になるってことですわ」

紀子の声は独白に近かった。

「そうですとも」と清水は頷き、「二十九の次は三十です。もの`は順序良く行ってるもんで」

「茶化すな」

旗本がきびしい声を出した。

「女としての焦りと、才能が芽ばえない焦りと両方あるんです、私。お金が要るものですから」

寺尾は黙って耳を傾けている。なにか、事情がありそうだった。

「父は七十を過ぎていて、車椅子で生活しています。むかし、闇市で、足をピストルで撃たれたもので」

「ピストル?」

清水がびっくりした。

「むちゃな話だなあ」

「驚くことはない。そういう時代を昨日のように覚えている」

寺尾の眼に笑みが浮んだ。

「車椅子となると大変ですねえ」と清水は首をふった。「だれかが、つきっきりじゃないと、まずいでしょう」

「母が去年死んで……父は身体が衰弱してるんです。……病院に入れなければならないのですが、その費用がなくて……」

「どのくらい、かかるものですか?」

「とりあえず、五百万はないと……」

なるほど、同じ身の上だ、と寺尾は思った。

「私の考えが甘かったんです。高校のころから、放送作家になったらお金が稼《かせ》げるんじゃないかと思って……。家があんまり貧しかったので、そんな妄想にとりつかれて、気づいてみたら、十年経っていたわけです」

「放送作家が華やかだった時代があったからね」

寺尾は心から同情した。幸か不幸か、彼は夏目漱石の「三四郎」の中の名台詞〈可哀想だた惚《ほ》れたって事よ〉を忘れていた。

「しかし……失礼ですが、お父さんは……その、詐欺みたいなことをやって、稼いでたんじゃないんですか?」

彼の言葉づかいは、俄《にわ》かに、ていねいになった。

「それはまた、ずっと昔で……昭和十年ごろだそうです。銀座、新橋あたりで長島といえば、ずいぶん、鳴らしたそうですが……」

「長島?」

旗本が顔をあげた。唇のはしにはさんだモアの灰が落ちる。

「きみと名前が違うじゃないか」

「私の本名は長島です。中本はペンネームです」

「あ、そうか」

「どうでしょうか」

と清水が真剣な口調で言い出した。

「長島さんのお父さんに、われわれの窮状を相談してみたら?」

「どういう意味だ、それは」と旗本。

「意味も、なにも、ないでしょう。この四人で一億円弱の金が要るんです。とくに、旗本さんは、十日間で、一千万円、捻出《ねんしゅつ》しなければならない。これは、もう、まともなやり方では無理です」

旗本は、しぶしぶ、頷いた。

「お父さんの衰弱は、どの程度ですか?」

清水は性急に紀子に問いかける。

「このところ、少し、良いようです。毎年、二月を過ぎると、回復するんです」

「会話は、ふつうにおできになる?」

「ええ」

「気を悪くされると困りますが、頭の回転は?」

「それも、ふつうです。でも……」

「でも、何ですか?」

紀子はかすかに笑った。

「何です。どうしたんです?」

「父は……現役じゃないんです。とっくに引退した人です」

「ひとつだけ、うかがいます」と寺尾は念を押すように、

「お父さんは闇市で足を撃たれた。……闇市というからには、三十年か、もっと、昔の話ですね。そして、車椅子の生活になった。――間違いないですね、ここまでは?」

「ええ」

「それ以後は、どうですか。そっちの方は、ずっと、何もしていないですか?」

「まったくないわけではありません」

紀子は眼を伏せた。声が低くなっていた。

「わかりました。それ以上は、うかがいません」

旗本のサングラスの奥の眼が嗤《わら》ったようだった。紀子ではなく、自分のフェミニズムを嗤ったのだろう、と寺尾は思った。

「詐欺師の引退というのが、具体的にわからない」

清水は首をかしげる。

「毎日、何をしてらっしゃるのですか?」

「新聞の犯罪記事の切り抜きと、とめどない妄想です」

紀子は屈折した、やや意地の悪い言い方をした。

「頭の中で詐欺をやっているのでしょうか。電話をかけて情報を集めていることもあります。足を洗った友達を呼んで、ビールをほんの少し飲むのが、たのしみのようです」

「面白い。ぼくひとりでも、是非、ご紹介願いたい」

清水が子供っぽく笑った。

「ね、いいでしょう」

「社員の単独行動は認めない」

旗本が強く言った。

「ぼくも行くことにする」

暑さ寒さも彼岸まで、というが、春分の日を過ぎても、いっこうに暖かくならない年であった。

六本木の交差点から旧竜土町側の裏道に入り、細い露地をいくつも曲ったところに、昭和三十年代、経済高度成長が始まる前に建ったとおぼしい、モルタル造りの二階建てアパートがあった。当時としては、気が利いた建物だったはずだ。

三人の男がめざすのは、一階のいちばん奥の部屋だった。

（正気の沙汰とは思えん）と寺尾は、ひとりごちた。（詐欺師風情に話をきくなんて……）

彼の関心は、紀子の私生活の場を覗《のぞ》き見することにあった。ひとりの女性に興味を持つと、その女性の生活のディテイルまで知りたくなる癖があるのだ。

「間違いありません、ここです」

清水がメモ用紙を片手に言った。

「ブザーを押してみろ」

旗本はそう命じて、

「この辺のアパートは、変ってないスね、寺尾さん」

「むかし、放送作家が多く住んでたな」

寺尾は感傷的な気分になる。

「あ、どうぞ」

紀子が顔をのぞかせて、

「どうぞ、お上りください」

自宅にいるせいか、彼女は変な耳飾りを外している。

それだけではない。寺尾を見るときの見つめ方が、ゆうべほどは強くなかった。

寺尾は靴を脱ぎながら、さりげなく、

「コンタクト・レンズをはめたの？」

と声をかけた。

紀子は、やや驚いたようだった。

「わかりますか？」

寺尾は余裕のある笑みを眼に湛《たた》える。

「さっき、作って貰ったばかりです」

そう言って、ダイニング・キッチンの奥の和室を指さした。

絨緞《じゆうたん》で畳をおおった和室は日当りが良かった。

来客に背を向ける形で、旧式の車椅子に乗った老人がいた。茶色のニットキャップをかぶり、タータンチェックの毛布をひざにかけている。

「パパ……」

紀子が声をかけた。

「お客さんよ」

車椅子がゆっくりと半回転した。

端正で、色白の、痩《や》せた顔があらわれる。皺《しわ》はあるが、しみがないので、六十そこそこにしか見えない。パジャマに臙脂《えんじ》のナイトガウンを着た姿は、平凡な勤め人の老後を想わせる。

だが、〈平凡さ〉と程遠いのは、人の心を射抜くような眼光であった。それは、他人に、警戒心を抱かせるようなものではない。むしろ、他人の心を開かせ、捲き込み、吸い込んでしまうような、不思議な深みを感じさせた。

「詐欺をやってみたいとおっしゃるのは、どの方かな」

老人は、にこりともせずに、低い声で言った。

「パパ……」

紀子の声は懇願するようだった。

老人の眼は清水にとまった。わかるのだろうか、と寺尾は思った。

「悪いことは言わん。そんな考えは、すぐに棄てることだ」

「パパ、まだ、ご挨拶もすんでいないのに……」

「これは失礼しました。紀子がお世話になっとるようで」

頭が薄いのか、ニットキャップを取らずに、首を突き出すようにした。

三人の男は、小さなソファーに、身体をくっつけるようにしてすわった。老人のペースに捲き込まれまいとするだけで精一杯であった。

「ご事情の一端は、娘からききました」

と、老人は、依然として笑わずに言った。

「わしがこんなことを申し上げるのは滑稽に決っとる。……しかし、詐欺は間尺に合わんものです。借金で命が危くなったら、警察に逃げ込むのがよろしい」

「お言葉ですが……」

　旗本はサングラスを外して、上着の胸ポケットに入れた。

「どのみち、金を返さなければ、ことはすまないのです。警察に駆けこめば、後日、胸板を鉛玉でぶち抜かれます」

「話し合いの余地はないのですかな？」

「ありません」

　老人は初めて、唇を歪《ゆが》めた。それが彼の笑い方らしかった。

「このところ、テレビや新聞で見る限り、実に詐欺が多い。スクラップブックが、すぐ、一杯になる。玄人、素人、どちらも、四十代が多い。四十五、六、七――そこらの連中が……」

「追いつめられているからです」

　思わず、寺尾が発言した。

「ぼく、四十六ですが……もう将来《さき》は見えてるし、理想は、とっくに消えている」

「理想？」

「ええ。ぼくらの世代が、闇市の上にひろがる蒼空をみて、心から信じた解放感が……」

「闇市と解放感が、どこで結びつくのだ？」

老人は唇を歪めて苦笑した。

「わし自身が傷を負ったことは別にしても、二度とごめんだ、あの時代は。……解放感？ 笑わせてはいかん。あったのは、絶望と暴力——この二つだ。あとは、何もない。戯言《たわごと》を言うてはいかん」

「パパ……」

紅茶を運んできた紀子が優しくたしなめる。

「詐欺という行為に、夢や希望を持つのは、およしなさい。ロマンティックな部分がまったくないものじゃ。……それに——いうたら独特の才能が要る。血液型でいうと、詐欺師はB型に多い」

（おれもB型だ）と寺尾は思った。

「素人が成功するほど、この道は甘くはない。やめるこってす」

「パパ、もっと面白い話をしてあげて」

紀子が気を使う。

「ほら、例の銀行の手とか」

「なに？……」

「これは、あくまでオハナシですの」

と紀子は三人に言った。

「暴力や威《おど》しによらずに、銀行からお金をとる方法をパパは考えついたんです……」

# 第四章　あの手この手

## 1

「まさか……」

さしも厚かましい清水も、思わず、絶句した。

「考えられんな。暴力なしで銀行から金をとるなんて」

からかわれたように感じたのか、旗本はサングラスを鼻の上に戻した。

「いや……」

老人は静脈が青黒く浮き出た、白く細い手をあげて、

「これは、わしのアイデアではない。ごく最近、じっさいにやった奴がおるんじゃ。わしは、それに肉をつけ、ふくらませただけだ」

旗本の表情が硬くなった。愛用のメントール入りモアを取り出す手がふるえた。

「たとえば……一千万円でも、可能ですか？」

答える代りに、老人の鋭い眼が旗本を射た。

「現実の犯人は、単独で、千九百万、奪っとる。ただし、大阪の三菱銀行襲撃事件のまえだ。いまでは、各銀行とも、監視装置を据えつけておるから、単独では不可能だが……」

「〈だが……〉、なんですか？」

「まあ、いい」

老人は紅茶にミルクを入れて、ひとくち啜《すす》り、

「あなた方は、詐欺というと、すぐ、手形のパクリ屋とか、地面師とか、そういったものを考えるのではないかな……」

「はあ」

「マイホームを夢見ている貧民――わしは庶民という偽善的な呼び方を好かんが――そういう連中を騙《だま》したりするのは、わしの性に合わん。お断りしておくが、これは主義だの、なんだのという大層なものではない。だいいち、わし自身、いうなれば〈庶民的な〉生活を送っとる。こと志に反してじゃ」

寺尾と旗本はかすかに頷《うなず》いた。

「茶道や華道というものがある。わしは、ひとを騙すにも〈道〉があっていいと思う」

「詐欺道ですか」と寺尾。

「コン・ゲーム道じゃ」

「コン・ゲーム道!?」

三人の男は叫んだ。

「さよう。……娘にきいたのじゃが、寺尾さんがやられたというキャッシュカードの擦り替え、あれが初歩じゃ。……もう少し、例をあげてみよう。紀子、ここ三年ぶんのスクラップブックをとってくれ」

「はい」

紀子は本棚一杯のスクラップブックのうち、数冊をとり出してきた。

「新宿で、銀行の夜間金庫の偽物を、ベニヤ板とアルミ箔《はく》で作った事件は知っとるじゃろ。幼稚過ぎるな、あれは。……うむ、これ、これは面白い」

老人はガウンのポケットから眼鏡ケースを出し、老眼鏡をかけた。そして、スクラップブックを近寄せて、

「苦しくなると、みんな、頭を使う。いいことだ」

と呟《つぶや》いた。

「立川市のあるスーパーで起ったことじゃ。——煙草売り場に電話がかかってな。女子店員が出ると、男の声で『おたくで、家内といっしょに、千円札でセブンスター四

個を買い、釣り銭四百円を貰った。家に帰ってみると、なんの間違いか、女房が、別に、九千八百八十円を釣り銭として受けとってきた。明日、返しにゆきます』と言い、名前と電話番号を告げた。……五分後、中年の男がその売り場に現れて、同じ女子店員に『夕方、一万円札でハイライト一個を買ったが、急いでいて、釣り銭を貰うのを忘れた』と言うて、釣り銭を要求した。女子店員は、とっさに、『この人に渡すべき釣り銭を、電話の男性の奥さんに渡してしまった』と思い込んで、店頭の男に現金九千八百八十円を渡した。男はすぐに立ち去り、もちろん、釣り銭を持ったもう一人の男は現れない。電話番号はでたらめというわけだ」

「二人の男は同一人物だったわけですね」

と清水が念を押した。

「もちろん……」

老人は、あごを引くようにして、

「この記事によれば、釣り銭を受けとりにきた男は、手にハイライト一個を持って、見せつけるようにしたというのじゃ。女子店員は、一万円札でハイライトを売った記憶はなかったが、同僚が一人いるため、同僚が売ったものと思った。コン・ゲーム道の要諦《ようてい》は、相手の一瞬の混乱を利用し、おのれのプラスに転化させることだ」

「でも、女子店員が可哀相ですなあ」と寺尾。

「若干の皺寄《しわよ》せが行くのは仕方がない」

老人は、あっさり言った。

「金額はみみっちいが、コン・ゲームの新手《あらて》として、わしは評価する」

「集団でやるコン・ゲームはありませんか」

と清水が熱心にきいた。

「六年ほど前だったか、そんなのが、あった。……競馬のノミ屋をひっかけるのじゃ」

「あ、新聞で読んだ！」と旗本。「たしか、五人組でしたね。時間を三分間、ずらすやつだ」

「ふむ……」

長島老人は唇を突き出して、

「奴らはテープレコーダーを改造したのだ。エンドレス・テープ方式でな、リールの間隔と再生、録音装置に細工した。つまり、三分後に音の出る仕掛けのついた短波の発信装置を電器屋の店員に作らせて、周波数に合わせた別のラジオに流したのだ。……このラジオを喫茶店に置き、そこから流れる実況中継で、カモであるノミ屋と勝負をする。〈実況中継〉は、喫茶店の隣室のアタッシェ・ケース内にセットした発信器から、三分遅れで流されるものさ。喫茶店の隅では、グループの一人が、本物の中継放送をポケットの中のトランジスター・ラジオからイヤホンできいている。着順情報は三分早く入るわけだから、ブロックサインで、カモのそばの相棒に流せばいい」

「なるほど……」

寺尾の好奇心が動いた。

「そういえば、テレビの画面を使ってもろに騙すのを、『どっきりカメラ』で観ましたよ。競馬のVTRを編集して、まったく架空のレースを作ってました」

「いまの話の五人組は、三億円以上稼《かせ》いで、つかまったはずだ」

と老人は、三人を見まわした。

「なぜ、つかまったか、わかるかね?」

三人は答えなかった。

「回数が多過ぎた。同じ手で、百回以上というのは、むちゃだな」

「あの……」

寺尾は、おそるおそる、口を開く。

「キャッシュカードを詐取するグループも、あるのでしょうか?」

「あまり、きかんな。キャッシュカードを使う場所は、たいがい、テレビカメラで記録され、ビデオテープが銀行に保存される。犯罪としても、引き合わん。……多いのは、クレジットカードの詐欺グループだ。いま多いのは、カード所有のグループの一員が、わざと警察に〈盗難届け〉を出す。別のメンバーが、そのカードを使って商品を買いまくり、売りさばくのだが、わしに言わせれば、品格のない犯罪だ」

「品格？」

「さよう、品格と機智《ウイット》のない犯罪を、わしは認めない。——仲間で車をぶつけ合って交通事故の保険金を詐取したり、手品のタネを使って自分を超能力者に見せかける僧侶《そうりょ》などは、最低だ。わしらコン・マンの風上にも置けぬ」

「すると……」と清水が上眼づかいに、「コン・ゲームのあるべき姿ってのは、どんなものでしょうか？」

「ソフィスティケーションとユーモアじゃ」

老人は、にこりともしなかった。

「アメリカで、こんな話があった。——ある会社で、午後五時の終業以後、保安のための従業員ひとりを残して、全コンピュータ要員が帰宅するようになっていた。ところがじゃ、その保安用の従業員というのは、実は、別の計算センターの社員で、二十数人の仲間を呼んで、夜間だけ、一年半ものあいだ、最新型コンピュータを無料で使用して大いに稼いでおったというんじゃ」

「考えましたな」

旗本がにやりとした。

「この話には、落ちがある。——発見した社長は、一時は怒り狂ったが、この男の知恵に感心して、子会社の社長にした、というのだ」

三人は思わず笑った。

「これはなかなか、むずかしいことだが……コン・ゲームの理想は、被害者に被害に遭っていると感じさせぬことにある。被害に遭っている、どころか、自分は助けられている、仕合せだ、と信じさせせねばならない。コン・ゲームは、そこまで高められねばならぬ。つまり、これは形のない芸術なのだ。繊細でソフィスティケートされた完《かん》璧《ぺき》さ、——わしが若いころ、追究したのは、そうしたゲームだった。金は二の次でさえあった。……戦後のどさくさに、わしの理想追究にたるみが生じた。みんなが安易な詐欺で成功しているのを見て、おれも、と思った。その結果が、これさ……」

老人は足を指さした。

「安楽椅子探偵《アームチエア・ディテクティブ》という言葉があるが、わしは車椅子《ホイールチエア》コン・マンじゃ。作戦、アイデア、理論《セオリー》、すべて、ある。アイデアは、若いころより、冴《さ》えとる。円熟しとる。……ただ、悲しいかな、肉体がない。いや、足がない。……紙の上で作戦を立てるだけじゃ。囲碁、将棋と少しもかわらん」

「ぼくでよかったら、あなたの足になります！」

清水が熱っぽく言った。

「どうか、将棋の駒として使って下さい！」

「甘い！　甘いぞよ！」

老人の声は鞭《むち》のようだった。

「他人に隙があったら、つけこもうとしているその眼、薄い唇——わしには、手にとるように読める。うすっぺらな野心と焦り。コン・ゲームにとって、つまずきの元はそれじゃ。……そうした邪念をすてたところから、コン・ゲーム道がおのずから開ける」

「……と申しますと……あの……金銭を欲してはいけないので？」

「いけないとは言わぬ。じゃが、それは、あくまでも、結果だ。わしの理想は、コン・ゲームのプロセスそのものをたのしみ、結果として若干の金銭を貰う。それは、屹立《きつりつ》した才能に対して、愚民が送る喝采《かっさい》という風に、わしは解しておる」

（建て前ばかり、ならべてやがる）

と旗本は苛々《いらいら》した。

（こうしている間にも、タクシーのメーターが動くみたいに利子が増えてるんだ。ちいんけな理屈なんか、まっぴらだぜ）

（コン・ゲームというと、洒落《しゃれ》てきこえるが、要するに、詐欺だ。旗本や清水はともかく、おれは、まったく向いていない……）

寺尾はそう考えた。

（この親父《おやじ》の負傷は、いわば、自業自得だ。おれは、べつに、同情しない。……しかし、あの娘はちがう。彼女を窮地から救い出せるのは、おれしかいないだろう……）

白馬の騎士か紅はこべ、といった女性救出衝動を心の底に抑え込んでいる寺尾は、深い思索に耽《ふけ》っているようにみえた。その表情は、ハムレットのごとくに沈うつ、かつ、憂愁の色を帯びている。

「ケーキを買ってきます。近くに、おいしいチーズケーキの店ができたので」

紀子は一同に声をかけた。父親ゆずりの色白の頸《くび》に黒子《ほくろ》があるのに、寺尾は初めて気づいた。

「あの娘じゃが……」

老人は、紀子が外に出るのを見届けてから、声音を変えた。

「本当は茂子というのだ。あの娘《こ》が内向的な性格に育ったのは、この名前のせいが大きいと思う」

「長島茂子……」

旗本は呟き、ぷっと吹き出した。

「仕方がないわい。名前をつけたころは、長嶋茂雄なんて有名じゃなかったんだから」

「そ知らぬ顔で、紀子さんと呼びましょう」

寺尾は妙に毅然《きぜん》と言った。

「お嬢さんの言ってた〈オハナシ〉ってやつを、もう少し、きかせて下さい」

と旗本は乗り出して、

「単独では不可能だが、と、おっしゃいましたね。ということは、複数なら可能という意味ですか？」

「可能だな」

老人は、つまらなそうに言う。

「一千万円でも？」

「ああ」

「時間がかかるものですか？」

「なに、二、三秒だ。一秒でできる場合もある」

「ずばりと言って下さい。いや、教えて下さい」

「わしが教えるまでもない。娘が、よう知っとる。あれにきくがよい《い》」

「でも……」

旗本はためらった。紀子が参謀では、いかにも、たよりない気がした。

「コン・ゲームの名に値しない、実に単純なゲームじゃ。娘の指導通りに、あなた方がふるまえたら、それからさき、わしが相談に乗ってもいい」

「入学試験か……」

旗本は苦笑を浮べる。

「かりに、わしが指導したとしても、素人には限度がある。全員で二億ほどつかんだら、翌日から堅気の生活に戻るんだな」

寺尾は、われにかえった。二億あれば、紀子を含めた四人の悩みは、すべて解決して、お釣りがくるではないか。

(しかし、詐欺となると……)

「二回か三回なら、素人でも成功するかも知れん。そこで、ぴたり、と止《や》められるかどうかが、問題じゃ」

「止められますとも!」

清水が叫んだ。

「どうかな……」

老人は呟いて、〈昭和五十三年度〉と書かれたスクラップブックをとりあげた。

「たしか、六月じゃった……むむ、これだ」

スクラップブックのページをひらいてみせた。

同じ記事が二つ——〈銀行コロリ千九百万円〉、〈銀行だまし二千万円〉と、金額は若干、ちがっていた。

「いまも言うた通り、単純なゲームじゃ。唯一の取柄は、銀行のオンライン・システムの盲点をついたことだけだな」

「それで、一千万円が？」

旗本はあくまで一千万に固執する。

「銀行の振込窓口の行員を調べて、行員の名前の入った受付印と振込依頼書を偽造したのじゃな。ひとくちでいえば、これを出納箱――新聞によっては伝票箱とも書いてある――に投げ込むだけだ。……銀行によっては、依頼書を集める仕事を、窓口とは別な行員が受けもっておるそうな。にせの依頼書でも、出納箱に入ると、自動的に他の銀行の口座に送金される。だから、よそに架空の口座を作っておいて、その日のうちに払い戻せばよい」

老人はスクラップブックを絨緞《じゆうたん》に投げつけた。

「こんなものは、とても、コン・ゲームとは呼べぬ！」

「そ、それで、一千万、作れるのか！」

旗本は呻《うめ》くように言った。

「もっと早く、きけば、よかった……」

「慌てるでないぞ」

老人は冷ややかに、

「この犯人がつかまってから、銀行側は慎重になっとる。それに、出納箱や伝票箱を使っとる銀行がどこにあるか、わしは知らん。ふつうは、窓口の女の子が依頼書を受けとって、出納の判を押してから、背後の皿——カルトンと呼ぶらしいが——にのせる。……カウンターのこちら側から、かなり離れているカルトンに、どうやって、にせの依頼書をのせられるか？　行員や客たちが見ている中で、じゃ……」

さらに、抉《えぐ》るようにつけ加えた。

「どこでも、警備用のテレビカメラが、一台ないし数台、据えつけてある。このカメラの死角に入るのは物理的に不可能じゃろうが？……」

## 2

「自動払い出し機の上の天井に細長い照明器具みたいなものがあるでしょう」

ミッキーマウスの顔が描かれたグレイのトレーナーにジーンズという服装の紀子が小声で言った。

ふた昔近くまえのＶＡＮのアイヴィー・シャツに、かなりくたびれたハガー・スラックスの旗本は、思わず、顔を天井に向ける。

「あからさまに見ないで下さい」

と紀子が注意した。

「あれが警備用のテレビカメラです」

「ふーむ……」

「なにげなく、見て下さい。あと二台、天井にあります。一台はカウンターの真中をうつして、もう一台は出入り口をうつしています」

「厳重だな」

旗本は呟き、右手の壁の大きな貼紙《はりがみ》を見た。〈金融機関特別警戒実施中〉と墨くろぐろと記してある。

私鉄ターミナル駅に近い小さな銀行は、月末なので、客がごったがえしている。サングラスを外した旗本と紀子は、散歩がてら、ふらりと入ってきた夫婦のようにも見えた。

「すると、モニター・テレビが、どこかにあるわけだな」

「奥を見て下さい、社長」

「社長はやめてくれ」

旗本は無表情に言い、カウンターの奥に眼をやる。農協好みの大きなテレビが一台あり、ガードマン風の初老の男が画面に見入っている。

「カメラは三台なのに、モニター・テレビは一台か」

「ええ」

「モニター・テレビも三台、要るんじゃないかねえ」

旗本は不審そうに言った。

「あのモニター・テレビを、よく見て下さい。脇を見るふりをしながら」

(むずかしい注文だな)と旗本は思ったが、

「……あ、画像が替るのか!」

「三台のカメラがとらえた光景が、三十秒ごとに、切りかわるようになっているんです」

紀子は上半身を旗本にくっつけるようにして、笑顔をつくった。睦《むつ》まじい夫婦が冗談を言い合っているように見せるためだ。

「三台のモニターをチェックするのは、一人では無理でしょう。だから、一台ですむようにしたのですね」

「なるほど……」

旗本は紀子の体温を充分に感じとりながら言った。

「こいつは、ナヴァロンの要塞《ようさい》だなあ」

「……じゃ、三千円、送金してきます」

紀子は振込依頼書を手にとり、金額を記入した。

「私が依頼書を出す時の様子を見ていて下さい」

そう言って、カウンターの右はしの方へ歩いて行った。〈ご送金・お取立て・税金〉という黒い札が立っているカウンターだ。

現金の振り込みを、みずからやったのは、数えきれぬほどだが、その時、窓口係《テラー》がなにをするか、旗本は、見ていたことがない。やたらに判を押していたことしか、憶《おぼ》えていなかった。

やがて、グリーンの振込金受取書をひらひらさせながら、紀子が戻ってきた。

「どうでした？」

「どうって……」

「窓口係《テラー》が、背後《うしろ》の為替係のカルトンに依頼書を入れたでしょ？」

「あ、ああ……」

旗本はたよりない。

「カウンターのこちら側から、カルトンまでの距離はどのくらいありますか？」

「カルトンて、あの透明な四角い皿かい」

「ええ」

「一メートル――いや、一メートル半あるかな。近寄って見てみるか」

「怪しまれますよ」

紀子は自然に笑った。

二人は外に出る。

かつては郊外の町だったイモ北沢、失礼、下北沢は、いまや、若者のファッション・タウンとして知られる。

M銀行北沢支店のある南口は、おなじみマクドナルド、おなじみ牛丼《ぎゅうどん》屋、コーヒー店、サンドイッチ屋、サウナ、餃子《ギョウザ》屋、ジーンズ・ショップ、焼肉屋、パチンコ屋が軒をつらね、おもちゃ箱をひっくりかえしたように、けばけばしい。

奇妙な男女は下北沢駅に向った。

神宮前アパート六階の事務所では、寺尾と清水が待ちくたびれていた。

紀子の顔を見るなり、清水は、

「どうでした?」

と、きいた。

「大丈夫。スタンプの色は三色しかないわ」

紀子は、さっきの振込金受取書を出してみせて、

「ほら……」

「あ、これは紺のスタンプだ」

清水は頷いた。

「ぼくが行った時も、紺のスタンプでしたよ」

紀子は自分のデスクの抽《ひ》き出しから、受取書を数枚出した。

「結局、スタンプの色は、橙《だいだい》色、少し紫っぽい紅梅色、紺色——この三種だわ。清水さん、三種類のスタンプ・パッドを手に入れてくれる」

「お易いご用《イッツ・ソー・イージー》」

清水はリンダ・ロンシュタットの曲名で答えた。

「きみたちが、何をしているのか、さっぱり、わからん」

寺尾が呟いた。

「スタンプの色に、何の意味があるんだ」

「あるんですよ、それが……」と清水が答えた。

「銀行は、日によって、スタンプの色を替えてるんです。贋物《にせもの》防止のためにね」

「じゃ、きみたちは、本気で、やるつもりなのか？」

「ここまできても、寺尾さんは反対するんですか」

サングラスをかけた旗本は、開き直ったようにたずねた。

「どうしても反対と、おっしゃるなら仕方がない。袂《たもと》を分ちますか」

「待ってくれたまえ」

「もう、待てねえんだよ」

旗本は安楽椅子に荒っぽく腰をおとし、長い足を伸ばした。

「あれだけ、ひでえ目に遭って、まだ、ふんぎりがつかねえのか。だから、昭和ひとけた生れは冴えねえ、てんだよ。……いいですよ、もう、お止めしません。どうぞ、この汚ない溜《たま》り場から出て行って下さい。ただし……」

旗本は人差し指を突き出して、

「ここで見たこと、耳にしたことは、いっさい、口にしないで貰いましょう。わずかの日にちだが、あなたは、ここを足場にし、電話を只で使った。そのくらいの仁義を守ってくれてもいいでしょう」

「旗本さん……」

清水の声がふるえていた。

「うるせえ」と旗本は一喝した。「よく覚えとけ。これが、おれの地なんだ。……ロッキー旗本と言われてたころは、気が短けえんで有名だった。おれの人気没落の本当の原因を知ってるか。肥《こえ》くせえロカビリー小僧を舶来のブーツで蹴飛《けと》ばしたんだ。日劇の楽屋口の狭い階段を、小僧はころがり落ちた。……ようやく、忍耐が身についた今日このごろだが、どうにも我慢できねえこともあるぜ」

型にはまった啖呵《たんか》ではあるが、それなりの凄《すご》みはあった。

「ぼくは仲間に入らないとは言ってないぞ」

寺尾は声を高めた。

「本気でやるつもりか、と念を押して、どこがいけないんだ？　きみたちが本気なら、ぼくだって、腹を括《くく》るつもりだ」

追いつめられての苦しまぎれの言葉なのは明白だった。

「そうでしたか」

旗本は唇を歪《ゆが》めて、

「とんだ失礼をしました。……寺尾さんは、知恵袋みたいな人だから、たよりにしてたのですが、つい、かっとなって……」

「たよりにされてるとは、とうてい、思えないがねえ」

寺尾は、せいぜい嫌味を言った。紀子の前で面罵《めんば》されたのが、なによりも応えたらしい。

「してるんですよ」

旗本は、さらに強調してから、

「ただね、寺尾さんの肚《はら》の決め方が、もう一つ、読めなかったのですよ。だから、銀行の件にしても、どこまでぶちまけていいか、わからない」

「だから、ぼくだけを下北沢へ連れて行かなかったんだろ」

「それはちがいます。……犯罪のアマチュアという点では、四人ともアマチュアだと思うのです。ただ、寺尾さんは、とくにマジメなんだ。この清水をみて下さい。寺尾さんの言った〈なにか〉《サムシング》があるのは明白です。天性のペテン師だったのですよ。長島君はどうか、というと、非常にマジメな生き方を望む人ではあるが、血筋、血統は争えない。ぼくは、もとちんぴらです。……ね、わかるでしょう」

「こうなりゃ努力するよ、ぼくだって」

寺尾は言わざるを得なかった。

自分がついていなかったら、紀子はどんな危機におちいるかわからない。彼女の苦難は自分の苦難でもある……。

「簡単にご説明いたします」

タレント・スケジュール用の黒板の前に立った紀子は、硬い語調で言った。

「こういうの、苦手なんですけど」

「照れないでいい」

旗本は好意的な口調だった。

「でも、社長が正面にいて……」

「社長はやめてくれ、と言ってるだろ。われわれは、もう、同格なんだ。旗本さん、でいい」

（急に甘くなったぞ、この男）

　と寺尾は違和感を覚えた。

　傘下《さんか》の女性タレントだけではなく、接触するすべての女性にきびしく、しかも艶聞の絶え間がないのが旗本であった。

「神宮前の銀行につくった架空の名前の口座に、私たちは少額のお金を何度か、振り込みました。すべて、M銀行北沢支店からです」

　彼女はグリーンの受取書を、ぱらぱらと、めくってみせた。

「この受取書をみますと、金額の左側と手数料の左側に、小さな名前の印が押してあります。窓口係《テラー》の名前がこれでわかります。送金の窓口には、三人の女性が交互にいるようです」

「それじゃ、その三人と同じ名前の判を用意しなきゃいけない」

　清水がノートにメモした。

「まだ、先があるのよ」

　と紀子はおだやかにたしなめた。

「出納の判が二種類あるの。これがポイントだわ」

　そう言って、黒板に、こう書いた。

出納印｛Aタイプ<br>　　　　Bタイプ

「つまり、銀行は、日によって、出納印も替えているのです。もちろん――不心得者を防ぐためです」

「なるべく、単純に話してくれないか」と旗本。「タイプとかいわれると、頭が痛くなってくる」

「Aタイプの判は、Bタイプより、こころもち、大きいのです。この判には、個人の名前が入っていません。日付が大きく入っているのが特徴です」

紀子はその判が押してある受取書を旗本に手渡した。

「一方、Bタイプの判は、日付がかなり小さくて、窓口係《テラー》の名前が入っています。日付は毎日変るわけですから、丸い判の中に、日付の数字と横組みの名前をはめ込むわけですね」

その方の受取書を紀子は寺尾にまわした。

「よく、しらべてみて下さい」

「だいぶ、仕事が多いな」と清水がぼやいた。「印鑑の偽造には自信があるけど、こんな数では……」

「やるのよ！」

紀子の声がきびしくなる。

「大ざっぱにいえば、先方《てき》は、出納印の種類、窓口係《テラー》の印《みとめ》、それとスタンプの色で、守備《ディフェンス》をかためているの」

「だけどさ……」

清水は顔をあげた。

「出納印が二種類、日付用の数字が二種類、出納印にはめ込む窓口係《テラー》の名前が三つ、それと同じ名前の小さな丸い印が三つ——これだけ要るんだぜ」

「清水さんひとりでやらなくても、いいでしょ。あなたの師匠とか……居るんじゃないの？」

「わかったよ」

清水は苦笑した。

「少し金がかかるけどな……」

「スタンプ・パッドを手に入れるのは、おれが引き受ける」

と旗本が申し出た。

「いちばんラクな仕事じゃないですか」

清水が、また、ぼやいた。

「社長——いえ、旗本さんには、当日、重要な仕事があるんです」

紀子が謎《なぞ》めかした言い方をした。

「これは、清水さんじゃ駄目なの」

「なぜ?」

清水はきょとんとする。

「わけを言うと、あなた、がっかりするわ」

「しないよ、べつに」

「じゃ、言っちゃお。——演技力が要るの」

清水がずっこける恰好をしてみせた。

「ぼくは、何をやるんだ?」

旗本は不安げにたずねた。

「あの……むかしのステージ衣裳《いしょう》をお持ちですか?」

「え?」

「ロカビリー大会の衣裳です」

「あることはあるけど……」

「ぎんぎらぎんなのが?」

「大ぎんぎらぎん。プレスリーを真似して作ったのがある。小林旭がぼくのステージをみて、派手過ぎると言ったほどだ」

「それが、いいわ。テンガロン・ハット、ありますか？」

「探せばあるかも知れないが……おいおい、何をやらせるんだ？」

「日劇でのロカビリー大会を再現して頂くのです」

「ブロマイドは要らないか。若いころのブロマイドがごっそりある」

「ブロマイドは要りません。いちおう、ギターも用意してきて下さい。派手なのがいいです」

「白いのと、銀色のがある。ライトを受けると、ぴかーっ、と、光るんだ。『ハウンド・ドッグ』を歌うと思わせて、シブく『バルコニーにすわって』を歌う。ここが、おれのニクいところよ。フォークソング、ニューミュージック、真蒼《まつあお》だね」

寺尾は咳払《せきばら》いをした。自分がこんなに無視されたことはない、と思った。

「ぼくは、何を歌えばいいんだ」と寺尾はしずかに言った。

「まさか、『ボタンとリボン』じゃないだろうな。『幸せの黄色いリボン』をペリー・コモ風に歌おうか」

「寺尾さんにも、大事な仕事があるんです」と紀子が言った。「なるべく、ふつうの、目立たない服装できて下さい。赤っぽい色を避けて下さい」

「何をするの？」

「それは、追って説明します」

「ぼくは、チェスの駒の一つか」

「僻《ひが》まないで下さい」と紀子は気をつかって、「駒がなければチェスは出来ないのですから」

「嬉しくないなあ」

「当時としては抜群《ぐんばつ》のブーツがあった。アメリカから取り寄せたんだ。あれを履くか」

旗本のいれ込み方はふつうではない。

3

異常な暖かさが数日つづいて、都内の桜は満開に近くなった。いままでの寒さがすでに異常だったのに、異常さが重なって、開花は例年より一週間から十日早められた。四月に入ってすぐに、都内の花見のニュースが伝えられるのは、あまりないことである。

M銀行北沢支店の自動ドアがあいて、年齢を推定しにくい、痩《や》せた男が入ってきた。茶の背広、白ワイシャツに焦茶のネクタイ、という、〈平凡〉を絵に描いたような服装である。

このまえ、ネクタイを締めたのが、いつであったか。寺尾は記憶していなかった。

彼はさりげなく、壁の時計を見る。十一時丁度であった。

払戻請求書その他が縦にさし込まれたテーブルに近づき、彼は、おもむろに振込依頼書を抜きとった。

備えつけのボールペンを抜きとり、記入を始める。先方銀行は神宮前の銀行を指定し、金額は三千円と書き込んだ。

ライティング・テーブルを離れるときに、寺尾は、振込依頼書をもう一部、抜きとって、左のポケットに入れた。

彼はカウンターの右はしに向って歩いた。自分の行為そのものは犯罪でないとわかっていても、緊張せずにはいられない。

「お願いします」

ズボンのポケットから出した三千円といっしょに振込依頼書をカウンターに置いた。

依頼書は、写《うつし》、受取書、振込票を含んで、四枚が一組になっている。窓口係《テラー》が、それぞれに判を押すのを眺めるふりをして、寺尾は奥のモニター・テレビを見ていた。

画像は決して鮮明ではなかった。それに見入る仕事は楽ではないはずである。三台のモニターを据えて、一度にチェックしない理由が納得できた。三台、据えつけたら、三人の監視員が必要になる。日本では、まだそこまで徹底できないのだろう。

しかし——

三十秒ごとに切りかわっているとはいえ、奇妙な動きをする客が入れば、モニター・テレビにうつらぬはずはない。紀子は、そこを、どう処理するつもりなのだろう？

「お待たせいたしました」

愛想の良い窓口係《テラー》の声とともに、グリーンの受取書がカウンターにのせられた。

銀行を出た寺尾は、その足で、近くにある個室喫茶「セーヌ」に直行した。

赤い絨緞が汚れて擦り切れた狭い階段を上って、左側の部屋のドアを小さく、三度、ノックした。

すぐに鍵《かぎ》が外れる音がして、ドアがあけられる。

四畳半ほどの部屋の中に、ソファー・ベッド、小テーブル、椅子二脚、冷蔵庫、テレビ、電話がおさめられている。

椅子にかけていた紀子と清水が顔をあげた。

「どうでした？」と清水がきく。

「あまり、混《こ》んではいない。月はじめは、あんなものかな」

「どうでした、出納印は？」

寺尾は黙って受取書を出した。

清水はしげしげと見て、

「出納印はBタイプですね」

寺尾はソファー・ベッドに腰をおろした。ほんらいは〈内密の商談〉のために作られたといわれる個室喫茶が、ほんらいの目的のために使用されるケースは珍しいのではないか、と考えた。

「名前は〈山西〉、スタンプの色は橙だ」

「じゃ、大丈夫ね？」と紀子。

「大丈夫です」

清水は大きなアタッシェ・ケースをテーブルにのせた。そして、印鑑の袋とスタンプ・パッドをとり出す。

「先に、手数料を書いておいた方がいいわ。この受取の字体を真似て」

「あ、そうか。寺尾さん、振込依頼書を下さい」

寺尾は、あわてて、左のポケットから、何も書き込んでない振込依頼書をとり出した。

「〈至急〉の欄に丸をつけて……そう、それから、手数料を書き込むの。五百円よ」

「五百円？」

「振込金額三万円以上の至急扱は、一口につき、五百円なの」

「一千万円でも？」

「そう、一千万円でも」

「どういうこっちゃ？」

清水は、受取書の字体を真似て、黒いボールペンで、〈為替手数料〉の欄に〈500〉と記入した。

「それから、右の下のはしの〈受付〉のところに、山西さんの丸い判を押して」

「へいへい」

清水は、橙色のスタンプ・パッドに小さな丸い判を押しつけ、その判をメモ用紙に当てた。

「ちょっと、見くらべて下さい」

清水はメモ用紙と受取書を、寺尾の鼻先に突き出した。〈山西〉という二つの印は、同じ印鑑を使用したものとしか見えなかった。

「区別がつかんね」

寺尾は微苦笑を浮べる。見事であるが、賞める気にはならなかった。

「あとは、問題の出納印ね」

紀子はクールに言った。化粧をまったくしていないのに、肌の色はいつもより美しく、独特の生気を発散させている。

「〈至急〉でやると、そんなに早いのですか?」

清水はピンセットで日付のゴム印を埋め込みながら言った。

「二時半までに、すべて、片づけるの。三時になると、銀行は、現金が一千万円足りないのに気づくわ」

やがて、紀子は送受器をとり上げ、七桁《けた》の番号をまわした。

M銀行北沢支店の出入り口が見える喫茶店「ピッコロ」の窓ぎわに、ぶかぶかのダスターコートを着た、背の高い男がいた。その店は、今様《いまよう》の風俗の若者が出入りするので、男はさほど目立ちはしなかったが、白いブーツが変っていた。

(一千万円……一千万円……)

旗本の頭の中には、それしか、なかった。

ポケットの中で、び、びー、と音がした。決った番号に反応するポケット・ベルである。

旗本は素早く立ち上った。壁ぎわの赤電話に十円玉を落とし、「セーヌ」にダイアルした。

——旗本だけど……。

——準備完了です。

紀子の声は抑制されていた。

——清水さんはこれから出ます。「ピッコロ」の前をゆっくり通って、銀行に入ります。

——わかった。あとは、ゆうべ、きみと演《や》ったリハーサル通りだな?

——はい。成功を祈ります。

電話が切れた。

旗本はテーブルに戻った。

すぐに、腕時計を見る。明らかに、神経過敏になっていた。

残っていたコーヒーを啜り、手洗いに入った。

鏡の前で、ダスターコートのボタンを外してみる。銀色のジャンパーに、純白のズボン、緑の模様の入った白いブーツ。ローンレンジャーが宇宙への旅に出るようだった。

旗本は真紅のネッカチーフを出して首に巻いたが、派手過ぎるように感じたので、柿色のに代えた。銀色のギターとテンガロン・ハットをやめたのは、紀子の意見による。モデルガンは本物そっくりなのを使いたいのに、白塗りのおもちゃ然としたのを使わねばならない。ジャンパーの下にたくし込んでおいた黒革のガンベルトをおろして、腰のまわりに垂らした。

いきなり、拳銃を抜いてみた。スピードが、むかしにくらべて、〇・三秒ほど落ちたようだ、と思った。

紺のキルティングのジャンパーにコットン・パンツ、スニーカーという、この町で、もっともありふれたスタイルの清水は、ゆっくりと銀行に入った。

普通預金のカウンターまえに婦人客が若干いるだけで、店内は空いていた。正午が近いせいもあるだろう。

彼は案内係らしい男に近づいた。

「この近くのアパートに越してきたんですけど、NHKの支払いやなんかするために、口座をひらきたいんです」

それから赤電話のそばに寄り、だれかと通話を始めるふりをした。そして、為替の窓口と、出入り口を、交互に、抜け目なく眺めた。為替の窓口までは二メートルもないだろう。

ぶかぶかのダスターコートを着た男が入ってくるのが見えた。

（あんなコートを、どこから持ってきたのだろう……）と清水は思った。そして、敏捷さを買われて、ふりあてられた自分の役目を光栄に思った。これから、一瞬のうちに為《な》さねばならぬことを、彼は、三日間、練習しつづけていたのだ。プロの詐欺師になる根性《ガッツ》を持っているのは自分だけだ、と彼は思う。

ダスターコートが床に落ちた。

出入り口に立った男は銀色と白の光に包まれていた。

低いどよめきが銀行の奥へひろがって行った。

——なにかの宣伝?

——なんでしょう、あれは?

——ぎんぎんじゃないの!

——映画の宣伝じゃない?

——役者さんかしら?

——テレビのロケか?

——支店長、「どっきりカメラ」ではないでしょうか?

モニター係は、この世のものとは思えぬ派手な闖入者《ちんにゅうしゃ》に気づき、モニターの映像を固定させた。かくて、モニター・テレビにうつるのは、旗本の姿だけになった。

(計算通りだ……)

清水はテレビを横眼で見ながら思った。

銀行側が三十秒ごとに眺めを切りかえているのは、挙動不審な人物を探すためである。だから、怪しい人物が見つかれば、切りかえをやめて、その人物のみを見張ることになる。

(これで、おれは、死角に入った)

清水はジャンパーのファスナーに手をかけた……。

出入り口から一歩踏み込んだ位置に立ち尽した旗本にとっては、一秒が一分に感じられた。

彼がもっとも恐れたのは、パトロール中の警官が背後から入ってくることだった。いきなり、手錠をかけられでもしたら、いままでのすべてが無に帰してしまう。

「警報ベルの位置は、わかっている。指や足を動かすんじゃねえ」

旗本に睨《にら》まれた二人の銀行員は、そっと、手を引っ込めた。

(長島老人が教えてくれた二個所のベルの位置は正確だったようだ)

そう思った旗本は腰のモデルガンを引き抜いた。

見るからに玩具《おもちゃ》然とした白いモデルガンを銀行の中で弄《もてあそ》んではいけない、という法律はないはずである。

ぎゃっ、と婦人客のひとりが叫んだ。旗本が身体《からだ》を左にひねったので、十数人の客は、カウンターの左すみに、かたまる形になった。

窓口係《テラー》の女性たちも、男性行員たちも、異様な、しかも、どうやら強盗らしい男に魅入られた形になっていた。

怯《おび》えた表情を作った清水は、じわじわと、カウンターの右はしに身体を動かした。

右はしには、客の姿がない。かりにあったとしても、清水の動きに注目する者はないだろう。

次の瞬間、清水のジャンパーのまえが開き、黒い棒のようなものが、カウンター越しに、為替係のカルトンの上まで伸び、ただちに縮んだ。一瞬のことなので、旗本の右手の拳銃を注視している人々は、だれも気づかなかった。

清水が用いたのは、lazy《レージー》 tongs《トングス》と称される小道具である。遠くの物を取るのに用いられる品で、英和辞典には〈無精ばさみ〉と訳してある。そもそもは遠くの品を手元に引き寄せる道具だが、その逆も可能であり、初めから振込依頼書を先端部にはさんでおき、カルトンの中に落として、はさみを縮めれば良いわけだ。

「いや、冗談、冗談……」

清水の動きを視界の右すみに認めた旗本は、拳銃をくるくる、まわして、ホルスターに収めた。

「きみ！」

ガードマンがかけよるのを、旗本は両手で制して、

「私は、初めての銀行に口座をひらくまえに、こんな風にして、警備の状態を調べてみるくせがある」

「ふざけるな！」

ガードマンが摑《つか》みかかった。

そのとき、救急車の警笛がきこえてきた。

警笛が鳴りっ放しのまま、白衣の男女がとび込んでくる。メタルフレームの眼鏡をかけた医師風の男が寺尾、フォックス型眼鏡をかけたきつそうな看護婦が紀子である。

「先生！ やっぱり、ここにいました！」

紀子はそう叫ぶと、旗本の肩にぐいと手をかけた。


「寺尾さんたちがくるのが、ちょっと遅かった……」

神宮前アパートのオフィスで、旗本は機嫌を悪くしている。

「交通渋滞があった上に、このひとが道を一本間違えたんだ」

寺尾は紀子を指さした。

「だいたい、ぼくだけが作戦の明細を知らされていなかった。これは、ないぜ」

「寺尾さんがびびるといけないから、言わなかったの」と紀子は言った。「だって、レンタカーの中で警笛を鳴らすのがこわいっていう人ですもの」

「ヤバいよ。モデルガンを引き抜いたところで、ぱっと、つかまえるって約束なのに、来ないんだもの。ひっこみがつかなくて……」

「いいじゃないですか。目的は果したのですから」

清水だけが笑っていた。

「問題は無事に金が振り込まれるかどうかですよ」

「銀行から、ここに電話がくるのかい？」

旗本がたずねた。

「いえ」と紀子。

「どうなってんだ？」

「机一つずつで、電話は共同って、貸し事務所が渋谷にあるんです。そこの机を一つ借りました。電話は三本あって、女の子が二人で留守番をしています。――銀行からの知らせはそこに入って、ここに連絡されます」

「大丈夫かい？」

「いま、喫茶店にいるからって、ここの電話番号が知らせてあるのです。入金がありしだい、貸し事務所の契約を解除して、電話番号のメモを破いてきます」

「よう、やるわ」

旗本は肩をすぼめる。

電話が鳴った。紀子は送受器をとり、「そう……」と微笑したが、すぐに顔色が変った。

一同は緊張する。

「ジャスト二時ね……」

送受器を置いた紀子は腕時計を見て、

「たしかに、入金があったわ。……でも、一千百万円なの。百万、多いわ」

「なにかの罠《わな》じゃないか」と旗本が警戒の表情を浮べた。

「ご心配になることはありません」

清水がにこにこした。

「今後の必要経費とか、ぼくが必要なぶんとかを考えまして、金額の記入を一千万でなく、一千百万にしたのです。ぼくが勝手にやったのですから……」

「すぐ、引き出してきてよ！」

紀子は呆《あき》れ顔で印鑑を清水に渡した。

# 第五章　コン・ゲーム道

## 1

「たわけ者めが！」

車椅子からとび上らんばかりの姿で、長島老人は激昂《げっこう》した。

「勝手に百万円もつけ加えおって……それですむと思うか！」

「でも……」

ソファーの隅から清水が反論する。

「一千万でも、一千百万でも、手数料にはいいい変りがないのですから」

「今回は、幸い、そうじゃった。だが、いつも、そう、うまくゆくとは限らん。そこらから、ボロが出る」

老人はニットキャップのふちを神経質そうな手つきで直しながら、

「あらかじめ決められた以外の行動をとる時は、他の三人の同意を得ねばならぬ。一人でも反対者がいたら、やめるこった。こんなことは、いちいち言われなくても、紳士協定として弁《わきま》えておると思うとったが……」

「ここは、ひとつ……」

旗本が深く頭をさげた。

「私に免じてお許し下さい。おかげで片腕を斬り落されずにすみましたが、本当の仕事はこれからです。必要経費というか、準備資金が要るのは事実でした……」

「わかっとる、それは……」

窓の外に視線を転じた老人は、アパートの隣の屋敷の桜を眺めた。

「もう、散り始めておる。一雨きたら、おしまいだな」

「いかがでしょう?」

旗本は、かまわず、つづけた。

「ぼくらは合格したでしょうか……その……コン・ゲーム・テストに……」

「花に嵐のたとえあり、か……」

老人は桜をみつめている。

(まるで、禅問答だ)と寺尾は思った。(しかし、この爺さん、意外にズレてないぞ)

現金、という言葉は、寺尾のためにあるようなもので、清水が銀行から引き出してきた一千百万の現金《キャッシュ》を見たとたんに、寺尾は、老人のいわゆる〈コン・ゲーム道〉にめざめたのである。真知子の弁護士から、二千六百万円を早く支払えという電話を再三にわたって受けている彼は、光明を見出《みいだ》した思いであった。

「あの……」

旗本はサングラスを外して、

「ぼくら、合格したんですか？」

「まあまあ、じゃな」

老人は三人を見据えるようにして、

「すれすれ、というか、かつかつのところ、というか……六十五点か七十点でな」

「よぶんに取ったことは許して下さい」

素直に出た方が得策と読んだ清水は、首をかすかにさげた。

「百万の件は、大目にみよう」と老人は機嫌をなおして、「素人にできる限度が二億というわしの言葉を忘れぬように……。あなた方は、すでに、一千万を得た。あと一億九千万つかんで、さっさと足を洗うんじゃ」

「よく、わかっております」

旗本が頷《うなず》いた。

「いま、事務所の方は、どうなっとる？」

「殆ど電話は入りませんが、いちおう、留守番電話を置いてあります」

「うむ、それがいい。あくまでも、堅気の看板を外さぬように」

紀子がコーヒーを運んできた。

老人は気分が変ったらしく、低く、口笛を吹き始めた。

そのメロディーを知っているのは、三人の中で寺尾だけだった。彼が生れたころ、モボ（モダン・ボーイの略称）のあいだで大いに流行したと伝えられる「マドロスの恋」――たしか「狂乱のモンテカルロ」というドイツ映画の主題歌だったはずである。

「ところで……また、お叱りを蒙《こうむ》ると困るのですが……」

旗本はサングラス越しに老人を見て、

「ずばりと申し上げて……いや、困ったな……」

「言いたまえ、はっきりと」

「……もう、おわかりじゃないのですか、ぼくの言いたいことが……」

「ま、だいたいな」

老人は、にこりともしない。

「お祭しの件ですが……」

「はっきり言いたまえ。わしは違ったことを察しているかも知れない」

「謝礼の件です、ぶしつけですが……」

「ぶしつけなものか。こんな大事なことはない」

「取らぬ狸《たぬき》の皮算用と笑われそうですが、お礼は現金で、と思っているのです。たいへん失礼ですが……」

「失礼なものかね」

と老人は旗本のサングラスの奥を覗《のぞ》き込むようにして、

「現金ぐらい、失礼でないものはない。しかし、わしは要らない。紀子の取りぶんにしてくれ」

「あの……」

旗本は頭をがりがり掻《か》いて、

「ぼくら、これから入ってくる金を四等分することに決めているのです。ぼくだけ、一千万、前借した形になっていますけど。……ですから……」

「それでいい。娘の取りぶんは、わしの取りぶんと考える。わしは、とにかく、自分が考えたプランが、確実に実行されれば満足なのだ」

「でも、それでは……」

「そんなことよりも……」

老人は寺尾を見つめて、

「寺尾さん、娘が放送作家として身を立てられるように指導してやって下さい。わしは、それだけが、心配でな」

「出来るかぎりのことをします」

寺尾の語尾がふるえた。

「一寸《ちょっと》したこつの問題です」

「そういうものか」

「紀子さんはこつがのみこめなかったのだと思います。放送の台本は、かなり、職人的なものですから」

「ふむ、学校で習ったのでは駄目ということだな」

「習うより慣れろ、です」

そう言って、寺尾は、はっとした。コン・ゲームの道も、どうやら、そうらしいではないか。

「放送作家が、自分はこういう主張を持っているとか、思想を表現したいとか言い張っても無意味です。連続ドラマだったら、出演者は先に決っています。その時、もっとも人気のあるタレントですね。このタレントで高視聴率を得たい——局側の希望はそれに尽きます。だから、作家も、それを大前提にしてくれないと困るわけです。人を感動させるとか、たのしませるとかは、その次の、技術の問題です」

立ったまま、腕を組んでいた紀子が首をかしげた。

「学校では、視聴率が第一なんて、まさか教えないでしょうからね。でも、視聴者に受けないドラマなんて、まるで意味がないのです。その点を抜きにしての議論は、ぼくに言わせれば、空理空論ですね」

「でも、わたし、人を感動させるのはテクニックだけじゃないと思うけど」

「と思うだろ。しかし、考えてごらん。小津安二郎の映画があたえる感動と、小津安二郎を想わせるテレビのホームドラマがあたえる〈感動〉は、明らかに違うんだ。つまり、後者は〈にせの感動〉だな。涙を流しても、十分もたてば、ケロリとしてしまう。かなり高度のテクニックを使えば、そのくらいまではもっていけるわけ」

「じゃ、テレビで、本当に、人の心をうつ仕事は不可能でしょうか」

「そんなことはない。スポーツ中継、すぐれたドキュメンタリー、すぐれたショウ番組は、観る人を感動させると思う。……ただ、ドラマは、手垢《てあか》のついた言葉でいえばエンターテインメント——そう割り切った方がよろしい」

「自己本位ではいかんという教えじゃ」

　老人はまったく自己流に解釈して、

「コン・ゲーム、また、しかりじゃ。非常に良いトリックを思いついただけではいかん。被害者学をマスターしとらんとな」

「被害者学？」

　三人は奇妙な顔をした。

「さよう」

老人はブラック・コーヒーを啜《すす》って、

「犯罪者の研究が、さいきん、加害者から被害者に移ってきたことは、ご承知だろう」

「存じております」

寺尾が答えた。

「もっとも単純にいえば、幼稚園でも、小学校でも、クラスに、必ず、〈いじめられっ子〉がいる。なぜ、その子だけがいじめられるのか？　長じては、やたらに殴られる男、男にだまされてばかりいる女、になる。アメリカでは、強姦《レープ》され易い女の研究まであるようじゃ。コン・ゲームでいえば、ゲームにひっかかり易い人間を見つけることだ」

（要するに、カモの物色じゃないか）と寺尾は思った。（むずかしそうにいうが、カモの見わけ方だ……）

「コン・ゲームにおいては、〈初めに被害者ありき〉さ。……被害者が弱点を持っていなければ、ゲームは成立せんのだ。弱点、すなわち、欲望じゃ。——ぶすが美人になりたいと願うから、美容整形詐欺が成立する。一攫《かく》千金を夢見る男、結婚したくてたまらない女、何千万出しても息子を医科大学に入れたい父親、彼らは、被害者としての資格を充分に持っている。そうした人間を見つけられるかどうかが、この道の発端というてもええ」

三人はそれぞれに頷いた。

「あなた方の周囲を見まわして、奇妙で、かつ強い欲望を持っている人間を探すことじゃ。もちろん、ある程度の金を持っていなければ、このさい、対象にはならんが……」

「ぼくの立場——つい、こないだまでのぼく、ですが——から申しますと、こういった欲望に、しばしば、出会いました」

寺尾がゆっくりと口を切った。

「まず、どういうタイプの人間かというと、地方名士か中小企業の社長ですな。衣食住は足って、子供たちは大学を出ている。手元に、遊んでいる金が一億から二億ぐらいある。——そんな男です」

「うむ……」

老人の眼が優しい光を帯びた。

「面白い。つづけたまえ」

「この手合の欲望の初歩は、〈タレントと食事がしたい〉というやつです。仕事で地方へ行くと、よく出会うのですが、クラブなどで、ずばりと話しかけてきます。キャッシュをこれだけ出すから、あんたの連れてきた女性歌手とメシを食う段どりをつけてくれ、と……」

「本当に、飯《しーめ》だけですか？」と清水。

「そうなんだ。だから、ふしぎなんだよ」

寺尾は笑って、

「そのキャッシュってのは、女性歌手へ行くんだぜ。ぼくが、とりもちをしたんじゃまずいから、二流のコメディアンにやらせた」

「で、どうしました？」

「歌手は、鼻先で、ふん、と嗤《わら》って、断った。相手《てき》は、そんなことじゃ、へこたれない。コメディアンに一万円札の束を渡した。コメディアンも困ってさ、〈ほら……〉といって、キャッシュを歌手に見せた」

「どうなりました？」

「いっしょに飯を食ったさ。刺身をつまんで、ちょっと酒を飲んで、プロダクションからの月給ぶんぐらいの金が入るんだ。だれが断る？」

「ああ、いやだ、いやだ。働くのが莫迦《ばか》らしくなってきた」

「おまえは、なにも働いてないじゃないか！」

旗本が清水を叱った。

「そういう台詞《せりふ》は、まともに働いて、税金を払ってる人が言うものだ」

「考えてみれば……ぼくは、大スターだろうとなんだろうと、ビジネスとして、ごく日常的に接していた。それが、あたりまえだと思っていた。しかし、大衆にとっては、違うんだよな。さっきの話の歌手クラスだって、雲の上の存在なんだ。いくら金を積んでも、どうしようもないって感じがあるんだね」

「悲しいような話ですな」

旗本はそう言って、モアを一本くわえた。

「もうひとつ、嘘のような、本当の話をしようか」

寺尾は悪戯《いたずら》っぽい眼つきをして、

「藤純子の全盛時代――もう十年ぐらいまえかな――、彼女をよく知っているうちのプロデューサーのところに、藤純子とメシを食えたら、一千万円出す、という申し入れがあった。十年まえの一千万円だぜ。ちょっとしたマンションが買えた額だ」

「邪念なしですか？」

紀子がたずねた。

「それはわからないさ」

寺尾は微笑《ほほえ》んで、

「かりにあったとしても、その時は、〈お食事だけ〉だった。ファン気質てのは、そんなものだろう。いずれにせよ、一千万円には驚いた。そんな話、大スターにとりつぎようもなくて、断ったがね」

「そういう話はありますよ。うちの小西ともえだって、やれ食事、やれクラブで一杯、って申し込みが、中年・初老の男どもから殺到してたもの」

「そういうものかの……」

老人は笑わなかった。

「芸能界好きの小金持ちの初歩が、これですよ。……昂じると、×××ファンクラブ会長、後援会会長になる」

「有名な商店の若旦那で、芸人と博打《ばくち》をするのが趣味ってのがいたな」

旗本が冷笑する。

「ひどく、弱くてね。いいカモでした。……すってんてんに敗《ま》けてから、ぼくらをキャバレーへ連れてって、帰りにメロンを二つぐらいずつ、くれるんだ。金の成る木を持ってる人でなきゃ、できないですよ」

「それは古典的な〈旦那〉だよ。このごろの〈旦那〉は、きれいにお金を使っておしまい、じゃない。あとの台詞がある。一度、テレビに出たいのだが……と、くる」

「どういうことですか、それ？」と紀子。

「要するにだね……」

寺尾はディレクター時代の口調に戻っていた。

「テレビが普及して、一億総タレント時代と言われるようになって久しい。しかし、じっさいは、だれもがテレビに出られるわけじゃない。……こうなると、腕に、というか、声に自信のある人間は、テレビを観ていて、怒りだすわけだ。〈なぜ、あんな、歌の下手な素人がテレビに出て、このおれが出られないのか！〉……」

寺尾は一同を見まわして、

「この不満は大きいのだ。しかも、日本中をおおっている」

「ははあ、それで、金を積んででも、と、なるわけですか」

「いや、そこまではいかないが、まあ、出たがるな。とくに田舎の町の天狗が……」

「天狗って？」と清水。

「うぬぼれ屋さ」

「女優や歌手に会うためには金を投げ出すが、テレビに出るのには金を出さない、というのが面白い」

と旗本は苦笑を浮べて、

「その手合は多いですよ。……先々月だったかな。ゴルフに行ったとき、山岸久子が閉口してましたよ。変な医者に話しかけられて……」

山岸久子は三十代の中堅女優で、〈日蔭《ひかげ》の花〉的役柄を得意としていた。暗さを秘めたエロティシズムが画面に滲《にじ》み出て、男性視聴者の強い支持があるのだ。

「その医者は、久子のファンなの？」と寺尾。

「下らない話です。その医者の友人で、かなりの年輩の外科医が久子の熱烈なファンだから、一度、会ってやってくれ、という頼みです。東京から離れた、ちょっとした市の実力者だそうで……」

「どこの市か、調べられるかね？」

不意に、老人が質問した。

「そうですな……久子は、事務所に手紙をくれ、と逃げてましたから、そっちにきけば、わかるかも知れません」

「すぐ、調べて貰おう」と老人は声を低めて、「寺尾さんには、もう少し、テレビ局のシステムを説明して頂きたい。うまくゆけば、これは……」

## 2

四月十一日――大安。
虎ノ門に近い、都内随一の高級ホテルのロビイは、数多い結婚式の客たちで、ごったがえしていた。

古都の佇《たたず》まいを外人に感じさせるべく設計されたそのロビイを、馴れた足どりで突っきって、パーティー会場に向うのは、寺尾文彦であった。

大安吉日におこなわれるのは結婚式ばかりではない。

この日、ホテル最大のパーティー会場では、日米の合作映画「ザ・トクガワ」の製作発表記念のパーティーがおこなわれるのであった。

アメリカの超ベストセラー作家として知られるアーサー・ロビンズの「ザ・トクガワ」は、幕末における ショーグンと上海《シャンハイ》から流れてきたアメリカ人娼婦との激しい恋愛を描いて、第二の「風と共に去りぬ」とうたわれた長篇《ちょうへん》小説である。(といっても、アーサー・ロビンズの小説の中では短い方で、邦訳して原稿用紙二千枚程度であろう。)

娼婦との愛を実らせ得なかったショーグンは、赤い鳥居の下でハラキリをおこない、このために明治維新は成功した——というメイン・プロットに、ショーグンとペリー提督の同性愛、カンフー忍者の暗躍、江戸の大火、大津波、大地震、等々がぎっしりつまった大スペクタクルである。(ショーグン役は、三船敏郎に交渉して拒否され、娼婦役はフェイ・ダナウェイにことわられて、主役不在のままのパーティーになった。)

パーティー会場の入口では、振袖姿の娘たちが招待状を受けとり、客に名前を記帳させる。

寺尾は会場に背中を向けて、友人を探すふりをし、呼吸をはかって、中に入ってしまった。

入ってすぐ、水割りを受けとってから、あ、と気づいた。彼の転落のきっかけとなったあの呪《のろ》うべきパーティーから、今日は丸一ヵ月目であった。

（ずいぶん、長い時間が経ったような気がする……）

そう思いながらも、彼の眼は獲物を求めて、抜けめなく動いている。

ひとめで見出すのは困難であった。彼は、料理のならんでいるテーブルのまわりを、ゆっくり、まわることにした。

幸い、RTVの人間の姿は見当らなかったが、東京テレビの関係者の姿が目立った。「ザ・トクガワ」の製作費の一部を東京テレビが負担したせいだろう。

寺尾に声をかけてくれる男もいたが、気づいていて気づかぬふりをする者が多い。このさい、寺尾は放《ほう》っておいて貰う方が、ありがたいのだった。

金色のメタルフレーム眼鏡をかけた中背のお洒落《しやれ》な老人の姿を見出すまでに十五分ほどかかった。途中、寺尾はエビをつまみ、鴨《かも》の肉をこころみ、水割りを一杯半、飲んでいた。

老人の横に、たまたま、東京テレビの映画部の男が立っていた。たとえ相手が顔見

知りであっても、いつもは若干のためらいを見せる寺尾が、この時ばかりは、つかつかと近づいて、

「よう！」

と、相手の肩を叩いた。

「これは、どうも……」

相手がびっくりするのにも構わず、

「高い買物じゃないの、この映画。不見転《みずてん》買いも、時によりけりだぜ！」

無遠慮な大声に、横の老人は、唖然《あぜん》としている。

「ぼくが決めたんじゃないもの……上層部《うえ》が勝手にやったんですよ」

「二年ぐらい経って、テレビ放映して……どのくらい、（視聴率が）いくかねえ。山岸久子の出演は決ったらしいが、ハリウッドの感覚じゃ、彼女は、チョイ役じゃないの？」

「大奥の女になるのですが、出番は多くないスよ」

相手は当惑した様子だった。

「久子、コボしてたぜ。ギャラのことだけ考えて、身売りしたって……」

寺尾はさらに大きな声を張る。その態度に面くらった相手は、

「ちょっと、失礼します……」

一礼して、去って行った。

老人の顔に見間違いはなかった。寺尾は足利市《あしかが》まで行って確認してきたのだ。外科の病院を息子にゆずり、楽隠居の身なのだが、週に二、三回は東京に出てきて、遊んでいる。高級ディスコに顔を出したかと思うと、その足で京都に発《た》つ。なかなかまめな爺さんである。

「山岸久子は現れませんな」

老人は呟《つぶや》くように言った。馴れぬ場にきてしまった人間が、話しかけて貰いたいときに発する声だった。

「こないんじゃないですか」

寺尾は低い調子で答える。

「え？」

老人は寺尾の方に身体《からだ》を向けて、

「でも……あ、あの招待状には、出演者一同の挨拶がある、と印刷してあったが……」

「こういうパーティーでは、よくあることですよ」

寺尾はなにげなく答える。

「久子にご用ですか？」

「いや、その……」

老人は言葉を濁した。

(まさか、ファンですとも言えないのだろう……)と寺尾は察した。(おれあての招待状を足利市へ送ったとは気づくまい。封筒の宛名を清水に書き換えさせたのだろう……)

「失礼ですが、山岸久子とは御昵懇《ごじっこん》でいらっしゃるのですか」

「え?」

寺尾はわざとききかえす。

「お言葉のはしばしから察するに、山岸久子——いや、久子さんと、かなり、お親しい様子で……」

「そりゃ、まあ……」

寺尾は苦笑に近い笑いをみせた。

ドラマ関係の女優たちとは、いちおう、親しい口をきく間柄だった——ただし、ひと月まえまでの話だが。

(ここに、山岸久子が現れたら、おしまいだ……)と彼は思った。

久子のことだから、彼の脇腹を指で突いて、「生きてたの、寺尾ちゃん?……」などとハスキーな声で囁《ささや》くにちがいなかった。

そのころ——

カリフォルニアのFM局特製の黄色いTシャツにジーンズという気軽なスタイルの山岸久子は、RTVに近い小さなレストランの片隅にいた。とんぼの目玉のような茶色いサングラスをかけた素《す》の彼女には、〈日蔭の女〉的陰翳《いんえい》は、みじんもない。

「ほんと？」

すでに信じてしまっているのに、いちおう念を押してみる口調だった。

「うん……」

テーブルの向うで神妙にしているサングラスの男は旗本である。

「旗本《はたもつ》ちゃんに注意されて、よかった」

久子は、クリームソーダを、せわしなく吸って、

「うちのマネージャーさ。いい人なのよ。すっごく、いいのよ。だけど、そのために、困る部分も、あるわけ。とくに、日米合作映画なんて、きくと、ほいほいでしょう。そこら、注意するって神経が薄いのね。脚本《ほん》はだれ、監督はだれって、チェックしてくれなきゃ、つけは、あたしにくるんだから」

「おれが注意したってこと、ないしょだよ」

「当然じゃない？」

「世間的には、おれ、マネージャー失格風のイメージで見られてるから」

「ありがたいわ。……だって、旗本ちゃんに止められなかったら、あたし、パーティー、出ちゃってるじゃない？　写真、とられちゃってさ、決りよ、もう」

「写真、とられなくても、決る時は決るんだよ」と旗本は言った。「おれは、出演を止めたんじゃないんだ。正式に契約してないのなら、よく考えて、と言っただけ。契約の条件が良けりゃ、やった方がいいに決ってるよ。契約書も読んでないで、パーティーに出るのはヤバいよ」

「そのヤバいって感じがないのよ、うちのマネージャー……」

久子は、ハスキー・ヴォイスの原因であるセブンスターをくわえた。旗本は使い捨てライターで火をつけてやる。

「最低よ」

「そうかね？」

「〈憧《あこが》れのハワイ航路〉なのよ、要するに」

「なんだい、そりゃ？」

久子の言葉は、ときどき、わからなくなる。

「アメリカってきいただけで、ふわーっ、となっちゃう人たちっているじゃない。……ほら、おれたちは飢えたことがあるとか、えばってさ。終戦の詔勅と、アメリカ兵がくれたリグレーのチューインガムの想い出だけで、もう、目一杯っていう……」

「いるいる」

「やあね、あれ。どういうの？」

「どうって？」

「このごろ、終戦の詔勅がどうのこうの、と言っても、若い子はさ、〈それがどうした？〉って雰囲気《ふんいき》でしょ。うちのマネージャーったら、俄然《がぜん》、不安になったらしくて、急に、『ポパイ』なんて雑誌、読んじゃうの。……それはいいのよ。こんなTシャツ、見つけてきてくれたりするから。いやなのはさ、媚《こ》びるのよ」

「媚びる？」

「そう。〈気分はサーフ・シティ〉とか、まるで、今までと、つながらないこと言って、片岡義男の小説、読んでるの。この夏は、サーフィン、やるとか言っちゃってさ。時流に媚びてるのよ。お手本は片岡義男と小林泰彦よ。ノース・ショアのスウェルが――とか、言うの」

「小林泰彦って？」

「絵と文、書く人、いるじゃない？　『ポパイ』で……」

「ああ」

「弟がいて、小林なんとかって名前で、小説、かいてるわ」

「知らんな。でも、〈憧れのハワイ航路〉の意味はわかった」

「『ザ・トクガワ』でも、ショーグンが浦賀の海岸でペリーにサーフィンを教わる場面があるの。うちのマネージャー、〈これこれ〉とか呟いて、乗りなのよ。あたし、どっと疲れが出ちゃうのよ、そういうの、きくと」

「そりゃ、ひでえ脚本《ほん》だなあ」

「三船（敏郎）さん、ことわったの、正解よ。……あーあ、あたしも、出たくなくなった」

「改めて、ご挨拶させて頂きます」

ロビイに近い、静かなバーの窓ぎわで、老人が愛想よく言った。そして、ふつうの名刺よりひとまわり大きい名刺をさし出した。

名刺には、寺尾がとっくに承知している〈宮田杉作〉という名前と住所しか印刷されていない。さまざまな肩書があるはずなのに、いっさい、書いてないのが、かえって貫禄を感じさせる。

「では、私も……」

寺尾は名刺入れを出した。指紋がつかぬように、指の腹には、透明なマニキュア液が塗ってある。

初めにつまんだのは、六本木テレビ時代の本当の名刺だった。あわてて、その下の名刺を抜き出す。

そこには――

〈株式会社MTプランニング　専務　　浜野二郎〉

と、あった。

「なるほど……」

宮田老人は、受けとった名刺を、穴のあくほど、眺めた。

椅子にかけた寺尾は、窓の外の日本庭園に眼を向けている。

「この方面には疎いのですが……」

宮田杉作は、寺尾をにわかには信用しない眼つきで、

「MTプランニングとは、どういう会社ですか？」

「ご存じかどうか、さいきんのテレビ局は、番組を、局内で作らずに、下請けに出すようになっております。当然、外部に番組企画の会社が要るわけで、私どもは、もっぱら新しい企画を考えるのが仕事なのです」

「ほう……」

宮田はあごを引くようにして、

「では、お顔も広いのでしょうね」

「まあ、なんとか……」

　寺尾は謙虚に笑ってみせる。

「すると、ドラマなども？」

　宮田老人は、話を、なんとか、山岸久子に結びつけようとする。

「ドラマは、私ども、弱小会社の手におえません。私どもが作るのは、料理番組とかドキュメンタリー風なもの……いま検討中なのは、公開番組ですが……」

「なるほど」

　公開番組ときいて、老人の態度は冷たくなる。

　寺尾はブランデー・グラスを片手でゆすりながら、

「ありきたりの公開番組では、もう、売れません。笑いあり、涙あり、ゲスト・タレントありの、人間の一代記です。ここまで、アイデアを練るのに半年かかったわけで……」

「一代記？」

「ええ。すでに『人に歴史あり』という三十分番組がありますが、あれは有名人の歴史です。……私どもが考えているのは、在野の、と申しますか、マスコミ的には有名ではないが、興味深い人生を送って成功された方の一生をとり上げるのです」

「ふむ……すると、私なども資格があるわけだ」

宮田はひとりで頷いた。

「栃木南部で宮田外科といえば、かなりなものですぞ。いまは引退の身ですが、若いころは、あなた、馬賊でね、中野学校にも関係するわ、広大な天地で大暴れですわ」

「そうですか」

寺尾は興味がない様子を装って、

「ただ、どんな凄《すご》い体験があったとしても、マスコミ的に無名な人の一生は、画面が地味になってしまいます」

「さいですな」

老人はがっかりしたようだ。

「これを救うのが、コミックな司会者であり、ゲストのタレントです。美人が出て、画面が華やかになる。また、音楽で盛り上げることもできます。ご対面コーナーを考えたのも、そのためです。公開番組にした理由は、なんといっても、ぐーんと盛り上るからですよ」

「非常に面白い企画だが、美人が出るのは、なぜですか？　必然性があるかな？」

「その日の中心人物――かりに宮田さんとしますと、宮田さんが、ひとめ会いたい男女スターを、そこに連れてくるのです。この取り合せの意外さ、宮田さんの恥ずかしそうな顔――これが観衆と視聴者に受けます」

説明しているうちに、寺尾は自分がコン・ゲームをおこなっている気持を失ってきた。新番組の企画をスポンサー・サイドに説明するときの熱気がよみがえったのだ。

「つまり、私が、山岸久子と手をとり合う光景もあり得るわけだ」

老人は勝手なことを言う。

「まあ、あり得ます」

「面白い企画だと思うがなあ。……それは実現せんのですか？」

「むずかしいのです。……実は、他の企画の失敗で大きな赤字が出ましてね。この企画のパイロット・フィルム（テスト版）を作るのに金が足らんのです。お恥ずかしい話ですが」

「ほほう」

老人は大きく頷いて、

「失礼ですが、浜野さん、どれほど足らんのですか？」

「……約三千万円です」

老人の頰の肉が弛《ゆる》んだ。

「浜野さん、私は大金持ちではないが、多少の手持ちはある。……どうです？　私と山岸久子が出るという条件で、三千万、出しましょうか」

寺尾はしばらく答えなかったが、やがて、

「お言葉に甘えて……二千万ほど、拝借させて頂ければ、幸いですが……」

と言った。

「このさい、電波を私物化する気で、差し上げますよ」と老人。

「では、フィルムが完全に出来上ったのをごらんになってから、もう一千万、というのでは、いかがでしょう? 詐欺と思われては、心外なので……」

3

その日の夕刻、神宮前アパートの一室では、三人の男と一人の女がテーブルを囲んでいた。テーブルの中央においてあるのは、老人が寺尾に渡した二千万円の横線《おうせん》小切手である。

最初に大きな溜息《ためいき》をついたのは旗本であった。

「どうなってるんだ、世の中……」と彼は言った。「……あるところにはあるもんだ、なんて、月並な台詞を吐くつもりはないがね……」

「じゃ、何だい?」

寺尾がききかえす。

「金の価値というのかな……その重みってやつが、わからなくなった」

旗本は途方に暮れたようである。

「ぼくだって同じことだ」と寺尾が憤りをこめて言った。「いくら、ちょんぼをやらかしたとはいえ、二十年働いて、退職金が八百万円。そして、三十分ばかり喋《しゃべ》って、この二千万円だ。……自分が莫迦《ばか》に思えてきた」

「寺尾さんの手口が鮮やかだったからですよ」

清水が畏敬《いけい》の眼差《まなざ》しをみせた。

「凄いですね」

「いや、長島さんの役のふり方がうまかったんだ。……浜野二郎という役は、ぼくにしてみれば、かなり、地でいけるんでね。超人気スターを口説いたり、腰の重いスポンサーを説得する仕事にくらべたら、いくらか楽かも知れない」

「宮田の爺さんの気が変らんうちに、早いとこ、現金化してしまおう」

旗本は小切手を紀子に渡した。

「赤坂のホテルの中に、〈MTプラニング〉のオフィスを作る必要なんかなかったじゃないですか」

と清水が笑った。

「二千万円とともに姿を消しましょうや」

「きみは、どうして、そう不誠実なんだ」と寺尾が叱った。「われわれは、ちゃんと、番組を作るのだ。爺さんに約束した通りに……」

「まさか！」

清水は肝をつぶしたようである。

「ぼく、きいてないですよ」

「きみは〈MTプラニング〉の社長の役をやればいいんだ。そういう打合せだったろ？」

「ええ……」

「役づくりに専念しろ」

「はい」

「大丈夫か？」

「あの……どのスタイルでいきますか。新派、松竹新喜劇、森繁久弥、新劇、アングラ風……」

「アングラ風って、どういうんだ？」

「〈ああ、課長かい？　課長はな、真赤な花で一杯のお棺に入って、はるか遠いオホーツクの海へ行っちまったよ……〉」

「そんなのは駄目だ。無難なところを、みつくろってくれ」

寺尾は紀子をかえりみて、

「足利市の会場の具合はどう？」

「公会堂とか公民館は全部ふさがってます」

「だろうな。一週間まえに申し込むってのが非常識なんだから」

「足利の近くのＳ市の公会堂があいてるんです。こっちの会社が無名なので、おさえるためには前金が要りますが……」

「いくら？」

「二十万です」

「すぐに、おさえて貰おう」

寺尾は電話機を指さすと、旗本に向い、

「山岸久子は、どこにいるだろう？」

「契約書をチェックしに事務所へまわると言ってましたよ」

「つかまえてくれないか。彼女のギャラは〈ＭＴプラニング〉から、きちんと払うことにする。きみは、〈ＭＴプラニング〉から根まわしをたのまれたことにして、話をしてくれないか」

「わかりました。――どうなんですか、ドラマじゃない場合の彼女のギャラは？」

「ご対面番組だから、ぎりぎりの飛び込みでいい。それでも、Ｓ市までゆくと、まあ、半日はつぶれるな」

「ええ」

「スケジュール的には、どうだろう？」

「さっき、ついでに、きいときました。十八日の昼間はあきで、夜、東京テレビのドラマのリハーサルが入ってます」

「こんなものかな」

寺尾は指を三本立てて、

「ほんらいなら、二本だと思うけど、『ザ・トクガワ』なんて仕事が入ったから、やや登り坂だな」

旗本は自分のデスクに戻り、山岸久子の事務所に電話した。

「山岸さん、いますか？　あたし、旗本。……あ、さっきは失礼。……え？　契約書に少し気に入らないところがあるので、プロデューサーと交渉する？……さすが、プロ根性。負けたなあ！　惚《ほ》れ直しました。え？　女優としてか、女としてかって？　両方よ。渾然《こんぜん》一体となったおたくに惚れたわけ。……ところでさ、ぼくの知り合いが企画会社を始めたの。……うん、まじめな男。まず、公開番組を作るので、ゲストとして、山岸さんにご出演ねがいたい、と希望してるの。ぼくがきいたところでは、ほんの五分ぐらいだって。つき合ってやってよ。……あ、それ、心配するの、わかる。払わずに夜逃げするのが多いものね。そこは、びしっと言っといた。新しい会社だから、ご挨拶かたがた、三十万、お払いしたいって……そう、うぶなんだよ。前払いするって意気込んでるから、手を貸してやってくれない？……ありがとう。そうね、あと十分ぐらいで〈MTプラニング〉の社長から電話が行くと思うから、スケジュールを合せて貰えると、しあわせ。ではでは……」

電話を切った旗本は、寺尾に黙礼した。

寺尾は右手の親指を天井に向けて立て、片眼をつむった。次に、みずから、手近な電話機のダイアルをまわして、

「川野プロですか？　ぼく、寺尾文彦。……おどろくなよ。足はあるんだから。いま、自分で、プロダクション、やってるんだ。……そう、ご同業だよ。ところでさ、飛田《とんだ》ちゃんね、飛田羽根太《とんだはねた》さんと言って欲しい？……ああ、あんなこと、気にするなよ。七パーセントしかとれないから番組を打ち切るったって、その七パーセントの大半は飛田ちゃんの力じゃないの。スポーツ紙の記事なんて無視した方がいいよ。……ところで、真面目《まじ》な話。知人が企画会社を始めて、わりに面白い公開番組を考えてるんだ。ぼくのところにお笑いタレントの相談がきてね、司会役は飛田ちゃんにぴったりなんだ。ただ、作り方を模索中でね。とにかく、番組のオーディションを作るんで、彼に来て貰えると嬉しい。……ええ、会社の名は〈MTプラニング〉。社長から、すぐ、電話させるよ。飛田ちゃんがスケジュール的にきつかったら、二番手を考えておいて下

さい。どうも……」

送受器を置いた寺尾は、清水の顔を指さした。

「出番だぜ……」


渋谷区笹塚――といっても、甲州街道から中野側に一歩入った辺りは、杉並区、中野区の一部とぶつかり合っている。

「渋谷区、というと、だれでも、渋谷駅付近を想い浮べるでしょ」

暗がりで、タクシーを降りてから、紀子が言った。

「ところが、ここは、新宿に近いのよ。テレビの制作プロダクションとしては、渋谷区にあった方がきこえがいいのかしら」

鬘《かつら》と野暮ったい黒ぶち眼鏡が、きつい感じをあたえる。秘書役としては、まずまず、という変りようであった。

「社長役というのはマイったな……」

清水の髪はかなり白く、眼鏡は金ぶちで、レンズの下の部分が老眼用になっている。ピンクのワイシャツは自前で、エルメスの渋いネクタイと茶の背広は寺尾からの借物だ。

「上着がだぶだぶだろ?」

「決らないところが、かえって、社長らしいわ」

ブリーフケースを抱えた紀子は、からかうように言った。

「パパが言ってたでしょ。服装よりも、態度だって。相手を心理的に圧倒すればいいのよ」

清水は答えない。

〈石田プロダクション〉という、灯の入った白い看板が見えてきた。下見をすませている紀子は、まちがうはずがない。

ひょろ長いビルに入り、狭いエレベーターに乗る。

五階にある石田プロの内部は、思っていたよりも広く、夕食の時間を過ぎたというのに、十数人の若い男女が各々のデスクに向っている。活気があり、若々しい。これから伸びてゆく会社なのだろう。

清水が来意を告げると、奥の部屋から、初老の男がとび出してきた。

眼尻が下り、品のない顔つきだが、身体の動きはエネルギッシュだ。

「さ、どうぞ、どうぞ……この奥が社長室です。社長兼小使いですよ、私は……」

ありきたりの挨拶とともに、石田は二人を奥に通した。

四畳ほどの縦長の部屋だが、壁に貼《は》ってある営業のグラフの数字から、紀子は、この会社が登り坂にある、とみた。そうでなければ困るのだ。

「お初にお目にかかります。石田です……」

「〈MTプラニング〉の前田です。これは秘書の飯塚くん」

清水は、透明なマニキュアを塗った指で、名刺を出した。

「〈MTプラニング〉――伺っております、お噂《うわさ》は……」

石田は明らかな嘘を言った。

「この〈M〉ちゅうのは、前田社長のイニシャルですな。〈T〉は何ですか？」

「私、この道は、ほとんど素人でして、手塚という共同経営者が万事きりまわしとります。〈T〉は手塚のイニシャルですな。この男は、ほら、RTVをやめさせられた寺尾文彦――あの人の紹介で、私のパートナーになりました」

「寺尾さんねえ」

石田はにやにやした。

「切れた人らしいですな、私は面識を得られませんでしたが」

「いずれ、カムバックしますよ」

清水は事情通の面を示して、

「電話で申し上げた通り、寺尾さんがおたくを強く推してましてね」

「光栄です」

「手塚が香港《ホンコン》へテレビの技術指導に行っておるので、私がまかり出たしだいです。

「――飯塚くん、企画書を出しなさい」

紀子はブリーフケースから企画書のコピイを出して、石田に渡した。

石田は老眼鏡をかけ、十分ほどで眼を通した。

「面白い狙いですな。……で、局は、どこです」

突然の問いに、清水は混乱した。こんな質問は、予定になかったのだ。

「どこの局が、話に乗っているのですか？」

石田は念を押した。

「それは……社長の口からは……」

と紀子が言った。

「ふむ、ＲＴＶですかな？」

石田はかまをかける。

「ええ、まあ……」

紀子はあいまいに笑ったが、認めるニュアンスを含めた。

「いや、だいたい、わかりましたよ……」

石田は勝手に呑み込んで、含み笑いをする。

「内密にして頂かんと困る。局の内部にこの企画への反対があることだし……」

清水は困惑した表情を作った。

「口外はしませんよ。安心して下さい」

石田は顔をひきしめ、女の子の持ってきた茶を二人にすすめた。

「なにしろ突然のことでしてな……」

清水は激しく咳込《せきこ》む。紀子が茶碗をわたすと、ひとくち啜って、やっと落ちついた。

「会場は当方で押えました。それから、と……飯塚くん、どうなっている？」

「山岸久子もうちで押えました。それから、司会役の飛田羽根太も七十パーセント、大丈夫です」と紀子。

「あと、歌手が要りますな」と石田がメモをとった。「歌手と、この宮田老人にゆかりの人々を押える必要がある」

「台本《ほん》も含めて、そのあたりを、そちらで、やって頂けますか……」

清水がゆっくりとたずねた。

「できますとも」

石田は自信を示した。

「うちには作家《ほんや》もディレクターもおります。細部の疑問があるときは、おたくの社に、電話でうかがうことにしましょう」

やれやれ、と清水は思う。録画《とり》の日まで、赤坂のホテルにこもっていなければならないのか。

「では、テロップに〈協力・石田プロダクション〉と入れることにします」

清水は重々しく頷いた。

「ありがとうございます」と石田。

「これはパイロット・フィルムですが、局のゴー・サインが出れば、オン・エアの一回目になります。内容を大いに盛り上げて下さい」

清水は初めて笑ってみせ、

「で、かんじんの中継車（公開録画用）の件ですが、いかがですか、八十万では？」

石田は急に渋い顔をした。中継車を使用する相場は、一日、百万である。

「それは、ちょっと……」

「でしょうな」と清水、「私もそう思います。そこで、です。もう十万乗せて、九十万では、どうでしょうか？」

石田は頷いた。

「その代りといっては、なんですが、公開放送を録画してから、ひと月後に現金で支払います」

「録画《とり》は四月十八日でしたな」石田の眼が輝いた。「すると、五月十八日が支払い日ですか」

「ええ」

めったにない好条件であることを石田の眼の光が告げていた。

「やらせて頂きましょう」

「実は、ひどく急いでおりましてねえ」

清水はすまなそうにつけ加えた。

「テロップ（タイトル、スタッフ、キャスト名）入りで編集されたテープが、早く欲しいのです」

「つまり、完パケ（完全パッケージ）のＶＴＲテープですな」

と石田は笑った。

「うちは設備が充分ですから、その気になれば、翌日にでも、お渡しできますよ」

「その気になって下さい」と清水は冷静に言った。「翌日の昼に欲しいのです」

この瞬間、石田の脳裡《のうり》を（おかしいな、なにか……）という思いが掠《かす》めなかったと言ったら、嘘になる。

だが――

公開番組のＶＴＲテープなど、それじたい、なんの価値もないものである。どこかの局に売れて、初めて、商品価値が出るのだ。それに相手は、山岸久子や会場を押える努力をしている……

そう考えなおして、

「やりましょう」

石田は笑ってみせた。

「石田プロの実力を見て下さい」

「ついでといっては、おかしいが、そのテープをビデオ・カセットにしたのを十本、同時に納品して貰いたいのです」

清水はきわめて事務的に言った。

「ビデオ・カセット？」

石田はびっくりした。こんな注文は初めてであった。

「無理ですかな？」

「いえ、簡単です。マザー・テープがあるのですから……」

「では、翌日の昼に、テープとビデオ・カセット十本、たのみます」

「はあ……」

石田は相手のペースに巻き込まれていた。

少々、奇妙な点はあるが、支払い条件の良さが、それを補って、余りあるのだった。

## 4

四月十八日は晴れであった。人を集めねばならぬ公開番組にとって、これは重要なことである。

寺尾と旗本は、S市の駅前にある大きな喫茶店で、現場からの連絡を待った。

二時に紀子から電話が入り、中継車の活動状況や、舞台でのリハーサルの模様を伝えてきた。幕をおろしたまま、客入れが始まっており、二千三百の客席は、ほぼ埋まりそうだ、と紀子は報告した。

——そいつは、いい。公開ものは、客の入りが薄いと、盛り上らないからなあ。

寺尾は低い声で答えた。

——清水は、どうしている？

——ときどき、中継車を覗き込んでます。

——なるべく、演技を抑えるようにしてくれないか。〈社長〉は、あまり、チョロチョロしない方がいい。

——そう伝えます。

電話が切れた。

「もう少したったら、会場へ行ってみよう」

椅子に戻った寺尾は旗本に言う。

「まるで、RTVにいた時みたいだ。いや、現場で指揮ができないから、よけい、気がもめる」

「そんなに律義になることはないでしょ」

サングラスをかけた旗本はビールを飲んでいる。

「もう、二千万、入ってるんだ。勝ったも同然ですよ」

「あと、一千万貰うんだ。そのためには、良い番組が出来上らないと困る」

「それを律義というのです。寺尾さん、ぼくらが何をやっているか、わかってるんですか？」

「わかっている。しかし、ぼくは、あまり、ひどい真似はしたくないのだ」

「だいぶ、鈍《なま》ってますな」

旗本はピーナッツを口に投げ込んで、

「ということは――そろそろ、寺尾文彦氏を局にカムバックさせる空気が出てきたのかな。どうですか？」

「それは、まあ……」

「言葉を濁しましたな。人の噂も七十五日――現代では、三十日で、忘れられるでしょう」

「実をいうと、いくつか、話がある。中でも、熱心なのが、石田プロなんだ」

「石田プロ？」

旗本はぎくりとした。

「……どうして、また？」

「一昨日の夜、ぼくのアパートに石田自身から電話が入った。昨日、石田に会ったよ。自分のプロを〈強く推して〉頂いて、嬉しいというのだ」

「…………」

「もちろん、ぼくは〈MTプランニング〉とは関係がない、と答えておいた。なにかの宴席ででも呟いた言葉が伝わったのでしょう、と……」

「苦しいですな、ちょっと」

旗本が評した。

「仕方がないじゃないか。……もっとも、そんな話は口実で、ぼくを雇いたいと言いにきたのだ」

「……で？」

「ことわったさ、当然だろう」

「それで、鉾先《ほこさき》が鈍ったのですな」

旗本はモアをくわえた。

明日以降、中継車の料金を支払わずに、〈MTプランニング〉を消滅させてしまうのが、長島老人の考えたプランだった。これだと、必要経費は、会場の前金と山岸久子の出演料だけで、すむことになる。

「びびることはないスよ」と旗本はゆううつそうに言う。「この程度の不払いは、よくあることです。会社が潰《つぶ》れちまえば、仕方がないんだ。明日をも知れぬ弱小プロだったら、草の根わけても探しにくるおそれがあります。しかし、伸びているプロダクションの場合、騙《だま》された事実を表面に出したがらない。——われわれが石田プロを選んだのは、そのためじゃないですか」

「わかっているよ」と寺尾は言った。「今回の中継車の料金は踏み倒す。それは決めている。……ぼくはいずれ、個人的に石田プロに率の良い仕事を紹介してやるつもりだ」

答える代りに、旗本は紫烟《しえん》を寺尾の顔に吹きつけた。

ややあって、

「われわれが得をすれば、どの道、弱い部分に皺寄《しわよ》せがいくんでさあ」

と旗本は嗤った。

「たとえば、司会役の飛田羽根太だって、ノー・ギャラで終るでしょう」

「いまの電話では、宮田老人はタレントたちに祝儀袋を配っているそうだ」

寺尾の眼に皮肉の翳《かげ》が宿る。

「石田プロ以外は、全員、ハッピーに終りそうだよ」

「これじゃ、コン・ゲームじゃなくて、チャリティーだ」と旗本は吐き出すように言った。「宮田という爺さんは、まだまだ、食えそうだなあ」

「ぼくも、そう思う。ただ、地方の実力者ってのは、あとがこわいぜ」

「それは、そうですね」

旗本は素直に頷き、

「いまのところ、われわれは、少しずつ、借金を返せてますからねえ」

「うむ」

「そういえば、奥さん、どうなさいました？　ロスから帰られたのですか？」

「まだらしい」

寺尾は浮かぬ表情で、

「こないだ、ハリウッドからエアメイルがきた。……マーロン・ブランドには会えなかったらしい。代りに、バート・レイノルズに会ったそうだ」

「全然、ちがうじゃないですか、それでは」

「ぼくも、そう思う」

「バート・レイノルズも、向うでは人気があるんでしょうが、マーロン・ブランドとは……ねえ」

「まあ、な」

真知子のスター・インタビューは順調にはいかぬらしい。そのわりに、困っていないような文面であったが……。

「バート・レイノルズねえ、あの胸毛だらけの……」

旗本はまだ、こだわっている。

「そろそろ出かけないか」

寺尾は促した。


現代の建築技術の粋を集めたような公会堂のまえには、入れなかった若い男女がうろうろしていた。

お目あては、山岸久子や飛田羽根太ではなく、華麗な衣裳《いしょう》とアクションで知られた二十代半ばの人気男性歌手に決っている。どうしてこんな大物がつかまえられたのか不思議だが、おそらく、石田プロとしては、精一杯、突っ張ったのであろう。

ガラスのドアの中に紀子がいて、二人を入れた。

「混《こ》んでるようだね」

先日、精神病院の医師に化けたときに使ったメタルフレームの眼鏡越しに寺尾は紀子を見た。

「一杯です。しめ出された客が、一時は、暴動を起しそうになりました」

「録画《とり》は始まってるの？」

「ええ」

寺尾は緊張した。手落ちはないつもりであるが……。

「覗いてみよう」

紀子の案内で脇のドアから中に入った。

スター歌手を迎えたせいか、場内は、女の子たちが発する熱気で、むんむんしている。寺尾は、この熱気に覚えがあった。甘酸っぱいような、おしっこの臭いが混じったような熱気……。

――さあ、〈意外なご対面〉コーナーです。

コメディアンの飛田が舞台の上から叫んだ。

――足利市が生んだ世界的名士、宮田杉作さんが、夢にまで見た人に会える、この瞬間、このスリル――さあ、その人は……。

舞台中央のピンクのカーテンがするすると上った。

――日米合作映画に出演が決って、いまや、名実ともに実力派――テレビドラマ

「愛のさざなみ」でおなじみ、山岸久子さんです。

　地味なスーツの山岸久子は、舞台下手《しもて》に立つ老人に向って、にっこり笑いかけた。

（いいぞ……）と寺尾は思った。演出は垢抜けないが、公開番組としたら、まあ、こんなところであろう。

　金色のメタルフレーム眼鏡をかけ、三つ揃《ぞろ》いのブルーの背広で身を固めた、脂ぎった老人の全身に、電流が通ったようにみえた。彼女に会えることは、台本を読めばわかるはずなのに、どうして、これほどまでに驚くのか、寺尾には理解できなかった。「慕情」のテーマ曲が湧《わ》き起り、観客はいっせいに拍手した。老人のショックがあまりに大げさなので、拍手は一段と大きくなった。

（盛り上っている……これだ！）

　寺尾はみずからも拍手した。それは、長島老人のアイデアとおのれの腕へのスタンディング・オヴェーションであった。

　――本物か！　あんた、本物の山岸久子か！

　老人は思わず、山岸久子の手を握りしめ、泣き出した。老人の顔は、涙と汗で、ぐしゃぐしゃのようにみえた。

　波のようにうねりながらつづく拍手は――冷やかしもこめて――会場を割らんばかりである。

「こいつはまったく、チャリティーだぜ……」

旗本が忌々しげに呟くのを、寺尾は無視した。


翌日の午後、〈MT〉と白地に赤く染めた社旗をひるがえした一台のハイヤーが、笹塚の石田プロダクションの前にとまり、やがて、足利市に向った。

乗っているのは、〈社長〉役の清水と〈秘書〉役の紀子である。

紀子は、デパートのマークがついた大きな紙袋から、桐の箱を二つとり出した。

「何ですか、これ?」

金ぶち眼鏡をかけた老けづくりの清水は怪訝《けげん》な顔をする。

「その殺風景なボール箱から、VTRのテープを出して、こっちにうつすのよ。カセットは、もう一つの箱に入れて……」

紀子が命令する。

「こんなことが必要なんですかね?」

清水は、運転席の旗本に声をかけた。

ハイヤーの運転手の制服で身を包み、帽子をあみだにかぶった旗本は、「言われた通りにしろ」と言った。「文句があったら、プランナーに言ってくれ」

「よう来てくれた。時間通りですな」

宮田外科病院の正門をくぐり、左折したところにある広大な庭。中央の石に腰かけて、数名の植木職人を指揮していた着流しの宮田老人は、にっこりした。

「さあ、上ってください。……あいにく、女中が休みでな。当節は、女中が休暇をとりおる……」

老人はみずから二人を屋内に案内する。シャンデリアが下った古めかしい応接間は昭和初期を想わせ、本棚には春陽堂版・明治大正文学全集と戦前の雑誌「新青年」が詰っている。もっとも、長らく手を触れていないらしく、埃《ほこり》がつもり、本の背が変色していた。

「『新青年』とは、お珍しいですね」

思わず、紀子が言った。

「もう何十年も、読んでおらん。ここは、もと、私の勉強部屋でな」

ひとり暮しに馴れているらしく、老人は小型冷蔵庫からお絞りを二つ出し、ビールを一本抜き出した。

「どうしました？　うまく、でけたかな？」

「はい」

清水は紫の袱紗《ふくさ》を恭しく開き、桐の箱をとり出した。

「これが、昨日の録画テープでございます」

「ふむ……」

老人は嬉しさを抑えて、

「これを、わしが貰ってしまうと、貴方《きほう》が困らんのですか?」

「放送用のは、もう一本、別にあります」

清水は慎重に答える。

「先日、うちの浜野が、テープが出来上ったところで、お見せする——と、かように申し上げたとかで……」

「それはそうだが……」と、老人は眼鏡の奥の眼を光らせる。「こういうテープを頂いても、家庭では、どうにもならんのではないか……」

「あなたのお金を無駄づかいせずに、完全に出来上った、という証拠品です。この土地のテレビ局に持っていけば、モニターでごらんになれます」

「しかし……」

「面倒くさいのでしょう?」

「そうは言わぬが……」

「当然です。……そこで——飯塚君、出しなさい」

紀子はもう一つの桐の箱を、老人の前に差し出し、テーブルに置いて、ていねいに一礼した。

「なんですか?……」

老人は箱のふたを外す。

「カセットでございます。先日、お電話で、ホーム・ビデオをお持ちとうかがいましたので」

「そこにある」

老人は部屋の隅のテレビセットを指さした。

「では、早速、かけてみましょう」

清水は立ち上り、ビデオ・カセットの一つを装塡《そうてん》した。

「よろしいですか?」

テレビ受像機の画面に秒読みの数字があらわれた。すぐに、荘重な音楽とともに、〈ここに人生あり〉という白い文字が大きく浮び出た。完全パッケージの効果であった。

出演、宮田杉作、山岸久子……と、クレジットがつづくと、老人は、

「そこで止めてくれ」

と鋭く言った。

「え？」

清水はうろたえ、スイッチを切る。

「二人とも、そのままで、動かんでくれ」

老人は立ち上った。

紀子の顔色も変っていた。なにが気に障ったのか、わからなかった。

老人は壁の二連銃を外した。むすっとした顔で、銃をおもむろに構える。

「な、なんですか！」

清水は失禁しそうになった。

老人はしずかに引き金を絞る。

弾丸は飛び出さず、壁の、標的にあたる部分にある平凡な油絵が、かたん、と外れ、ぶら下った。そこにあったのは、小型金庫の扉だった。

「これをやると、みんなが驚くので、面白い……」

老人は金庫のダイアルを、左右に、こまかく、まわした。分厚い扉が静かにあき、老人は右手をさし入れる。

「浜野さんは約束を守ってくれた」

老人は、にやっと笑って、札束をつかみ出し、金庫をしめた。

「だから、キャッシュで差し上げる。……一千万あるつもりだが、いちおう、数えてみて下さい」

「飯塚君、数えて」

清水は椅子にかけ、がっくりした。

「おどかして悪かった。ビデオを止めて貰ったのは、あとで、ひとりで、ゆっくり、たのしみたかったからです。……ありがとう、本当にありがとう」

「確実に、オン・エアされるかどうか、まだ、本決りにならないのですが……」

「大変ですな、ご商売とはいえ」

「カセットは十本あります。ご親戚《しんせき》、ご友人、その他に配られると思いまして……」

「行き届いたご配慮、おそれいります」

老人は感激した。

「浜野さんに、どうか、よろしくお伝え下さい」

紀子が一千万を数えきったところで、三人はビールで乾杯した。

「もう少し、ゆっくりして頂きたいのだが……」

「いえ、もう……」

挨拶もそこそこに二人は退出し、ハイヤーに飛び込んだ。

旗本が車をスタートさせたとたん、清水は変装用の眼鏡を投げすて、紙袋の中の札束を両手でしっかりとつかんだ。

# 第六章　間奏曲

## 1

「寺尾さん……」

電話をとった紀子の顔に奇妙な翳《かげ》りがあった。

彼女の唇が、すばやく、しかし、はっきりと形をつくった。

（ケ、イ、サ、ツ……）

神宮前アパートの事務所の空気が、一瞬にして、変った。旗本は腰を浮かし、清水はいまにも部屋をとび出しそうな気配である。

寺尾はソファーから立ち上った。一同は、長島老人の批評を仰ぐために、出かけようとしていたところだ。ここで、自分がうろたえたら、全員が、がたがたになる、と寺尾は思った。

彼は送受器を握って、

——寺尾です。

——寺尾文彦さんですか？

先方は念を押す。

——はい。

——小野テイラーの主人の件で、お電話したのですが……。

——はあ。

寺尾は半信半疑である。

——なかなか、しぶとい男ですな。

——つかまりましたか？

——まだです。

——まだ？

（じゃ、なぜ、電話してきたんだ？）

寺尾は警戒をゆるめない。

——まだ、ですか？

——ええ、海外に逃げたという噂《うわさ》もあります。

——ふーむ。

（よく、やっているではないか、あいつも……）

自分から三百万円を毟《むし》り取って行った犯人への憎しみよりも、同志への連帯感に似た思いが先に立った。

――お忙しいところを失礼しました。中間報告です。

電話が切れた。

「甘いの……」

老人は、ぼそり、と言った。

窓の外は雨で、肌寒い日である。六本木裏のアパートの長島老人の部屋では、古い型のアラジン・ストーヴが青い炎を燃やしていた。

「たしかに、今度の件は、わしの追究するコン・ゲーム道の原理にかなっているかに見える。被害者に被害者意識を抱かせず、仕合せだ、と信じさせることに成功したかに見受けられる」

「成功したのよ、パパ！」

紀子が力説した。

「それは、わかっとる。分け前を貰っとるからな。おかげで、病院のベッドを予約できた……」

老人の眼は三人の男に向けられた。

「その点に関しては、わしも感謝しておる。……が、だからといって、点を甘くするわけにはいかんのじゃ。道にかなっておるようじゃが、全体に善意が感じられる。気に食わんのは、そこじゃ。そこを、しっかり、締めておかんと、この次に失敗する。……わしには、眼に見えている。仏心《ほとけごころ》は禁物じゃ」

旗本は咳払《せきばら》いをした。寺尾にあてつけるようであった。

「この次とおっしゃられると、ぼくも、こわいのです」

寺尾が弁解気味に言った。

「今回、ぼくが、なんとかかつとまったのは、ぼく自身に似た役を演じればよかったからだと思います。これが、銀行員とか、大学教授の役だったら、たちまち、バレる気がします……」

「正直といえば正直だが、それでは、次の仕事はおぼつかぬ」

老人は車椅子の背に首筋をこすりつけながら、

「この次は、五、六千万の山を張らねばなるまい。それなりの覚悟がなかったら、やめるこった」

「いえ、それは……」

寺尾は老人を見つめた。

「無理をせん方がええ。抜けるのなら、今じゃ」

「ぼくが必要としてる金額には、まだ、とても足りないのです。……正直に言って、テレビ関係の仕事に戻らないかという話はあります。あくまでも、話です。かりに、そこに戻ったとしたら、ぼくは給料を、女房の弁護士に差し押えられるとか、そんな目に遭うでしょう。現実に、ぼくは、まだ、追いつめられているわけで……」

「わかった」

老人は下唇を突き出した。

「あなたの眼で、嘘でないことがわかる。……眼が澄んでおる」

「次の仕事の話をしましょうよ、前向きに……」

清水が陽気に口をはさむ。

「大きな山を張りたいですねえ」

「その台詞《せりふ》は、二十年早いわい」

老人は苦笑した。

「わしが、きみのとしでやったことというたら、まるでポンチ絵じゃった。……満州事変が勃発《ぼっぱつ》したころかな」

「参考までにおきかせ下さい」

「自慢話や回顧の趣味はない」

そう言いながらも、老人は、悪くない気持のようであった。

「上野の美術館を破ったり、そんなものじゃ。コン・ゲーム道を自覚するまえだからな。若さにまかせて、むちゃをやったよ」

「美術館強盗ですか」

旗本は驚いた体である。

「いや、ちがう。ネタを割ってしまえば、当時、美術館が泰西絵画の贋作《がんさく》を何点か抱えておった。その真贋が問題になってな。とうとう、ベルギーから、なんとかいう鑑定の名人がくることになった……」

「美術館側は真贋がわからなかったのでしょうか?」

「館長以下、二、三人は、贋物《にせもの》をつかまされたことを知っておった。困りに困って、あるルートから、わしに依頼がきた」

言葉を切った老人は、熱いコーヒーに口をつけた。

「贋物を平気で扱う悪徳画商が、フランスにおってのう。こいつに、ひっかかったのじゃ」

「すると、贋物を盗み出したわけですか、上野の美術館から?」

と清水がたずねる。

「いや、わしはフォードに乗って行って、建物の外に轍《わだち》をつける役じゃ。そう、窓を叩き割って、館内を荒らしもしたな」

「で、絵は？」

「館長がひそかに処分した。自分の地位を守るためには、なんでもやるもんじゃの」

寺尾はまだ信じられなかった。阿部定事件と並び称される〈上野美術館事件〉の謎《なぞ》が、一挙に解明されてしまったからだ。幼いころ、彼は、父親から、この〈帝都一の怪盗の天外消失〉について、くりかえし、きかされたものであった。

「莫大な報酬を貰ったが、上海で使い果してしまったよ。あんなに使いでがあったのも珍しい」

「どうも、スケールがちがいますな、ぼくらとは」

旗本は軽く頭をさげる。

「ぼくらが、どう踏んばっても、昭和史に残る事件は起せないさ」

寺尾は自嘲《じちょう》した。

「それはわからんよ」と老人は独り言のように言った。「そのころは、わしだって、こんな渡世をするつもりはなかった。ただ、ぐれていただけだったのが、あのポンチ絵的事件をきっかけに、進路が大きく変った」

「むかしは、〈大陸へ逃げる〉という手があったから、いいなあ」と清水は羨《うらや》む。

「〈ほとぼりをさましに上海へ〉——これが、いまや、きかないです。南米の奥地まで逃げて、現地の警官に射殺されたりするんだから、たまらないですよ」

「いまの話は、まだ、続きがある」

老人は眼を細めた。

「絵が紛失してしまった以上、真贋は不明になった。そこで、わしの兄貴株に当る或る男は、紛失した絵――じっさいは、館長がどこかの倉庫に隠したらしいのじゃが――の贋物を量産して、あちこちの成金に売りつけた。贋物の贋物《コピイ》じゃな。これには、あの館長が一枚嚙《か》んでいたと、いまでも、わしは思うとる」

「その館長はどうしました?」

「芸術院会員になって、とっくに死んでいる……」

「ひどい話ですな」

旗本は首を横にふった。

「ところで――これから、どうする?」

寺尾は話を現実に戻した。

「もう一度、公開録画の手をやるわけにもゆくまい」

「あたりまえでさ」

旗本は小声で、

「ただ、〈被害者の資格を持つ人間〉が出てこなくてはね。どうにもならんですよ」

「だれか、いないかな?」

寺尾は考えに耽《ふけ》った。

　ＲＴＶの社長以下、局長、出入りの業者などの顔を想い泛《うか》べたが、いずれも、被害者どころか、逆に、こっちが一杯食わされて終りそうな連中ばかりであった。

「夕飯を食いに行こうや」と旗本が言った。「長島君も、出られるだろ?」

「大丈夫じゃ」

　老人が笑った。

「もう、お手伝いさんがくる時間だ。わしの生活も、いささか、向上してな」


「これからが本当の勝負ですね」

　水割りを片手に清水が言った。

　うまいインドネシア料理を食べたあと、四人は近くのスナックに席を移していた。

　かつては新劇関係者の集まる店だったが、いまでは、若手テレビ・タレントの深夜の溜《たま》り場と化し、宵の口には殆ど人影が見られない。まるっきりの堅気とは見えぬ四人組がボックス席で顔を合せていても、さほど目立たない——つまりは、そんな店であった。

「六千万の山として、ひとりが千五百万——ぼくは、ひと息つけるな」

「おれは、まだまだだ」

旗本はゆっくりと言った。さして強くもないのに、ひとと飲むのが好きな旗本の顔は、はや赤くなっている。

「声が大き過ぎるぜ」

観葉植物ごしにマスターの様子をうかがいながら、寺尾が注意をあたえる。

「とらぬ狸《たぬき》の皮算用は、意味がない」

「寺尾さんは腰がすわってないんだよ」

旗本はからみ始めた。

「大会社にいた人ってのは、こうなんだ。……会社のバッジを外したとたんに、気味が悪いほど、腰が低くなる。それでいて、自分への風当りが柔かくなると、妙に権威主義的になってくる。習性だね」

「RTVは大会社じゃないぜ」

寺尾は抗議した。

「われわれ弱小プロダクションの経営者からみれば、大会社ですよ」と旗本。

「そうですとも」

清水が調子を合わせる。

「かりに、ぼくの腰がふらついていたとしても、それは大会社云々《うんぬん》とは関係がない。たんに、臆病なだけだ」

寺尾は低い声で言った。

「他人の眼には、大胆とか大ざっぱな人間に見えるかも知れないが、ぼくは、石橋を叩いてから、渡るかどうかを考える性格なんだ。だから、度胸がないという非難なら、甘んじて受けるより仕方がないが……」

「なにを言ってるんだ」

旗本は溜息をついて、

「ぼくら、走り出しているんですよ。いまさら、おれは、こんな性格だなんて分析して、どうなるというんです？ 完走するよりないスよ」

「ぼくについて、あれこれ言い出したのは、きみだぜ」

寺尾の声が、やや、高くなる。

「そうですよ」と旗本は軽く受けた。「ぼくが夢想に耽っているのに水をぶっかけたからです。……人間てのはね、夢想のあまり突っ走らなかったら、やっていけない部分があるんでさ。それがなかったら、アメリカ大陸は、いまだに発見されちゃいませんよ」

「アメリカ大陸とぼくらの仕事は関係あるまい」

寺尾も意地になった。

「うるさいなあ！」

寺尾のとなりで気持良さそうにしていた紀子が、急に、大きな声を出した。

三人の男は紀子を見つめた。

紀子は虚《うつ》ろな眼でテーブルを見ていたが、いきなり、自分のグラスをつかみ、中の液体を観葉植物の鉢にぶちまけた。

「まずいお酒！」

そう言うなり、グラスを床に落とし、上体を寺尾に凭《もた》せ掛けた。

「でき上ってるよ」

旗本は苦笑を浮べて、

「いままで、緊張し過ぎてたんだな」

「その植物、大丈夫でしょうか？」

清水は心配そうである。

「大丈夫だろう」

寺尾は自信なげに答える。鼻のあたりに女の髪の毛が触って、くすぐったくて仕方がない……。

数日は何事もなかった。

神宮前アパートの事務所で無為に過すのに飽きた寺尾は、アメリカで大ヒットを記録したSF映画の試写会に出かけた。

アメリカでヒットした映画は、半年後に日本で封切るのがもっとも得策と、業界では考えられている。映画の内容についての情報が日本のマスコミによって流されるのはプラスであるが、情報過多になると、大衆はすでに観たような気になってしまうのだ。アメリカでの封切と日本での公開のあいだが一年以上あると、興行は失敗に終る。

その点、この映画は、ニューヨークでの封切が昨年のクリスマス、本邦公開は六月の予定で、計算がぴったり合っている。そして、批評家、ジャーナリスト向けの特別試写が四月末というのも、良いタイミングである。あまり映画を観ない寺尾のような男も、話題度満点なのに釣られて、足を向けるわけである。

夕闇迫る劇場の前には、話題作の試写会特有の張りつめた空気があった。

——試写状は、各自、手にお持ち下さい。試写状のない方は入れません！

スピーカーが、同じ言葉をくりかえしている。映画のテーマらしい交響曲が鳴り響くなかを、有名無名の人々が入口に吸い込まれてゆく。

ときどき、フラッシュが光るのは、映画スターが現れた証拠であろう。

入口を過ぎた寺尾は、テレビ関係者の姿が少いのに安堵《あんど》し、大きなパンフレットを抱えて、ロビイを歩いた。

「寺尾さん……」

低い声で呼んだ者があった。

立ち止り、ふり向くと、輸入会社の宣伝部の若い人だった。

「ごぶさたしてます、試写状、ちゃんと行ってますか?」

「頂いてます」

寺尾は慇懃《いんぎん》に頭をさげた。

ひとむかしまえ、〈シネ・ウィークリー〉という洋画紹介番組に関係していただけなのに、RTVを辞したあとも、自宅あてに試写状を送ってくれる。こんな親切な宣伝部は少いのである。

「なかなか、試写を拝見できなくて……」

「今夜のを観て頂けばいいんです。大作とはいえ、口コミも大切でして」

「とてもたのしみです」

一礼した寺尾は客席通路に入った。

そのとき、ハマノさん、という声がきこえたようだった。

空耳だ、と彼は思った。

まさか……。

「浜野さん!」

寺尾はぎくりとした。

通路の行く手に、金色のメタルフレーム眼鏡をかけた宮田杉作が立ちふさがっていた。

## 2

寺尾は逃げるに逃げられなかった。

まわれ右して、出て行ったら、映画会社の宣伝部員たちは、なにが起ったのかと訝《いぶか》るだろう。

（待てよ……）

彼の頭脳は驚くべき速度で回転した。

（真面目に〈浜野さん〉と呼びかけるからには、おれの正体に気づいていないんじゃないだろうか……）

寺尾は初めて老人の存在を認めたふりをした。

「どうも……これは……」

「どうも、ではない」

宮田老人は気むずかしげに呟《つぶや》きながら、近づいてきた。

「おたくの赤坂の事務所は、どうしたのかね？　何度、電話しても、だれも出ない」

赤坂のホテル内にあるとはいえ、〈MTプラニング〉の電話は直通であった。

「……あそこは引き払ったのです。場所柄、経費がかさみますので……」

おそるおそる、寺尾は答える。

「それならそれで、通知をくれなければ困る」

「失礼しました」

「もう少し、話がある」

老人は秘密めかした声で、

「今夜は、山岸久子さんはこないのかね？　スポーツ紙に、スターを集める大試写会と書いてあったので、来てみたのだが……」

閑人《ひまじん》だな、と寺尾は思った。

「どうやって、試写状を手に入れたのですか？」

「地元のテレビ局にたのんだ。……久子さんは、もう、こないかな」

「きいてみましょうか」

「すぐに、わかるのか？」

寺尾はロビイに戻って、宣伝部員に、山岸久子を招待しているかどうか、たずねた。

彼女が現れるのだったら、寺尾は逃げなければならない。

「山岸久子？　招待してませんよ」

そっけない返事が寺尾を喜ばせた。

老人のそばまで戻ると、

「彼女は忙しくて、こられないそうです」

「スターらしいのう」

老人は大きく頷《うなず》いて、

「では、ここにいても仕方がない。さあ、外に出よう！」

「ぼくは映画を観るんです」

寺尾は弱々しく言った。

「私は観ない。それにきみに言いたいことがあるのだ」

老人は寺尾の片腕を摑《つか》んだ。

宮田老人の宿舎は、劇場に近い帝国ホテルだった。

宝塚劇場の大きな看板が眼の前に見える、ホテルのコーヒー・ハウスに、寺尾はひっぱり込まれた。

「ここは、気持がええ。死んだ藤原義江がよく居たなあ」

「はあ……」

寺尾はきわめて居心地が悪い。老人は、なにか、魂胆があるようにみえた。

「ここのパンケーキは、うまいぞ」

「コーヒーだけで結構です」

「水臭いぞ、浜野さん……」

老人はなんともわからぬ笑みを見せて、

「わかった。……あの番組が売れんのだな」

「それも、ありますが……」

「景気が悪そうな顔をしとるな。いま、事務所はどこにあるのですか？」

「実を申しますと……」

寺尾は半ば自棄《やけ》であった。

「社長が金を持ち逃げしたのです。私は路頭に迷いまして」

「社長って、私の家にきたあの男か？」

「ええ」

「うむ、あれは、どこか落ちつかぬ、胡散臭《うさんくさ》い男だった……」

宮田老人の言葉が当っているのがおかしかった。

「ひどい話だな、それは」

「私は仕事を探しているのです」

寺尾は哀れっぽくならぬように言った。

「この世界ではよくあることですが……いまや、失業者なのです」

「元気を出しなさい」

老人は大声を出した。

「浜野さんには、キャリアとコネクションがあるでしょう？　それこそ、金では買えぬ宝ですぞ」

いちいち、当っている、と寺尾はひそかに苦笑した。

「あの前田という男は食わせ物です。顔で判る。……しかし、です。あなたはちがう、と私はみた」

「どうでしょうか？」

寺尾は複雑な心境であった。

「感触がちがうな」

老人はコーヒーのお代りを命じて、

「失礼だが、浜野さんには堅気の感触がある。だいいち、私との約束は、全部、守ってくれたじゃないですか」

「当然のことでしょうが……」

寺尾はしおらしく呟いてみせる。

「山岸久子さんと手を取り合える機会を作ってくれたのは浜野さんだ。……しかし、私は、もっと、もっと、翔《と》びたい。彼女が承諾してくれるなら、ニューヨークのディスコへだって、つれてゆきます。……どうでしょう？　たとえば——彼女の後援会の会長に私がなるとか……」

「山岸久子の後援会は存在しません」

寺尾は突っ放すように言う。

「では、作ればいい。ひとはだ脱いで下さいよ、浜野さん。あなたの仕事も出来るわけじゃないですか」

「タレントたちは、後援会のたぐいには、うんざりしてると思いますよ。とくに、山岸久子は、ワアワアキャアキャア騒がれて喜ぶとしじゃないですからね」

寺尾は分別顔で評した。

「強いてというのならば、小さなスタジオをご自分でお持ちになることですね。タレントは、いやでも、そこにきます。スタジオのオーナーというか、社長というか、そういう人であれば、タレントは敬意を払います。もちろん、親しくなることも可能ですし……」

「それは金がかかりそうだな」

老人は興味を示した。

「不自然でなく、山岸久子さんと接触できるというのは魅力があるが、いまのところ、自由に使える金が七、八千万しかない。ま、いざとなれば、山を一つ売るが……」

「考えてみましょうか……」

寺尾は嚙みしめるように言った。

「そりゃ、ヤバいなあ」

旗本は首をひねった。

「ぼくも、寺尾さんも、山岸久子を知ってるだけにヤバいですよ」

「それに、同一人物を二度ひっかけるってのはねえ」

清水も消極的である。

「それはそうさ。いちばん、ヤバいのは、このぼくだ」と寺尾は言った。「しかし、爺さんのふところに遊んでいる金がある。これは無視できない……」

「同一人物という点は、この場合、大きな問題ではない」

ニットキャップを深くかぶった長島老人が車椅子の上で言った。

「犯罪心理学で、被害に遭い易い女性を〈指名型〉と呼ぶ。俗な言い方をすれば、男につけ込まれ易い女性じゃな。……いままでの話をきいたところでは、宮田杉作という男は、〈指名型〉の変型、または珍種だな。永年、人間をやってきただけあって、鋭いところはある。清水君への観察はずばりじゃ。その反面、寺尾さんのことは疑ってもみない。もろに信じておる。……これだけ、性格がわかっていれば、新たなカモを探すよりは、安全だともいえる。わしの足が自由だったら、大山を張って、八千万ぐらい捲き上げるところだが……」

「だが、なんですか？」

「このメンバーでは、まあ、六千万というところかな。そんなものじゃろう」

老人は言いきった。

「本当に、やるの？」

紀子が怯《おび》えた声を発した。

「危いんじゃないかしら？」

「そこに山があるから登る、という気持でやればいい」

老詐欺師は淡々と言った。

「わしは、すでに、一つのプランを考えついておる。ただ、これが可能かどうか、こまかい点で、寺尾さんと旗本さんにたずねたいことがある。お二人は、テレビ局の内部に精通しておられるはずじゃ。ほかにも、幾つかの疑問がある。……実をいえば、これは、わしが、ずっとむかしから暖めていたアイデアの一つなのだが、なにぶんにも、時が経っておる。アイデアの基本は変らないが、ディテイルがずれていると思う。そこらを修正したいのじゃ……」

「むかしから?」

旗本がききかえした。

「わしが動けんようになって……数年で民放ラジオが始まった。そのころ、仲間と考えたのだが、実行はしなかった。別の事件で、仲間が挙げられてな」

「へえ……」

やがて、老人は構想を語り始めた。

三十分後――

寺尾たちは蒼《あお》ざめた顔を見合せていた。

港区白金台にある中央テレビは、ＲＴＶや東京テレビよりも歴史のあるテレビ局である。

民放としては、たぶん、日本テレビの次に古いはずであり、その建物は増築また増築で、新旧の差がいちじるしい。

「中央テレビの内部を、こんなに、じっくり見たのは初めてだ」

寺尾は紀子に言った。

「まるで迷路だな」

「うまくいきそうですか?」

いつもより派手めな服装の紀子は小声できいた。

「さあね……」と、寺尾は呟き、

「今日は、ここまでだ。……どうする、これから？」

夕食は、中央テレビの食堂ですませていた。安かろうまずかろう、という食事の見本だったが、成り行き上、いたし方ない。

「こないだのスナックは、どうかしら？」

「無難な線だな」

寺尾は答えた。

タクシーで六本木に戻り、交差点近くで降りた。夕方のラッシュで、あとは歩いた方が早いのだ。

角の誠志堂の新聞スタンドで、寺尾は夕刊を求めた。

「世間はゴールデン・ウイークに入るわけか」

寺尾はひとりごとのように言う。

思いなしか、若い男女の身のこなしが活潑になっていた。べつに、旅に出なくても、ゴールデン・ウイークときくだけで心が浮き立ったころが、寺尾にもあったのだった……。

「ゴールデン・ウイークって、なにから出た言葉か、知ってるかい？」

「さあ……」

「映画界だよ。……映画の興行の方から出た言葉だ」

寺尾は歩きながら続けた。

「戦争に敗《ま》けて、少し経ってからだった。天長節が天皇誕生日に名義変更して、憲法記念日とこどもの日が新たな祝日になった。日本人が、こんなに、まとめて休める週は、それまでなかったんだ。……そのころは、娯楽といえば、映画しかなかった。つまり、映画館に客が入る、業者が儲《もう》かる、という意味での〈黄金週間《ゴールデン・ウイーク》〉なんだ。……同様に、十一月の文化の日のころには、シルヴァー・ウイークがあった。つまり、〈黄金〉ほどじゃないが、〈銀《シルヴァー》〉ぐらいには儲かる、という意味さ」

「昭和何年ごろですか、それ？」

「さあ」

寺尾の説明は、急に、あいまいになる。説明するほど、自分の年齢があらわになるし、さらには〈戦後民主主義〉の虚《むな》しさにまで思いが至りそうであった。

小さなビルの階段を登り、左手の黒いドアを押した。

中には、だれもいない。

声をかけると、マスターが顔をのぞかせた。

「いいのかね、入って？」

「もう、営業してるんです」

とマスターは答えた。

寺尾は窓ぎわのテーブルをえらび、水割りをたのんだ。

「きみにテレビ台本の書き方を教えてるひまがないね」

「いいんです、急ぎませんから」

「こっちが教わることばかりだ」

自嘲気味にわらって、

「正直に言って、今度のゲームは、こわい。手を引いた方がいいんじゃないか、という気がする」

「私だって、こわいです。考えただけで、胸がどきどきします」

「じゃ……」

なんとなく乾杯した。

「お疲れ様と言いたいところだが、これから始まるんだ」

「ほんと……」

紀子の声は疲労ぎみであった。

「このあいだのでさえ、神経を使って、白髪がふえた」

「でも、ぜんぜん、見えませんよ」

「目立つほどは、ふえやしない。……しかし、今度ので、どっと、ふえるだろう。つかまらなかったとしての話だけど……」

「でも……寺尾さんは、テレビ局の機構を知り尽していらっしゃるから」

「それとこれとは別だ。いくらかでも、顔が知られているだけ、不利なんだよ」

紀子はグラスの氷をとり出して、テーブルにならべ始めた。

「どうしたんだい？」

「いえ、ちょっと……その……」

「大丈夫かい？」

「大丈夫です。コンタクト・レンズを片方、グラスの中に落としたらしくて……」

「ふむ、あったの？」

「ちょっと待って下さい……あら、ないわ」

「高いものなんだろ。ゆっくり探せば、出てくるよ」

「きっと、下の絨緞《じゅうたん》に落ちたんだわ」

紀子は椅子をずらせて、テーブルの下にかがみ込んだ。

「よく外れるものなのかい？」

「馴れれば、いいんでしょうけど……」

テーブルの下から声がきこえる。

「待てよ。ぼくは眼が良いんだ」

寺尾は上着を脱いで、絨緞に腹這《はらば》いになった。

「ガラスみたいなものだろうか？」

「いえ……」

紀子は右手で絨緞を軽くマッサージするようにしている。

「そうやるのか」

とたんに、寺尾は後頭部をテーブルの裏側にぶつけた。

「……こんな狭い範囲だから、すぐ、見つかるよ。やってみるぜ」

そう言って、紀子の顔を見た。

予想したよりは近くにある紀子の眼が寺尾を凝視していた。片眼がよく見えないためだろうか、と彼は訝しく思った。

紀子の顔がさらに近づいてきたとき、寺尾は怯えに似た感情を覚えた。

彼女の眼は、黒っぽい翳のようになった。

その翳は彼の眼をおおうようにひろがり、やわらかいものが彼の唇に触れてきた。

長い黒髪が、彼のひたいや頬にかぶさってきたが、くすぐったくはなかった。コンタクト・レンズはどこへ行ったのだろう、という疑問が寺尾の脳裡《のうり》を掠《かす》めた。

# 第七章　虚実皮膜

## 1

昭和三十年代に建てられたとおぼしい、古びた木造の喫茶店の二階に寺尾はいた。すぐまえにテレビ局がなかったら、とっくに潰《つぶ》れているような店である。二階の窓ぎわからは、中央テレビの正面玄関がよく見えた。コン・ゲームの背景としては、これで充分だろう。

まずいコーヒーをブラックで飲みながら、寺尾は、紀子と自分のあいだに起ったことを頭の中で反芻《はんすう》していた。

あの夜、彼の部屋のベッドの中で、紀子は「今日は、こうなるんじゃないかと思ってたわ」と呟《つぶや》くように言った。なんだか外国映画の台詞《せりふ》みたいだ、と寺尾は思った。紀子は優しかった。寺尾の動揺が消えたのは、おそらくは、彼女のおかげだ……。

翌日の紀子は、いつもの無愛想な女に戻っていた。

実をいえば、寺尾は、紀子と旗本のあいだに、かつて、なにかあったのではないかと疑っていたのだった。そのことを口にすると、紀子は笑い出した。……なにもなかったとすると、紳士協定を破ったのは自分だ、と寺尾は複雑な心境におちいったのだが……。

「待たせてすまなかった……」

宮田杉作が息を切らせて階段を登ってきた。

「デモ隊に妨げられて、車が動かんのだよ。本当に、すまん」

ああ、メーデーだったのか、と寺尾は思った。形骸化した〈労働者の祭典〉に、寺尾は好意を持たなかった。

老人は窓ぎわのテーブルをはさんで寺尾に対すると、

「どうですか、浜野さん」と言った。

「どうとは?」

寺尾はとぼける。

「決っとるじゃないか。……ほら、スタジオの経営の件だよ」

老人は絹のポケッチーフで眼鏡の埃《ほこり》をふきとった。

「このあいだのビデオを、毎晩、くりかえして観ておる。高い買物だったとは思わないな。……息子夫婦は、あれこれ批判しますがね……」

「私は、今日は、お止めするために、きたんですよ」

寺尾は生真面目な表情で、

「この世界は、素人のかたには理解できないんです。複雑怪奇と申しますか、とにかく、魑魅魍魎《ちみもうりょう》の巣です。その中で、スタジオの経営をなさるなんて……」

「べつに儲《もう》からなくてもいいのです。儲かると、税金が厄介なことになる」

老人はにこにこした。

「小さなスタジオがあって、片隅に小ぎれいな喫茶店がある――そんな光景を想い浮べているのです。その喫茶店は、バロック音楽が流れていて、美しい女性たちがつねに屯《たむろ》しているんですな」

実に勝手な妄想《もうそう》だ、と寺尾は呆《あき》れた。

「スタジオと、ひとくちにおっしゃいますが、録音《ダビング》のスタジオは、東京中に溢《あふ》れかえっているんです。いまから、看板を出すとしたら、まったく新しい設備を考えないと……」

「だから、考えて下さいよ」

老人は動じなかった。

「浜野さんは取締役になればいい。私はオーナーの名で、けっこうです。……なにか良い案はありませんかな？」

「案といわれても、ねえ。……スタジオを作るとしたら、場所が要るし……」

「目黒駅から大鳥神社の方へ降りる坂道をご存じかな?」

「ええ」

「あの坂道の途中に小さなビルを持っている」

寺尾は老人の顔を見た。

「なんだ、信用せんのか?」

「いえ……びっくりしたのです」

「このビルの一階と地下室は使いようがない。一階はステーキハウス、地下は和食堂にしていたが、客が入らないので、閉店したままになっている。そこが使えんかね?」

寺尾は、しばらく、考えていた。

「駄目か?」

「どのくらいの広さですか?」

おもむろにたずねた。

「ワン・フロアが四十坪だ。だから、地下と一階で、ま、八十坪だな」

(こんなビルの話は、こっちの計画には入っていなかった……)

寺尾は少々あわてた。

（しかし、計画にとって、マイナスではない。むしろ、プラスに働くだろう）

「どうです？　八十坪では駄目ですか？」

老人の口調はていねいになったり、横柄になったりする。寺尾に対して、どういう態度をとるべきか、見当がつかないのだろう。

寺尾は、次に発すべき台詞を、微妙に修正して、

「八十坪どころか、四十坪あれば……そうか、あれが置けるな……」

「え？」

「あれを置けば、かなり、ユニークなスタジオにはなるけど……」

「なんですか、ぶつぶつと呟いとって……」

「いや、大したことではありませんよ」

「思いつきでけっこうですよ、浜野さん」

老人は両手をテーブルに突いた。

「ずばっと言って下さい。遠慮せずに」

「少し、説明を要するのですが、まあ、軽くきいて下さいますか？」

「きいとります」

「現在、テレビ局が使用しているＶＴＲテープは、主として、はばが二吋《インチ》のものです」

寺尾は二本の指で示してみせた。

「このことを、まず頭に入れて置いて下さい。当然、編集に要する設備も、二吋のテープ用に作られております」

なんの話になるのか、老人はわからぬようであった。

「ところが、です。ここが大事なのですが、音声多重放送が始まっています」

「私のテレビも音声多重のやつだ」

「簡単に申しますと、音声多重放送に使われるのは、一吋はばのテープです。つまり、二吋の半分のはばです。一吋テープの利点について、くどくど述べると、退屈でしょうから、割愛しますが、ごく大ざっぱに言って、いまは二吋から一吋への過渡期なのです。ぼく個人は、音声多重放送がふえるにつれて、二吋テープから一吋テープへの移行が激しくなると見ています」

寺尾の口調が滑らかなのは、内容的に嘘がなかったからである。彼は、たんに、現在のテレビ界の趨勢《すうせい》を述べているだけであった。

「私のような素人には、それがどういう意味を持つのかわからんな」

「はばが半分になるということは、重量が軽くなるということです。いま、各局が悩んでいるのは、保管すべきテープの置き場所です。軽くなった上に、場所をとらないとすれば、こんなけっこうなことはない」

「ふむ、では、なぜ、各局とも、一吋のテープに統一せんのかな?」

「果して、すべての番組が一吋テープになるかどうか、判らないからです。それに、すべてを変えるとなると、それなりに金がかかります」

「要するに、過渡期なのだね?」

「そうです。時代を先取りするのはいいが、お先っ走りで損をしたら困る、と、みんな、考えているわけです」

「当然の配慮でしょうな」

「しかし、現実に、一吋テープは使用されています。とすれば、一吋テープの編集装置が要るわけです。これは、東京テレビに一つ、あと二、三のスタジオにあるだけです。——さっき、ぼくが、思わず、あれと言ったのは、この装置のことです」

「珍しいわけだね?」

「ええ……」

「四十坪でおさまるものかね?」

「広過ぎるくらいです。もっと狭いところにも、入ります」

「珍しい設備というのは、いいな」

老人はようやく呑み込んだ様子で、ひとり頷《うなず》いている。

「しかし、山岸久子さんとは関係がなさそうだなあ」

「別にダビング・ルームを作れば、関係ができると思いますが」

　寺尾は、さりげなく言って、

「しかし、ぼくは、思いつきを口にしただけです。全部、忘れて下さい」

「いや、〈宮田スタジオ〉オーナーの肩書は、そうあっさりとは、すてられんぞ」

　老人の眼の奥に奇妙な輝きがあった。

「たとえば、その……ダビング・ルームだけを作るのは、どうかね?」

「ダビング・ルームは、どこにでもありますよ。スタジオの名が知られるとしたら、一吋テープ編集室があることによってです。しかし、この設備は……」

「高いのだろう。それを心配しているのだな」

「それも、あります……」

　寺尾は思慮深げに答える。

「ただ……宮田さんは、山を一つ売ればいいというかただから、お金は足りるでしょう。ぼくが案じているのは、一吋テープの時代がこなかった場合のことです。編集室が完備しても、需要が少なかったから、損をします」

「待ちなさい。私は〈時代の先取り〉が好きなのだ。私の病院経営の成功のもとは、そこにあった。……その話、いっしょに考えようじゃないか。ステーキハウスのあとを、しゃぶしゃぶ屋にしようと思っていたが、この……一吋編集室か、これは魅力がある。現物を見てみたい」

「見学するのは簡単ですが……」

寺尾は、つと、窓の外に眼を向けた。

あっ、と叫んで、声を低め、

「中央テレビの入口をごらんなさい」

老人は、おもむろに首をまわした。

山岸久子が自動ドアの外に立っている。どうやら、自分の車が駐車場から出てくるのを待っている様子だ。

「横にいる眼鏡の男は、何者ですか?」

老人の声は妙に張りつめている。

「マネージャーじゃないですか」

寺尾は関心がなさそうに答えた。

「そうかね? 久子さんの肩に手をかけたりして馴れ馴れしいが……」

老人は面白くなさそうだ。

寺尾は、山岸久子の横にいる、野暮ったい紺の背広の男を見つめた。

ジョン・レノン風の古風な丸い眼鏡をかけた男は、やがて、空模様でもうかがうように、眼を細め、こちらを一瞥《べつ》した。老人が気づかぬように、寺尾はその男――旗本忠敬に向って、白い紙ナプキンを振ってみせた。

「私は果報者だな」

老人は大きく息を吐いて、

「またしても、久子さんを見ることができたのだから……」

寺尾は肚《はら》の中で笑った。

――この一瞬のために、彼らは山岸久子のスケジュールを調べ、中央テレビで仕事が終る時刻を知り、旗本は彼女と会う約束をしたのだった。同じ時刻に、寺尾は、ここで落ち合うべく、老人に、場所の指定をしていた。

この位置から中央テレビの建物がよく見えるように、中央テレビ三階のパーラーからも、喫茶店二階の窓ぎわがよく見えた。だから、老人が現れるのを確認してから、旗本は久子とパーラーを出、自分たちの姿を見せつけたのだ。

「思い出しましたよ」

寺尾は紙ナプキンで唇をぬぐってから、

「あれはマネージャーじゃありません。〈ユニパック〉という、零細な制作会社のディレクターです。山岸久子の相談相手になっているといわれてます」

「ほほう」

老人は寺尾を見つめた。

「恋人ではなかったのか」

「ちがいますな」

「身の上相談の相手か？」

「というよりも、仕事の相談でしょう。レギュラー出演の話が幾つかきたとき、どれをえらぶとか……」

「なるほど。久子さんの協力者ですな」

老人の眼が和んだ。

「お近づきになりたいものですなあ」

山岸久子は運転手つきの車で去って行った。

残された男は、中央テレビの方に戻りかけて、立ち止った。まわれ右して、もたもたと、こちら側に歩いてきた。

やがて、階段の軋《きし》む音がして、背中を丸め気味にした旗本が現れた。

「コーヒーをくれないか」

それだけ言って、奥の椅子にかけ、マガジンラックからスポーツ紙を抜いた。

「ご紹介頂けますか」

老人は、もう、そわそわしている。

「ぼくは面識がないのです」

寺尾は釘《くぎ》をさした。

「あの男に挨拶してどうするんですか。まあ、どうしてもという気持なら、ご自分で名乗りをあげたらいい」

「非礼にならんですかな」

「ならないとは言いきれないけど、仕方がないでしょう」

「あちらの名前がわかりませんか」

「さあ……」

寺尾はつまった。旗本と打合せておいた名前を忘れてしまったのだ。

「たしか……」

どうしても想い出せなかった。

彼は旗本がひろげているスポーツ紙の一面に躍る名前を見て、

「大杉……大杉じゃなかったかな」

「大杉さんですか」

老人は、くりかえした。

「ぼくは、ちょっと、電話をかけてきますから」

寺尾は立ち上った。電話が階下にしかないことは調べてあった。

寺尾の姿が消えると、老人は腰を上げ、独特の柔かい歩き方で、旗本に近づいた。

「大杉さんでいらっしゃいますね」

旗本は、きょとんとした表情になった。

（なんだ、おれの名前なら〈杉田〉のはずだぞ！）

「ご令名は、かねがね……」

老人は一礼して、Lサイズの名刺をさし出した。

旗本は当惑している。

せっかく用意した名刺が出せないのである。杉田と大杉では、えらい違いだ。

「あいにく……」と旗本は口をぱくぱくさせた。「名刺を切らしているもので……」

「けっこうです。……ところで、びっくりされると困るのですが、後刻、私とおつき合い願えませんかな……」


自分のアパートに戻った寺尾は、時間つぶしに、「ニューヨーカー」の最新号を読んでいた。

電話が鳴ったのは九時過ぎだった。

――あれはないよ、寺尾さん。

いきなり、旗本が言った。

――大杉、なんて、打合せとちがうじゃないですか。

——度忘れしちゃったんだ、名前を。

——あとで気がつきましたよ。あの名前、野球選手からとったのでしょう?

——まあ、いいじゃないか。

——よかないスよ。

——いま、どこにいるの?

——赤坂の料亭です。口説かれてるんですよ。目黒に作るスタジオの取締役になれって。

——爺さん、ぼくを見限って、きみに乗りかえたな。作戦通りじゃないか。

——いまのところはね。

——値段の話はしたかい? ミキシング・コンソールなんかを含めると一億二、三千万。それも、発注してから、半年はかかる。

——話しましたよ。

——爺さんを安心させるために、〈裏をとらせ〉た方がいいな。

——〈裏をとらせ〉る?

——ああ。新宿の関東ビルのスタジオを教えてやるといい。あそこには、一吋テープの編集室がある。爺さんに見学させて、値段を確かめさせるんだ。きみの言ったことが、すべて、本当とわかれば、爺さん、きみを、いっそう、信頼すると思うよ……。

## 2

翌々日の正午近くに、寺尾が神宮前アパートの事務所に入ってゆくと、

「これですよ」

旗本が親指と人差し指で、成功のしるしの輪を作ってみせた。

「爺さん、昨日、関東ビルのスタジオを見て、納得したようです」

「ふむ」

寺尾は、意識的に、紀子の顔を見なかった。個人的に、紀子に話しかけるのは、この一戦を終えてからだ。

「たったいま、ここに電話が入ったのです。大いに乗り気だって。すぐにも、ぼくに会いたいようなのを、夕方にして貰って……」

「ここに電話が入った？」

寺尾は鋭く問いかえした。

「どうして、ここに？」

「渋谷の公園通りのホテルの一室をオフィスに仕立てて、交換手に、仕事でここにきているから、と伝えてあるんです」

「ヤバいなあ、どうも」

寺尾はソファーにかけて、

「用心してくれよ。あの爺さんは、欲で眼が眩《くら》むことはあっても、莫迦《ばか》じゃないんだから」

「承知してますよ」

「きみの変装は単純過ぎなかったか」

「しかし、知合いのいる局に出入りするんですからねえ。山岸久子は、ぼくの眼鏡を不思議がっていましたよ」

「そうだろうな、洋服の趣味も一変しているし……」

「ぼくだって、ベストの変装とは思ってないんですが、つけ髭《ひげ》なんかすると、局の連中が何事だろうと怪しみますよ」

「仕方がないか。……しかし、きみは、最後には行方をくらます役だってことを忘れないで欲しい」

「寺尾さんは善玉を演じるんだから、いいですね」

「だって、ぼくは、素顔をまるまる覚えられてるんだもの。長島君、清水君、ともに、顔を間近で、しげしげと見られるのは危険だな。爺さんが知らないのは、きみの顔だけだ」

「充分に気をつけます」

「たのむよ」

寺尾はぐったりした。としのせいか、一点入れたあとの疲れが甚《はなはだ》しかった。

「本当はスタジオを作ったって、山岸久子とは関係がないのになあ」

「爺さんには、彼なりの魂胆があるんですな」

旗本はグリーンの袋の中にたった一本残っていた、少し曲ったモアをくわえて、

「目黒のビルってのは五階建てでした。ゆくゆくはダビング・ルームを作り、山岸久子のオフィスを作りたいと……」

「なんだ、それは」

「夢ですよ。山岸久子に話してくれって、たのまれてるんです」

「久子の相談役だからな、きみは……」

「爺さんに頼られ過ぎて、こわいくらいですね」

「こわいぜ、あとが……」

寺尾は本気で言った。

「爺さん、いま、自宅だったかい？」

「自宅でした」

「じゃ、一発、念を押しておこう」

寺尾は名刺入れから老人の名刺を出して、電話機を引き寄せた。

紀子の顔が白っぽく、彼の視界に入っている。たったいま現われた清水も息を呑んでいる。

——宮田です……。

老人の声がきこえた。

——私、浜野です。おといは、失礼しました。

——いや、なに……。

老人の反応は冷めたい。

——あれから、いろいろ考えてみたのですが、あの計画は、やはり、おやめになった方がいいと思います。値段の張るものですから。発注の手付けが、六千万円ぐらいになるでしょう。失敗したら、大変です。

——ご忠告はありがたいが……用件は、それだけかな。

——はい。

——ありがたく承っておく。いま、忙しいところでな。また、お目にかかりましょう。あなたの連絡先は?

——先日と同じです。

老人に再会してから、寺尾は慌てて、初台にある共同貸し事務所のデスクを一つ借りたのだった。M銀行北沢支店の件で、紀子が使った、怪しげな事務所のたぐいである。

――では、またな。

電話が切られた。

「完全に、お見限りだ」

送受器を置いた寺尾は苦笑した。

「ぼくは、今日の夕方、爺さんに会います」

旗本はにやっと笑って、

「予定通りに、中央テレビのロビイで会って、タレント控え室に連れ込みます」

「今日の夕方ですか！」

清水がけたたましく叫んだ。

「ずいぶん早いですね」

「善は急げ、だ」と旗本。

「でも……ぼく、まだ、例の場所を見つけてないんですよ」

「それはいかん！」

寺尾は弾《はじ》かれたように背をのばした。

「何をやってるんだ、きみは！」

中央テレビのまわりを歩いたが、寺尾のイメージに合う喫茶店はなかった。

なにしろ、〈廃業してはいるが、店の椅子・テーブルはそのまま〉という店を探そうというのだから、無理なはなしである。

「やむを得ない、奥の手を出そう。必要経費だ」

寺尾は清水に言った。

「必要経費って？」

清水がきいた。

「多少、金がかかるってことさ」

寺尾は「ブロンコ」という看板の出た喫茶店のドアを押した。

西部劇の酒場《サルーン》風の店で、入って左手がカウンター、あとはボックス席である。昼間は喫茶店で、夜はメキシコ風の料理もできるスナックに変るらしい。

「RTVの寺尾と申します」

彼は自分の古い名刺を、カウンターの中の若い主人に渡した。

「突然で恐縮ですが、うちに『燃える刑事』という番組がありまして、そのワンカットを、この店の中で撮りたいのです。五時に始めて、遅くも七時には、完全に終了します」

主人は、寺尾の顔を見つめていたが、

「寺尾文彦さんですね。……失礼ですが、復職されたのですか？」

「正式ではないけど、裏でね」

ひやりとした寺尾は、そう答えた。

「中央テレビも、よく、うちの店内を使いますよ」

「内装がいい。コーヒーを罐から飲むのも気分が出る」と寺尾は煽《おだ》てる。「ぼくのイメージにぴったりだ」

「まあ、うちのコーヒーを味わってみて下さい」

主人は、棚の罐から二つとって、カウンターに置いた。

寺尾はカウンターの上の自分の名刺を、そっと、ポケットに戻した。代りに、という感じで、一万円札が数枚入った茶封筒を上着の内ポケットから取り出した。

中央テレビ玄関ロビイの片隅に立った宮田杉作は、〈大杉〉の顔の広いのに驚いていた。

宮田がテレビを通して知っている若い歌手やタレントの大半が、〈大杉〉に声をかけてゆく。

（かなりの存在《もの》らしいな……あの冴《さ》えない感じの男が……）

じっさい、旗本の着ている服、よれよれのネクタイ、古風な眼鏡は、老人の眼にも、

時代離れしてみえた。その男が、いまは、喜劇役者の谷啓と対等の雰囲気で話してい
るのだ。実に、なごやか、かつ、親しげに。

もっとも、その会話をそばできけば――

「どういうこと、その服装《なり》は？」と谷啓。

「洒落《しゃれ》ですよ、似合いませんか」

「……（笑っている）……似合う、ちゅうもんかねえ。おれは、なんか、仮装パーテ
ィーにでも出るのかと思って……」

谷啓は眼をぱちぱちさせた。

「谷さん、今月、お忙しいですか？」

「いま、舞台が入っていないから……忙しいといっても、時間はあるよ」

旗本は老人に見えぬように麻雀《マージャン》の手つきをしてみせた。

「じゃ、また、一度……」

谷啓は、独特の人なつっこい笑いを見せて去って行った。

（谷啓ほどの有名人が、あの男に、愛想笑いを見せているぞ……）

老人は感じ入っている。

旗本は老人の方へ戻ってきた。

「話の内容を他人《ひと》にきかれると、まずいですから、奥の小部屋で話しませんか？」

「さいですな」

旗本の案内で、胎内めぐり状に入りくんだ狭い廊下を抜け、小さな部屋に入る。

「だれか、おるようですな」

老人はテーブルの上のアタッシェ・ケースを見咎《みとが》めた。

「私の社の者のです。ご心配なく」

旗本は平然と答える。

ここは、谷啓の控え室であり、アタッシェ・ケースは谷啓のものである。谷啓は本番に入って、まず一時間は戻ってこないことを当人からきいている。

旗本はわざとドアをわずかに開けておく。

「いま、コーヒーを持ってこさせます」

「構わんでくれたまえ」

老人は軽く制して、椅子にかけた。

「実はな、家を出る直前に、浜野君から電話があった」

「浜野？」

「ほれ、元〈MTプラニング〉の浜野二郎さ」

「ほう」

旗本はセブンスターに火をつけた。

「それが、なにか？」

「彼はこの計画は危険だと言うとる。……いや、誤解されては困る。あなたを信用しないわけではない。……ただ、手付け金だけで、六千万支払うのだから、計画がうまくゆく保証が欲しい」

「保証？」

「気を悪くせんでくれたまえ。私はあなたを信用しておる。……しかし、あの浜野も、悪い人間ではない。失業はしておるが、誠実な男だ。惜しむらくは、大胆さに欠ける」

「ふん」

旗本は嗤《わら》った。

「いくら誠実でも、失業者では仕方がないですな」

「誠実で、頑固じゃな。……ま、あの男のことは、どうでもいい。だが、一吋テープの編集室が、それほど必要かどうか、もう一度、考えてみたい」

「そう、ぐらぐら変られたのでは困りますな」

旗本は眼鏡を外して、両眼の内側を指で押した。

「宮田さんにたのまれたから、ぼくは動きまわっているんですよ。浜野という人の言葉で、そんなに動揺するのだったら、いっそ、その人と組んだら、どうですか。ぼくは、手を引いてもいいのですがね……」

「待ってくれ。それは困る。そう、気短かにならんでくれたまえ」

「おかしいな。根本のところは、決ってたんじゃないですか。浜野という人は、なぜ、いまごろ、そんなことを言ってきたのですかね？」

「まあ、老婆心というか……」

「僻《ひが》みじゃないかな、失業者の」

旗本は言い放った。

「僻みとは何だ、僻みとは！」

音もなく入ってきた男が、怒声を発した。

「おっ、浜野君……」

老人は腰を浮かせて、寺尾の紅潮した顔を見つめた。

「失礼じゃないか。ひとが話をしているところに飛び込んできて……」

旗本は不貞腐れ、ひらき直った。

「立ちぎきしていたな」

「そうさ」

寺尾は一歩もひかずに、

「ここの前の喫茶店でひとと打合せをしていて、宮田さんが道を歩いているのを見かけた。もしや、と思って、あとをつけると、おたくとデートときた。このドアが少し、あいていたので、おれに対する悪口を、たっぷりきかせて貰ったよ」

「そう、凄《すご》むな」

旗本は眼鏡の位置を正して、立ち上った。

「局の中で、ごたごたするのは困る。外に出よう」

「その方がよかろう」

寺尾は右肩を揺すってみせた。

「喧嘩《けんか》はやめて下さいよ」

老人が叫んだ。

「浜野さん、大杉さん、理性を持って下され」

二人は先に立って、部屋を出た。老人は、テーブル上のアタッシェ・ケースを気にしながら、あとを追う。

局の玄関から「ブロンコ」までは、歩いて二、三分の距離である。

寺尾のあとから店に入った旗本は、ずいぶん派手な場所をえらんだものだ、と呆れた。

「いらっしゃい」

蝶ネクタイ姿の清水がカウンターの中から声をかけてきた。

客が入っているじゃないか、と旗本は危ぶんだ。五〇年代風のチェックのブラウスに、折り返しのあるジーンズの娘がスツールに腰かけている。それが紀子だと気づくのに、数秒かかった。

「何になさいますか？」

マスター役の清水が遠くからきいた。

「注文するまえに、話をつけることがある」

「喧嘩ですか？」

「そんなところだ」

「やれやれ」

清水は、西部劇の定石通りに、背後の大きな鏡を外した。それから、レコードを「フォギイ・マウンテン・ブレーク・ダウン」にかえて、ヴォリュームを上げた。

「やめんか、やめんか」

老人は寺尾にしがみついた。

「大杉さんとか言ったな。おたくを詐欺師とは呼ばないが、汚ねえ男と言いたい」

寺尾は上着を脱いで老人にあずけた。

「マスター、一一〇番して！」

紀子が叫んだ。

「どういう意味かね、それは?」

旗本が寺尾にたずねた。

「汚ねえのさ」と寺尾は床に唾を吐く。

「ちっぽけなスタジオの経営者になりたくて、宮田さんを危険な立場に追い込んでいる。もし、一吋テープの時代がこなかったら、どうする? あの装置は、すべて特注(特別注文)だから、背負い込んだあと、潰しがきかねえんだぞ」

「ほう、あの使用を決めるのは、あんたかい? だいたい、失業者が喫茶店で打合せってのが笑わせるよ。宮田さんのあとを、こそこそ、つけてきたんだろ」

「このゥ……」

寺尾が殴りかかった。

予定では、ここで、旗本が殴られ、倒れるはずであった。

だが、旗本は本能的に寺尾の右拳《こぶし》を躱《かわ》し、寺尾のあごに強烈なパンチを加えた。

「マスター!」

紀子が本当の悲鳴をあげた。

寺尾は油がしみ込んだ木の床に伸びたままである。

駆け寄った清水は、「お客さん、お客さん」と寺尾の上半身を揺すった。

寺尾は眼をかすかにあけ、あごの具合をみた。それから、頭をゆすってみて、呟いた。

「これはないよな……」

「許して下さい」

旗本の演技は一貫性を失っていた。彼は老人とともに、寺尾をボックス席に運んだ。

「ぼくが間違っているかどうか、明日、わかります」と旗本は熱っぽく言った。

「テープの問題について、この局で会議があるんです。ぼく、局長を知ってますから、ひょっとすると、会議を傍聴できるかも知れません……」

「傍聴させて貰って悪くはないかな」

老人の表情がやや明るくなった。

3

その翌日、サングラスをかけた素顔の旗本忠敬は、馴れた足どりで中央テレビの玄関に現れ、エレベーターで五階に上った。

五階全部を占拠している芸能局に群がる人々の騒々しさといったら類がない。局に属する人間と、外来者の区別は、旗本にとっては容易である。それでも、なおかつ、どちら側の人間か判別できぬ男が、数人いた。

どうしてもテレビ・ディレクターになりたいと願う物好きな青年が、アルバイトで、一セクションの電話番を一年間つとめた。にもかかわらず、一年後、局員たちは、だれひとりとして、青年の顔を記憶していなかった、という嘘のような本当の話がある。だれもが、それほど、忙しいのである。そして、旗本たちが〈行動〉する余地もまた、そこにあるのだが——

「よう、旗本《はたもつ》ちゃん」

「サタデー・ワイド・ショウ」のディレクターが、旗本を見て、片手をあげた。べつに親愛の情を示したわけではない。「おす」という軽い挨拶に過ぎないのである。たしか、今野という名前の男だった。

男は旗本の顔を見て、

「元気?」ときいた。

これも、深い意味はない。

「なんとか、やってます」

「もう、忙しくって。これから、九州へ行くんだ。飛行機、間に合うかな」

腕時計に眼をやると、上着を抱えて、せかせかと出て行った。

後姿を見送った旗本は、おもむろに、男のデスクの送受器をとり、受付を呼び出した。

——「サタデー・ワイド」の今野だけど、第五会議室、空いてますか？

局によっては、管理課の管轄に入る質問だが、この局では受付で用が足りる。

——空いてます。

ゆうべ、いちおうは調べておいたのだが、今日になって突発の会議が入るおそれがあるので、確認したのだ。

ひとむかしまえだったら、部屋の外に使用予定のタイム・テーブルが出ていて、一目瞭然だったものであるが……。

——どうも、ありがとう。

いったん、送受器を置き、守衛室を呼び出した。

——「サタデー・ワイド」のデスクです。作家の方が台本《ほん》を書くのに、第五会議室を使いたいのですが……。

——「サタデー・ワイド」のどなた？

無愛想な声が、かえってくる。

——今野です。三時から五時ぐらいまでかな。

——わかりました。

電話が切れる。

旗本は神宮前アパートの事務所に電話を入れて、「ＯＫです」と言った。それから、三階のパーラーに電話して、清水を呼び出した。

――本名で呼ばないで下さいよ。

清水は苦情を言った。

――大丈夫だよ。寺尾さんといっしょに上ってきてくれ。ぼくは第五会議室に入っている。

旗本は電話を切り、廊下に出て、第五会議室に入った。

名前だけはものものしい部屋だが、十二畳ぐらいの狭さで、椅子、テーブル、ともに貧弱である。

(うーむ、これでは……)

旗本は腕を組んだ。

(花瓶《かびん》ぐらいないと恰好がつかんなあ)

すぐに、寺尾と清水が入ってきた。

「きみ、これじゃ……」

寺尾が言いかけるのを旗本は押えて、

「わかってます。小道具を、清水君に集めて貰います」

「何を持ってきましょう?」

清水はメモ用紙を出した。

「まず、テーブル・クロースが要るな」

旗本はゆっくりと口をひらく。

「それから、花の入った花瓶だな。速記用具がワンセット。あと、何だろう?」

「各自に大きめのメモ用紙と資料がいる。資料は、なんでもいい。数枚のデータを、急いでコピイするんだ」と寺尾は、きびきびした口調になる。

「ぼくが引き受けます」

旗本は頷いた。

「そんなところですか」

「会議が始まったところで、コーヒー、紅茶にケーキが欲しいね」

寺尾がつけ加えた。

「それはパーラーから取り寄せればいい。ちゃんとお金を払いましょう」

「会社の創立者の胸像があると、気分が出るぞ」

寺尾は窓ぎわを指さした。

「あそこのテーブルに飾るんだ」

「でも、それは……」

清水が口ごもる。

「安心したまえ」

寺尾は唇のはしがめくれるような笑い方をして、

「小道具の置き場を、さっき、見ておいた。胸像が三つぐらい床に転がっている。いちばん立派な顔をしたやつを、紙に包んで、持ってくればいい。あれは軽いものだ」

「清水君の十八番《おはこ》だろう」

旗本が冷やかした。

「ひとを西瓜《すいか》泥棒みたいに言わないで下さいよ」

清水はメモ用紙を眺めて、

「三十分あれば集められますね、これなら」

「たのむぜ」

清水が出て行った。

「やれやれ……」

寺尾はスチールの椅子にかけて、

「会議室が空いているかどうか、当日ぎりぎりにならないとわからないのは、辛いな」

「八十パーセントまでは大丈夫と思ってましたがねえ。……これが、新館だと、管理はもっときびしいです。旧館だから、こんな離れ技ができるんでさあ」

「肩が凝るな」

寺尾は首をぐるぐるまわして、

「きみ、爺さんが、張りきって、早めにくると困るぞ。いちおう、受付に伝言しておいた方がいい」

「そうですね」

旗本はクリーム色の送受器をとって、

――受付ですか？　宮田杉作という年輩の人が、〈ユニパック〉の大杉さんをたずねてみえるはずです。そうしたら、第五会議室に連絡を下さい、よろしく。

「ロビイまで迎えに出ていた方が安全だぜ――」

寺尾はなおも心配そうである。

「もちろん、そのつもりですが……そうだ、コピイを作らなきゃ」

旗本はあわてて部屋を出て行った。

(果して、うまく行くだろうか？)

寺尾の心は不安に充たされている。

(とくに、おれは顔が知られている。三階のパーラーでも、何人かに声をかけられたからな)

二台ある電話機の片方が鳴った。

――はい。

寺尾は用心深く答える。
――私。
紀子の声だった。
――ああ……。
寺尾は語調を変えなかった。
――そちら、うまく行ってますか？
――まあまあ、だ。いま、どこにいるの？
――一階のロビイ。
――旗本君と清水君は物を集めに行って、ここは、ぼく、ひとりだ。
――そうですか。
――いまというわけじゃないが……きみと話をしたいんだ。
紀子は答えない。
――あのコンタクト・レンズはあったの？
――結局、買いました。
――きみは変った人だな。
寺尾は溜息《ためいき》とともに言って、
――二、三分、話せるかい？

――急いでるんです。清水さんの居場所を知りたくて。

――彼は小道具置き場にいるよ。

寺尾は事務的な口調で答えた。

――もう少しで、例の人たちが到着しますわ。

紀子はそう言って、電話を切った。


部屋の飾りつけは、二十分後に終了した。

白いテーブル・クロースの上に、旗本が持ってきたコピイが配られる。

「あと、胸像だな。清水君はどうしたのだ」

寺尾は苛々《いらいら》した。

そのとき、ドアが大きく開けられて、白い布に包まれた大きな塊りをのせたワゴンが入ってきた。押しているのは、清水だった。

「なんだ、これは……」

寺尾は不審そうな声を発した。

清水は手品師のように白い布をはがしてみせる。あらわれたのは、青銅色の小さな胸像であった。

「ワゴンで運ぶなんて、大げさ過ぎる」

寺尾は指で像を弾いてみて、

「痛っ、これは本物のブロンズか！」

「ええ」と清水は笑った。「あとの始末がありますから、ワゴンごと飾りましょう。前に布を垂らしておけば、台に見えるでしょ」

「立派に見えて、いいことはいいが……どこから持ってきたんだ？」

「長島さんが一階のロビイに運び込んでおいてくれたんです」

「運送屋に運ばせたんだろう。目立ったんじゃないか」

旗本の声は重かった。

「どうして、こんなもの、運び込む必要があるんだい？」

「われわれの打合せにはなかったな」

そう言って、寺尾は、どこかで見たような胸像を眺めた。禿頭《はげあたま》で鼻下に髭をたくわえた顔だ。

電話が鳴った。

寺尾は送受器を取り上げて、

——はい。

——こちら受付ですが、宮田杉作様が〈ユニパック〉の大杉様にご面会です。

——すぐ迎えにゆくと伝えて下さい。

寺尾は電話を切った。

「爺さん、きちまったぜ。会議のメンバーが、だれひとり、きてないのに」

「なんとか、つないぎますよ。局の中を案内してやろう」

旗本はあわてて眼鏡をとり代え、背広を裏返した。

「清水君、きみはパーラーで待機しててくれ」

寺尾が命じた。

「爺さんに見つからんように。……それにしても、〈制作部長〉たちは、なにをしてるんだろう？」


そのころ、初老の男たちを乗せた一台の車が北里研究所の脇を通りつつあった。

「源さん、道に間違いはないかえ」

「冗談じゃない」

ハンドルを握る源さんはわらった。

「あたしが自家用の免許をとったのは、戦前のこってすよ。皇紀二千六百年て時だ」

「しかし、なんだよ。さっきから、同じところを、ぐるぐる、まわっている気がして仕様がない」

源さんの背後のシートには、三人の男がいる。源さんを含めて四人とも、渋い背広を着て、襟《えり》には中央テレビのバッジをつけている。

「長島の旦那は、あたしたちをお忘れじゃなかったんだねえ。非常呼集をかけられたときは、まさか、と思ったよ」

「あたしたちが、最後にチームを組んだのは、いつだえ?」

「東京オリンピックで、メキシコ人に化けたのが最後じゃないか」

「おれは、その時は、呼ばれていねえや。朝鮮戦争のタイヤの一件いらいだ」

「嬉しいねえ、こうやって、久しぶりに集まれるたあ」

「帰りは、どぜうかけとばしで一杯やろうじゃないの」

「あたしは〈制作局長〉だてえんだがね」と源さんが言った。「どういうことをしてる人なのかねえ?」

「どうでもいいんだよ、そんなことは。さっき、神宮前アパートでやった稽古通りに台詞が出ればいいのさ」

「じゃ、もう一度、台詞を覚えとこう。——ええと、『私は一吋テープ時期尚早論を変える気持は……』」

「テレビ局の中を、こんなに丹念に見せて貰ったのは初めてです」

宮田老人は興味津々という眼つきで、広いスタジオを見渡している。

「むかしは、カラー放送だと、ライトが強くて、汗ぐっしょりになったものですがね」

旗本は回顧的な口調になった。カラー放送が多くなったころ、旗本は歌手としての仕事を失っていたのだった。

「大杉さんは役者をしていたことがありますか？」

老人がきいた。

「いえ……」

「演出家一筋ですか」

「ええ。……どうしてですか？」

「べつに」と老人は答えた。「むかし、あなたによく似たタレントを、画面の中で見かけたような気がしたもので」

下腹部がひやりとした。旗本はモアをくわえた。

「あら、旗本《はたもつ》ちゃん」

三十過ぎた女性歌手が旗本のそばにきて、背中に手をまわした。

「愛してるわーなんて……」

「びーきーるいわー（気味悪いの意）」

旗本はポーカーフェースで答える。

「苦節二十年で、大ヒットが出た感想はどうかね？」

「まわりがこれよ、これもん」

歌手は掌をくるりと返してみせて、

「なんか、もう、自分じゃないみたい」

旗本は女の腰に手をまわしたいのをこらえて、老人にきこえないように声を低め、

「あんた、よく粘ったよ。おれは気力がなかった。……おたくさ、いまや、歌うごとに、気がいってる感じだもんな」

「〈いく、いく〉よ」

歌手はにっこりして、

「あと、何週間、ちやほやされるかしら」

「目一杯、忙しくちゃ、なにの方はなにだね」

「もう、ひまでひまで」と、旗本に秋波を送り、「蜘蛛《くも》の巣が張ってるみたい」

「ほら、出番だよ」

旗本は女の背中の感じ易い部分を軽く押してやった。

「いやあ、羨《うらやま》しい」

老人は感嘆の体で、

「彼女はあなたに惚《ほ》れてますぞ」

「まさか……」

旗本は超俗の態度をとって、

「あの子は演技者としても一級です。演技者と演出家の関係は神聖なものです。少しでも、邪念が入ったら、この世界はめちゃめちゃになってしまいます」

「そういうものですかな」

老人は残念そうである。

「彼女は、大杉さんを、なんとか、呼びましたな。——そう、ハタモッチャンとか……」

「あれは私の愛称です」

旗本は名刺入れを出して、

「こないだは、丁度、名刺を切らせてまして。……改めて、これを……」

差し出された名刺には——

〈株式会社ユニパック　演出部長　大杉畑元〉

と印刷してあった。

「だれも、苗字で呼んでくれないで、名前の〈畑元〉で呼びます。親しみ易いのでしょうか、はは」

「ははは」

「ははは……は」

「ところで、会議の方は、どうなってます？　あなたは問題ないとして、私は、傍聴させて貰えるのでしょうか？」

4

「ぼくや浜野は、局にとって、うちうちの人間です。今日の会議を傍聴させて貰うについては、他局の情報を蒐集《しゅうしゅう》してきたりした、いわば、貢献度があるわけです」

宮田老人とともに、ロビイの方に引き返しながら、旗本は説明した。

「少くとも、ぼくはそうです」

「しかし、私は……」

老人は不安の色をみせる。

「そう、宮田さんはちがいます。完全なる第三者です」

旗本は立ち止った。上着のポケットの底でポケット・ベルが鳴ったのである。どうやら、会議の準備ができ上ったらしい。

「どうしたらいいでしょうかな？」

「こちらにきて下さい」

旗本は植木鉢の蔭《かげ》にある低い椅子に老人をかけさせた。

「宮田さんが傍聴できないと、ぼくだって困ります。アンフェアな手段なので、お気に召さないかも知れませんが、こういうものを作ってみました」

旗本はわざと辺りを見まわし、秘密めかした態度で、ポケットから数枚の名刺をとり出した。

老人はそれを受けとり、眼鏡すれすれに近づけて見て、

「〈ユニパック　代表取締役　宮田杉作〉――なんじゃね、これは？」

「説明する必要がありますかねえ」

旗本は面倒くさそうに呟く。

「この肩書があれば、問題ありません。ユニパックの新しい代表という風にぼくが紹介します」

「テレビ局のお偉方を騙《だま》すのか！」

「嘘も方便てやつですよ」

「きみの会社の名を、こんな風に使っていいのかね？」

「いいはずはないでしょう」

旗本はわらった。

「しかし、ぼくは、〈宮田スタジオ〉の取締役という地位に魅力を感じているんです」

「本気になってきたな、いよいよ」

老人はネクタイを直しながら頷いた。

「いや、面白い。あなたの度胸も気に入った。なんだか詐欺みたいではあるが、やってみよう」

「名刺を、よく、ごらんになって下さい」

旗本はつけ加えた。

「〈ユニパック〉と刷ってありますが、〈株式会社ユニパック〉とは、どこにも書いてないのです。念のため……」

「これは恐れ入った」

老人は笑い出した。

「あなたには詐欺師の素質がある」

「冗談じゃない」

旗本は顔をしかめた。

「これしか方法がないのです」

「よう、わかっとります。……しかし、私が、この世界の人間に見えますかな?」

「なにも喋《しゃべ》らなければ、ね」

旗本は腕時計を、ちらりと見て、

「もう、始まってるはずだ。参りましょうか……」

老人は立ち上った。

二人はエレベーターで五階に上った。

第五会議室のてまえで旗本は老人を制して、そっとドアに近寄り、中をのぞいた。

奇妙な胸像のまえには、旗本の見知らぬ男たちが、二人ずつ、向い合せに、テーブルをはさんでいる。

やや下座《しもざ》に、小型テープレコーダーと速記用具をまえにした紀子がおり、壁ぎわには、遠慮で身を固くした姿勢の寺尾がいた。

寺尾は旗本の表情を確かめてから、片手で合図《キユウ》を出した。

「一吋テープの場合……」

と〈編成局長〉が言った。

「設備コストは、なんやかやひっくるめて二億、中古だと一億ぐらいですみますな。従来の二吋テープだと、五億ほどですから、まあ、半値以下で抑えられる」

「そこですよ」と源さんが言う。

「どこです？」

〈編成局長〉は、台本にない間《あい》の手を入れられると、調子が狂ってしまう。

「半値たあ言ってもさ」と、源さん扮《ふん》する〈制作局長〉の言葉づかいは、下世話にくだける。

「安かろう悪かろう、という諺《ことわざ》もありますぜ、編成局長。……私は、ですな。一吋テープ時期尚早論を変える気持はありません」

源さんはテーブルを叩いた。

「制作局長の保守的な姿勢には、少々、呆れました」

〈編成局長〉は苦笑いを見せて、

「あなたは、テレビのカラー化のときも、時期尚早をとなえた。私は、全番組をカラーにすべきだと主張して、あなたに〈色きち×い〉という渾名《あだな》をつけられた。値段の高いカラーテレビ受像機を大衆が買えるものか、とまで、あなたは言いきった。——現実はどうですか。いまどき、カラーでないテレビ番組がありますか」

「ちょっとお待ち下さい」

〈制作部長〉が制した。

「カラーテレビの場合と今度のケースを同一次元で論ずるのは無理です。それに……局長は、たしかに、慎重派ではありますが、保守派ではございません」

「カラーテレビの時は、日本経済の高度成長とシンクロしてたから、早まったんだあね。それに、女優をカラーで観たい、総天然色でナイターを観せろ、という声が、大衆のあいだから澎湃《ほうはい》と湧《わ》き起ってきた。これに応ずるのが、われわれのつとめじゃありませんかい」と〈制作局長〉は、まくし立てた。「……だけど、一吋テープと二吋テープの問題はちがいまさあ。一吋VTRのテープで観たいという声はきこえてきませんな。音声多重だって、現時点では、もう一つ、ぱっとしない。大衆は、テープのはばが、二吋だろうと、一吋だろうと、四分の三吋だろうと、二分の一吋だろうと、関係ないのですわ」

「そこで〈大衆〉を持ち出すのは、焦点をぼかすもとです」と、いままで発言していなかった〈編成部長〉が言った。

「これは、いわば送り手サイドが、時代の波を、どうとらえてゆくかという問題でして……」

「話がどうなってるのか、さっぱり、わからん」

宮田杉作は旗本に耳打ちした。

「制作局長が有利に見えるが……」

「まだ、わかりませんよ」

旗本は小声で言った。

「もう、四十分もやり合っておる。一口に言うと、どういうことかね?」

「編成サイドは、一吋テープで統一すべく、突っ走る傾向があるんです。でも、制作サイドは消極的です」

「なぜだろう？」

「いろいろありますが、なんといっても二吋テープは画像がきれいに上ります。ものを創る側としては、やはり絵の出来が大事ですから」

旗本はもっともらしく説明してのけた。

「……このままでは、いつもの堂々めぐりに終りそうだ」

〈編成局長〉はコーヒーを飲みながら不満げに言う。

「不毛の論議を重ねても仕方がない。技術局長のお考えをうかがおうじゃないですか」

「さいですな」

源さんは〈制作局長〉らしからぬ言葉づかいになって、

「妥当なこってす」

「技術局長に連絡してくれたまえ」

〈編成局長〉は〈編成部長〉に言った。

「は……」と〈編成部長〉は部屋を出てゆく。

「ここでは技術局長が決定権を持っているのかね？」

老人は旗本にたずねた。

「いや……決定権は持たんでしょうが……」

「かなり大きな力を持っています」

寺尾が脇から口をはさむ。

「なにしろ、社の創立者の息子ですからね。いずれは中央テレビの社長になるでしょう。中央テレビが、技術の開発面で他局に先んじているのは、この人物あってのことです」

「大物だな」

老人はひとりごちた。

一同はコーヒーを飲んだり、ショートケーキを食べたりしている。

電話が鳴った。

速記の手を休めていた紀子が送受器をとり上げて、

「は、ちょっと、お待ち下さい」

旗本に眼で合図した。

旗本は送受器を受け取って、

——はい……。

——「サタデー・ワイド」の今野さん？

守衛が念を押した。

——ええ。

──悪いねえ。三時から五時まで使っていいと言ったけどさ、わたし、表を見落してたんだよ。四時から会議の予定が入ってるんだ。

──え？

──四時十分からにして貰うからさ。悪いけど、作家の先生、他の部屋に移って貰えないかね？

──はい、わかりました。

否《いや》も応もあったものではない。腕時計を見ると、三時四十五分過ぎだった。

「どうした？　顔色が悪いぞ」

老人が旗本に言った。

「大したことはありません。うちの社で、手違いがありまして……」

「大丈夫かね」

「ええ、ちょっと電話をしてきます。ここからでは、他の方に失礼ですから」

旗本は部屋を飛び出して行った。

「落ちつかぬ男だ」

老人は口の中で呟いて、

「浜野さん、あなたが正しかったようじゃね。一吋テープに関しては、時期尚早の声が強いようだ」

「はあ」

寺尾は気が気ではない。旗本の様子は異常であった。

やがて、ドアがあいた。

〈編成部長〉の押す車椅子に乗って、鼻下に髭をたくわえた長髪の男が現れる。

あっ、と寺尾は思った。長髪と禿とを別にすれば、その顔は胸像の顔に似ていた。

〈長島老人の顔に似せた胸像を、わざわざ作らせたのか。こうすれば、いやでも、二代目だと印象づけられる……〉

〈技術局長〉を創立者の息子に設定することは、寺尾も承知していた。だが、ここまで視覚的に駄目押しをしようとは……。

胸像のまえに車椅子を据えさせた長島老人（とはいえ、若作りのために中年にしか見えないのだが――）は、威圧するように一同を見て、

「まだ、ごたごたしているのですか」

と口を切った。

「はあ……」

「それが……」

「いいかげんにしたらどうです！」

長島〈技術局長〉は、独特の吸い込むような鋭い眼で、四人を睨《ね》めつけた。

「あまり、時間がないのだ。あなた方も、ふだんのこだわりを棄ててくれなければ困る。テープの問題については、私は、ずっと、態度を明確にさせてきたつもりだ」

「それは、充分に存じておりますが……」

「では、私の返事をきくまでもありますまい。……いいですか、もう一度、くりかえしますが、時間がないのです。この問題に、私は、これ以上、かかずりあいたくない。……それに、もう十五分ほどで、私自身も加わる、技術局の打合せ会が、この部屋で始まることになっている」

四人のコン・マンたちは、長島老人の言葉の切迫した調子に、只ならぬものを感じた。〈時間がない〉という言葉だけが、確実なものに思えた。

「それでは……」

「技術局長として、私は、一吋VTRテープの多用への道を進めます。もちろん、編集装置の問題その他、ネックが多いことは認めるが、それは、よそのスタジオを使用したりして、なんとか解決できる。……異議がありますか?」

「いや……私は……決して反対というわけではないので……」

〈制作局長〉の源さんが折れてみせた。

「では、これで、方向づけは決ったと思うが……」

長島老人は初めて笑った。

「見馴れん人がおるな。私ら、内輪の話がある。外して下さらんか」

「は……」

寺尾は一礼し、うろたえる宮田杉作の腕をつかんで部屋の外に連れ出した。

「浜野さん、あなたの予想は外れましたな！」

廊下に出るや否や、老人は叫んだ。

「一吋テープの時代は必ずきますぞ」

エレベーターの前に、蒼白《そうはく》になった旗本が立っていた。さすが厚かましい旗本も、どうしたらいいか、わからないのだ。

「大杉さん！」

老人は旗本を呼んだ。

「どこに行っとった。朗報があるんだ」

旗本は答えずに、寺尾のそばに走ってきた。そして、小声で、

「その部屋を、すぐ、片づけて下さい。本物の会議が始まるんです」

「あわてるな。パーラーにいる清水を呼ぶよ」

「宮田の爺さんは、ぼくがどこかへ連れて行きます。十分以内に部屋を元通りにしといて下さい」

「了解……」

寺尾は顔をひきしめた。

「大杉さん、その男を面罵《めんば》してやりなさい。時の流れを見通せぬたわけじゃ！」

数メートル先で、老人がわめいている。

駆け寄った旗本は、

「まあ、そう興奮しないで下さい」

「そうはいかんよ、きみ。会議は、われわれの予想していた方向に決った……」

「本当ですか！」

「あの決定の瞬間には、ぞくっ、としたよ。いよいよ、だ。六千万は、今日にでも用意できる。目黒のビルの改造は、いつからにするね？」

「夏からで、充分、間に合うでしょう。なんせ、編集装置は、発注してから半年かかるのですから……」

六千万円は小切手だろうか、と旗本は考えた。

「面白いのう、大杉さん。テレビ局の奴らを、うまく騙してやった。ひひひ……」

清水の働きはめざましかった。

まず、パーラーのボーイを二人、連れてきて、ケーキ皿とコーヒーカップを運び出させた。

テーブル・クロースはまとめて、胸像に巻きつけ、速記用具やメモは大きめのショルダーバッグにおさめた。

「花瓶は、どうするの？」

紀子がきいた。

「そのままで良いです」

清水は即答した。

「片づけるとしたら、あとで、やります。ワゴンはぼくが運び出しますから、皆さん、先に消えて下さい」

「旗をちょうだいよ」と紀子。

「あ、そうか」

清水はポケットから、ぐるぐる巻きにした布を出した。ひろげると、三角形のグリーンの旗になる。

紀子は旗を持って、先頭に立った。

そのうしろが車椅子の長島老人。車椅子を押す源さん。残りの三人は、黒眼鏡をかけ、杖《つえ》をついていた。

「いや、テレビ局が、われわれの立場に、理解を示したのは喜ばしい」

廊下に出た老人は、大声で、そう言った。

清水の押すワゴンがエレベーターの方に行くのを見送った寺尾は、部屋の中をもう一度見まわして、ドアをしめた。本当のコン・ゲームの一端を垣間見《かいまみ》た思いだった。

# 第八章 メイ・ストーム

## 1

神宮前アパートの窓ガラスは激しい雨に洗われていた。しぶきのために、外の風景はしかとは眼に入らない。それは、絶えず、揺れ動き、不安定なものに見えた。

「胡散臭《うさんくさ》いこんな街、雨に流されてしまえばいい」

窓ぎわに立った紀子は、下界を眺めながら、過激な言葉を吐いた。

「こんな街ってのは、表参道？　それとも、東京全体？」

寺尾はソファーにうずくまる姿勢でたずねた。

「両方です」

紀子の答えは、ぶっきらぼうだ。

テレビのニュースでは、この嵐を〈メイ・ストーム〉と形容していた。ものは言いようだ、と寺尾は思う。

「旗本君と清水君は遅いな」

「旗本さんから、正午《ひる》過ぎになる、と電話がありました」

「六千万が現金化されたとたんに、みんな、たるんできた」

寺尾は微苦笑を浮べる。

「全部《トータル》で一億——ひとりが二千五百万ずつ、手に入れたわけだ」

「寺尾さんは、それでも足りないのでしょう?」

紀子の視線は寺尾を刺すようであった。

「まああだね。数字としては、必要な額に百万足りないだけだ。ただし……自分で会社を始めるにはまったく足りない。もう、二、三千万は要るな」

「あと一億、頑張りますか?」

紀子はお道化《どけ》たきき方をした。

「勝利の日ィまで——か」

寺尾が思わず呟《つぶや》くと、

「何ですか、それ?」

「いや、なんでもない」

豪雨のさなか、男と女が一つの部屋にいて、かかる非ロマンティックな会話、なんたる体たらくであろうか。

寺尾は、先刻から、室内に、渡辺淳一的世界を作りあげよう、と心がけているのだった。

渡辺淳一氏ならば、さしずめ、〈皐月《さつき》の章〉といったタイトルの下《もと》に、揺れ動く女心を流麗に描き、寺尾の役どころである中年男も、建築家あるいは医師を職として、〈む……〉という底深い沈黙の中において、大人の恋をしっかり演じきれるはずであった。

しかるに、なにごとぞ、ふたりの会話は、一億、ギャハハ、といった、強いて形容すれば、往時《ひところ》の筒井康隆的世界に入りつつあるのだ。

（お、おれは、そ、そっちの世界へ行ってはいかんのだ。断乎《だんこ》、渡辺淳一的、女のさが的世界に踏みとどまらねばならん！）

「お蔭《かげ》様で、父は入院できました」

紀子は、ふたたび、窓外に視線を向けた。

「お蔭様、じゃない。きみの実力だ」

「言葉の綾《あや》ですよ」

紀子は言い、

「かわいくない言い方だったわ」

と呟いた。

「一段落されたのは結構だが、これからあと、どうする？ まさか、四人で病院へ打合せに行くわけには……」

「それは、できません」

紀子はこちらを見た。

「手術がうまくいけば、父も、少しは自由に動けるようになると思うのですけど」

「ですけど——どうなの？」

「それまでは、面会できるのが、私だけだと思うのです。私、連絡係りをつとめます」

「そうか……」

きびしい状勢になったぞ、と寺尾は自分に言いきかせた。

紀子にコン・マン——いや、コン・ウーマンと呼ぶべきだろうか——としての資質があることは、寺尾も充分に認めていた。

しかしながら、昭和史を生き抜いてきた長島老人の老獪《ろうかい》さ、したたかさ、ふところの深さを、彼女に期待するのは、無理というものであろう。紀子を含めて四人の素人が、いままで、なんとか、勝ち抜いてきたのは、基本的なアイデアもさることながら、老人の臨機応変の指示があったためである。老人は、つねに三つほどの局面を考えておけ、と四人に言い、さらに予想外の場合に応ずる策を、いつも胸中に温めていたのだ。

紀子の能力を信用しないわけではないが、老人の口からじかに策をさずけられるのとは、おのずとゲームの展開が変ってくるのではないだろうか。

(むずかしいことになった……)

寺尾は心の中で呟く。

(せっかく、弾みがついてきたのにな)

「父は、寺尾さんを中心に手堅くやるようにと申しています」

「冗談はやめてくれよ」

寺尾は片手を軽くふって、

「お父さんの手術がすんで、面会が可能になるまで、コン・ゲームは中断しよう」

「それくらい、私が考えなかったと思うのですか?」

紀子の声が鋭くなる。

「……まったく同じことを父に言ったのです、私」

「ふむ……」

「叱られましたわ。つきを落としてはいけないって」

「つき?」

「ええ。父に言わせると、コン・ゲームの成否は、なまじっかの技術よりも、つきなんだそうです。……私たちは、いま、ついてるんですって……」

「それは確かだな」

　寺尾は深く頷《うなず》いた。

「父は、ついてる人間とついていない人間を見わけられるんだそうです。――私たちは、いまは、ついてる。でも、ぐずぐずしてると、つきの方が人間から離れてゆくんですって……」

「わかるよ、それも」

　寺尾は、また、頷いた。

「ぼくの経験に照らしても、そういうことは、何度も、あった。番組を作っていて、ついてる時は、マイナスの要素さえ、プラスに転化する。が、いったん、つかなくなると、すべて、コケる。しかも、明らかに失敗することが、自分で、前もって、わかるんだ」

「ふしぎですね」

「だから、失敗するとわかった時は、いかに恰好良く失敗するかを考えたものだ……。しかし、コン・ゲームでは、失敗は一度たりとも許されないからね。みんなで、もう少し、方針を練ったほうがいい」

「父は、一つのプロジェクトを持っているのです」

紀子は冷静な口調でつづけた。

「つきに見離されぬうちに、あと、一回、大きな山を張れ、と私に言いました。そして、コン・ゲームから手を引け、と」

「待ってくれないか」

寺尾は怪訝《けげん》そうに、

「長島さんは、ぼくら素人の限界は二億だと言っていたね。……すると、あと一回で、一億円つかむ構想なのだろうか」

「ええ」

紀子の声には抑揚がなかった。

「しかし、一億となるとなあ……」

寺尾は考え込んだ。老人の直接的な采配《さいはい》なしで、そんな大仕事が可能になるとは思えなかった。

「だいたい、それだけの金を手元で遊ばせている人が、どこにいるか……」

「その見当は、父がつけているようです」

紀子は即座に応じた。

「標的《まと》がはっきりしているから、計画が練れたのだと思います」

「なるほど」

寺尾は納得した。

「例の〈被害者学〉の応用だな」

「父は、自分の立案通りに、四人が動いてくれれば、九十パーセント、成功する、と確信しているようです」

「うーむ……どういう計画なの？」

「それは、まだ、お話しする段階ではありません」

「ぼくを信用していないのか」

寺尾の言葉は皮肉っぽくなる。

「きみは……」

このあいだのことは一夜の遊びだったのか、と言いかけて、やめた。そこまで言っては、おしまいだろう。

「私だって、まだ、完全には教えられていないのです」

「……ぼくが、言い過ぎた。気にしないでくれ」

寺尾は低く言った。室内の湿度が高く、息苦しくなっている。

「つまり、遠からず、計画が明らかにされるわけだね？」

「ええ」

「たぶん、実行するべきなのだろうな。つきの問題があるから……」

ふと、寺尾は、こう思った。

(その大博打《おおばくち》の途中で、つきが落ちたら、どうなるのだろうか?)

いままで成功してきたのが、奇蹟《きせき》に近いのだった。柳の下に泥鰌《どじょう》は三匹いるといわれるが、果して四匹目がいるものかどうか?

「もう、テレビ局を舞台にする手は、きかないよ。二度が、ぎりぎりの線だ」

「父もそう言ってました」

紀子はゆっくり答えた。

「舞台を変えないと、全員が危くなる、と呟いてましたわ」

正午を過ぎると、清水が姿を見せ、つづいて、旗本が新しい上着を着て、入ってきた。よくよく見ると、ズボンも新しく、靴は輸入物のマレリであった。

旗本の借金は四千万プラスα(その後の利子ぶん)であるから、二千五百万では、とうてい追いつかぬはずである。

(派手に使い始めているんだな、もう)

寺尾は憂えた。

とはいえ、他人の消費生活に口をさしはさむことはできない。

いや、この場合、あえて忠告するのが寺尾の役目なのかも知れないが、彼の性格では、できにくかった。

寺尾は早々に神宮前アパートを出た。

雨は依然として強く、叩きつけるように降りつづいている。

交差点を渡った寺尾は、皇家飯店で食事をした。十数年まえの独身時代、この辺りに住んでいた彼は、食事ができる場所が少いのに困ったものだが、皇家飯店はそのころから今の位置に在った。建物も当時と変っていない。

古くから在る店で、大いに成長したのは、玩具《がんぐ》店のキディ・ランドである。米軍関係の家族たちの姿が多い、バタくさい店だったが、いまでは大衆化し、俗化している。

雨の日で客の数が少いせいか、寺尾はその店内に、倉庫のように薄暗いむかしのキディ・ランドの幻を見ていた。珍しく感傷的な気分になって、ジョン・ガーフィールドの顔を濃淡さまざまに無数にならべたジグソー・パズルの箱を買った。

店を出るまえに、赤電話で、初台の共同貸し事務所に電話を入れた。

——お電話が一件だけございました。

電話番の女の子が言った。

——岡田さんとおっしゃる男の方です。

——岡田？

とっさには思い当らぬ名前だった。

──岡田だけではわからないな。

──電話番号がうかがってあります。至急、連絡を頂きたいとのことでした。

自分のアパートから遠からぬガラス張りの喫茶店で、寺尾は岡田を待った。その店は青山通りに面しており、通りの様子がよく窺《うかが》えた。

やがて、タクシーがとまり、女物の傘を手にした、よれよれのレインコートの小柄な男が降り立った。髪を七三にわけた、ひどく風采の上らぬ男である。

店の中は空いていたから、寺尾を見つけ出すのは容易だった。

「浜野さんでしょうか？」

男は念を押した。

「はあ」

「岡田です」

男はレインコートを脱いで、椅子の背にかけ、名刺をとり出した。

「さっき、電話で、私立探偵と名乗っても、あなたが笑い出さなかったので助かりました」

岡田は、どちらかというと、商店の手代という感じで、前掛けが似合いそうにみえた。

「笑うはずはないじゃありませんか」

寺尾は肚《はら》の中で笑いを噛《か》み殺している。

「そうですか。……よく、くすっと、笑われますので」

岡田は、にこりともせずに、ホットミルクを注文した。

「さっき電話でも申し上げましたが、大杉畑元という人について、うかがいたいのですが……」

「そちらの手の内を、先に、見せて下さい」

寺尾ははっきり言った。

「調査を依頼したのは、宮田杉作さんですか？」

「まあ、そんなところですが……」

「大杉という男のことなら、私より、宮田さんの方が詳しいはずですがね」

「そう、お怒りにならんで下さい」

岡田はメモ用紙をひろげて、

「いままでの経緯《いきさつ》は、宮田さんから、きいとります。浜野さんはさぞ怒っているだろう、と言ってましたよ」

「いずれにせよ、私は、もう、関係がないのです」

「ええと……」

岡田はメモを確認して、

「宮田さんが大杉氏に六千万円の小切手を渡したのは、五月四日の夜です」

「はあ、そうですか」

寺尾は嗤《わら》って、

「そういえば、私が〈時の流れを見通せぬたわけ〉と罵《ののし》られたのも、たしか、その日でしたな」

「だれが罵ったのですか？」

「宮田杉作さんですよ」

「その話はきいてないな」

岡田は首をかしげた。

「まったく、知りませんでした」

「どうでもいいことです、今となっては」

寺尾は冷ややかな笑みを浮べて、

「大杉がどうかしたのですか？」

「六千万円の小切手とともに姿を消したのです」

「ええ？」

寺尾は驚いてみせる。

「大杉氏は、オフィス代りにしていたホテルを、五日に引き払っています。宮田さんは、きのう——七日に、ホテルに電話を入れて、その事実を知りました」

「ふむ……」

「これだけでは、大杉氏を詐欺師と決めつけるわけにはいきません。たんに、オフィスを変えただけかも知れない。そして、宮田さんに連絡し忘れたのかも知れない……」

「…………」

「それに、小切手は、老人の眼の前で、別な男に渡されたそうです。特殊な機械のメーカーだそうで」

その〈男〉は、長島老人の旧知のコン・マンの一人であった。

「宮田さんは、この二人が臭いと言い張っているのです。しかし、機械の引き渡しは半年後ですから、いちがいに詐欺呼ばわりしにくいところがあって……ま、私が調査を依頼されたしだいです」

「私は、宮田さんに、出資しないように止めた側の人間ですよ」

寺尾は開き直った。

「宮田さんは、それに耳を傾けぬばかりか、私を罵倒《ばとう》したんだ」

「なるほどねえ……」

岡田は頭をかいた。

危機《ピンチ》が予想より早くきた、と寺尾は思った。〈大杉畑元〉なる人物を、地上から消してしまわねばならない……。

## 2

——厄介なことになりましたなあ……。

電話の向う側、中目黒のマンションで、旗本が沈んだ声で答えた。

——何時ごろ現れたのですか、その男？

——三時だった。

寺尾はベッドに腰かけて、送受器を握りしめている。寺の境内にあるアパートなので、夜の街の騒音は殆どきこえてこない。

——すぐ神宮前アパートに電話したが、きみは外出したあとだった。

——あとの二人には、知らせたのですか？

——いや……。

寺尾は、急に、おとなの口調になって、

――動揺するといけないからね。まず、きみに知らせたかった。

――もう十時ですな。……何度も、かけたのでしょう？

――一時間置きにかけてた。

――すみません、どうも。

――ぼくも、ずいぶん、注意している。つけられてることも考えた。

――……。

――岡田という探偵は機械メーカーをつきとめるのが第一だと言っていた。おそらく、新宿の関東ビルのスタジオ辺りを洗いに行っただろう。

――足もとに火がついたな。

――とにかく、〈大杉〉という男を消してしまうしかない。しかも、消えた事実を、岡田に認めさせねばならん。

――それは大変だ！

旗本は悲鳴をあげた。

――なにか、方法がありますか？

――思いつかないから、こうやって、電話しているんだよ。

――えらいこった。

旗本はショックを受けたようである。

──長島の爺さんに相談するしかありませんぜ、こいつは……。

──ぼくだって、そうしたいさ。

寺尾の声は重かった。

──いままで、そうやってたからね……。ところが、老人は入院したのだ。いまのところ、われわれは面会できない。

──娘はどうなんです？

──それは大丈夫らしい。しかしだな……。

最後の大勝負があることを言おうとして、寺尾は、まだ早い、と思った。次の計画が老人の頭を占拠しているのに、今のトラブルの相談を持ち込むのは、ためらわれた。

──ぼくらは小学生じゃないんだぜ。他の二人に相談してもいい。みんなで、〈大杉〉抹消《まっしょう》のアイデアを考えようじゃないか。

──しかし、ねえ……。

旗本は浮かぬ調子で、

──〈大杉〉ってのは、ぼくですからねえ。〈消す〉とか〈抹消〉とか、そう、あっさり言われると……。

──ほかに言いようがないだろう。あるかい？

──……う、まあ、ないですがね。

――ぼくもいろいろ、考えた。遺書を残して姿を消すとか、リスボンから宮田の爺さんに絵葉書がくるとか、ね。

――リスボン？　なぜ、リスボンなのですか？

――そう、いきり立つな。例えばの話さ。ヴァレンシアでも、いいんだぜ。

――ちきしょう、小西ともえの奴。

旗本は唸《うな》った。

――いずれにせよ、陳腐ですな。

――ああ、陳腐だ。

寺尾は、ひそかに気を悪くして、

――どの方法も、陳腐ですよ。これでも、精一杯だがね。……きみに連絡をとろうとして焦ったのは、そのためさ。

――ふーむ。

旗本の唸り声は吐息に変った。

――とっさには、考えつきませんよ、ぼくも。

――よく考えても、なかなか、むずかしいぜ。

――で、その、リスボンてのは、どうやるんです？

――絵葉書でも、手紙でもいい。宮田の爺さんあての便りを書く。悩むことがあってヨーロッパへ来ています、とか、なんとか、あるじゃないの。

——それが、どうして、ぼくの自己抹殺になるのです？

——直接、そうはならん。これは、つなぎだ。そうやって、しばらく宮田杉作を抑えといて、あとは、それこそ、老人に相談する。

——どうやって、リスボンのポストに投函《とうかん》するんです？

——ぼくの親友の放送作家が、いま、リスボンで休養している。エアメイルで、絵葉書を送って、日本へ逆送して貰うのさ。

——リスボンの絵葉書なんて、どこで売ってるんですか？

——長島さんは、世界中の主な都市、観光地のホテルの備えつけの絵葉書を、バッグ一杯、持っている。

——え？　ぼくは知らなかった。

あ、と、寺尾は気づいた。紀子から寝物語にきかされたはなしだった。

——宮田の爺さんを惑わせるための、一つの手ではありますな。それにしますか。

——簡単に決めてはいけない。

寺尾の声がふるえた。紀子との一夜の記憶が生々しく蘇《よみがえ》ったのだ。

——明日、みんなで考えよう。甲論乙駁《こうろんおつばく》があって決るのじゃないと、かえって不安だ。

——わかりました。

旗本の声は暗かった。

——ぼくも慎重にふるまいます。

——服装を地味にした方がいい。それから……釈迦《しやか》に説法だが、女だ。女から足がつくケースが多いからね。

——ぼくの相手は、みんな、慎重です。それでなくても、タレントは、あることないこと、書かれるんですから。

——相手はタレントか。危険だなあ。

寺尾はやきもち半分で、

——きみの顔写真が、スポーツ紙か、女性週刊誌に出たら、一巻の終りだぜ。

——このマンションも、ヤバいな。どこか小さなアパートに仮住いするか。

——事務所に泊ったら、どうかね?

寺尾はおもむろにたずねた。金が入ってから、清水は近くのアパートに移り、事務所には人がいなかった。

——まあ、アパートを探しますよ。賃貸しマンションとか……。

——いいだろう。とにかく、きみも、〈大杉〉をどうするか、考えといてくれよ。

翌日——

天候は、すっかり回復し、晴れ上ったが、神宮前アパートの六階の一室だけは、嵐が吹き荒れていた。

宮田老人の疑惑だけでも、心身ともに消耗している寺尾たちのところに、さらに悪い知らせがもたらされた。

十時の集合予定に一時間おくれた紀子が、父の容態が香《かんば》しくない、と遠まわしに口を開いたのである。

「かなり、悪いの？」

旗本がはっきりきいた。

「ええ」

「それは、困った。……ぼくは、五分でいいから、今度の件を、長島さんに相談したかったんだが」

モアをストローみたいに銜《くわ》えながら、旗本は暗い表情になる。

「手術ができないくらいですか？」

清水が遠慮がちにきいた。

「いまのところは……」

紀子の声は沈んでいる。

「じゃ、面会どころじゃないな」

旗本は肩を落として、

「こわいものだな。三十年か、もっとまえに、ピストルで撃たれたのが、もとで
……」

「え？」

紀子は眼を見開いて、

「そうじゃないんです」

「ちがうのか？」

旗本は怪訝な眼つきをする。

「きみ……そう言わなかったかい。ずっと車椅子の生活をして、身体《からだ》が衰弱したって
……」

「終戦直後で、ことがことですから、闇医者の、かなり荒っぽい治療を受けて……そ
れが車椅子生活の原因になったのは、たしかです」

「弾丸が貫通してたのなら、わりに軽くすむはずだがね」

寺尾は少年時代の知識を口にした。

「車椅子の生活がまったく関係ないとはいえないでしょうけど……衰弱の直接の原因
は、糖尿からくる動脈硬化です」

紀子は独特の抑揚のない声で言った。

「糖尿か……」

旗本は、理解のとば口を見出《みいだ》した様子で、

「あれは諸病のもとらしいな」

「私も、よくはわからないですけど……お医者様の説明では、血管閉塞《へいそく》から、下肢が壊疽《えそ》をおこしているんですって」

「壊疽……」

寺尾は息をのんだ。

「それは良くない」

「手術というのは、下腿《かたい》切断なんです」

「ふむ」

カタイの意味は耳からではわからないが、セツダンの方は、いやでもわかる旗本は、絶望的な表情で首をふった。

「きみ、病院にいないでいいのか?」

寺尾は思わず、そう言った。

「病院にいると、こちらのことが心配で……身体が二つ欲しいわ」

「すぐ、病院に戻りたまえ。いや、たのむから、戻ってくれ。手術ができないのじゃ、全身の状態が悪化しているように思う」

　寺尾は眼で懇願した。

「私立探偵の方は、われわれで、なんとか、策をたてるから」

「大丈夫かしら？」

「大丈夫、大丈夫」

　旗本は空《むな》しく胸を叩いて、

「きみはお父さんのそばにいるべきだ」

「いいでしょうか？」

「任しといてくれ」

　寺尾は頷いてみせたが、何の策もなかった。

　やがて、紀子は部屋を出て行った。


「ダブル・ピンチですねえ」

　しばらくしてから、清水が力なく言った。

「岡田という探偵、どうします？」

「問題は岡田じゃない」と寺尾は苦りきる。「宮田の爺さんだよ。岡田は雇われ探偵に過ぎない」

「あの爺さんが、こんなに早く、疑い始めるとは思わなかった」

　旗本は腕を組んで、

「すると、やっぱり、リスボンですかな」

「なんですか、それ?」と清水。

「リスボンにしても、エアメイルで、往復、十日はかかるだろう」

　寺尾は旗本のサングラスを見つめて、

「二、三日で処理したいな。岡田って奴は、鈍感そうだが、しぶといぞ。地道だが、こつこつ真相に近づくタイプだ」

「苦手だな、どうも」

「いやな相手だ。なんとかするとしたら、あの爺さんの方が、まだ、楽だろう」

　寺尾は息を大きく吐いた。

「旗本君、きみは、ずいぶん、推理小説を読んでいたんじゃないか?」

「むかしですよ」

「むかしでもいい。〈大杉〉を消してしまう方法のヒントはないかね?」

「そうですなあ」

　旗本は国産のブランデーをグラスに注いで、

「遺書を残して、姿を消す、ってのが初歩の手ですな」

「それは、ぼくが、ゆうべ、言ったやつじゃないか」

「初歩ではあるが、考えてみる必要はあります。ただ、問題なのは、〈大杉〉には姿を消す動機がないのですよ。万事、うまく運んでいて、ハッピーなはずの〈大杉〉が、なぜ自殺するか、と警察は考えるでしょうねえ」

「〈大杉〉が殺されたように偽装したら、どうでしょう?」

清水が口をはさむ。

「こないだからの成り行きからみて、犯人は〈浜野二郎〉ということになる。宮田の爺さんが証言するだろう」

「それは困る。ぼくが犯人になるのは困る」

寺尾は苦笑した。

「〈大杉〉らしい証拠を、あちこちに、ばらまかせながら、だれかに旅をさせる手もありますよ」

「最後は、どうなるんだ?」

「そうですな……南の島に旅をして、そう、グアムかサイパンで消息を絶つ、というのは、どうでしょう。鮫《さめ》に食われたとか……」

「鮫に食われるというのが、むずかしいな」

「なに、本当に食われちまえばいいんです」

旗本は真顔で、

「グアムでも、珊瑚礁《さんごしょう》の外は危いっていうじゃないですか。そういうところで泳がせるんでさ、わざと。島の警察が調べる。ホテルで〈大杉〉のパスポートが発見される——こういう段どりです」

「なんか、劇画風なんだよな」

寺尾は首をかしげる。

「鮫でも鰐《わに》でもいいけど、そう、都合よく出てくるものかい？」

「あらかじめ、鮫寄せの肉を海に入れておくんですよ」

「そんな大がかりなことが、二、三人で出来るか？ 現実性が薄いぜ」

「うん、そうか」

旗本はひとり頷いて、

「ぼくの発想の回路がおかしくなっちゃったんだ、コン・ゲームをやるようになってから」

「〈大杉〉が宮田杉作の前に堂々と姿をあらわしたら、どうなるだろう？ 逃げるばかりが能じゃない……」

「一つの方法だとは思いますがね」と旗本は、乗りきれぬ顔つきで、「事業はとりやめにする、六千万かえせ、と言い出されたら、どうします？」

「ややこしくなるな」

寺尾は、われながら凡庸な案だと思った。

(要するに、長島老人抜きでは、われわれは何もできないのだ。そのことが、いよいよ、はっきりしてきた……)

「弱ったな、旗本君」

寺尾は本音を吐いた。

「われわれの運命は、決ったんじゃないか」

「え?」

旗本の眼つきも自信がない。

「つきが落ちたんだ。……次のコン・ゲームはおろか、岡田ひとりを、どうにも、できない」

「…………」

「一週間以内に、岡田は、からくりを見抜くと思う。奴はプロなんだ。プロに対抗できるのは、長島さんのようなプロだけだ。われわれアマチュアは両手を挙げるしかない」

「待って下さいよ、寺尾さん」

「わかっている。ぼくは最悪の事態を想定しているんだ。……そこでだ。そうなった場合、女性が仲間だったことは、絶対に、吐かないようにしないか。病人である長島さんも、もちろん、除外する。それが、紳士の仁義ってもんじゃないか」

〈紳士〉と〈仁義〉の取り合せは奇妙であるが、寺尾は真剣であった。

彼のデスクの電話が鳴った。

――〈旗本プロ〉です……。

――寺尾さんね？

紀子の声だった。

――ああ。何かあったの？

――タクシーで病院に戻ったら、父が……。

――え？

――父が……心筋梗塞《こうそく》でした。ほんの五分ほどまえに……。

## 3

「どうしよう、これから……」

スツールにすわろうとした旗本は、そのまま、崩れるように床に腰をおとした。

「どうしたらいいんだ、おれたち？」

「おしまいですね」

清水も汚れた絨緞《じゅうたん》にゆっくりと仰向けに寝た。

本当の喪失感に襲われると、人間、立っていられなくなるのを寺尾は知っていた。

……そんな深い喪失感は、四十何年の人生で、二、三度しかなかった。下腹部がからっぽになって、風が吹き抜けてゆくような、たよりない感じ。……あれは、空襲で家が全焼したことを、疎開先の寺できかされたときが初めてだった。自分のからだが、みるみる、下の方から透明になってゆくような気がするのだ。

寺尾が、他の二人ほどのショックを受けなかったのは、あらかじめ、心の準備をしていたせいであろう。

(そろそろ、どんでん返しがくる……)

紀子が病院へ去ったあと、彼は自分に、そう言いきかせていた。

(たのしいこと、面白いことは、そうは続かない。もう、タイム・リミットだ)

清水が口にした〈おしまい〉という言葉は、寺尾の実感でもあった。

しかしながら、人間の心は奇妙なものである。精神が混乱しているにもかかわらず、寺尾の心の片隅には、かすかな安堵《あんど》感があった。

——紀子との一夜のあと、寺尾は老人のまえに出るたびに、ひるむものを覚えた。疚《やま》しさ、と言ってもいい。

（少くとも、その点だけは、解放されたわけだ……）

不謹慎のそしりを免れ得ない思いだが、本音だった。

「まさか、こう早くなるとは思わなかったな」

旗本は床にあぐらをかきながら、上着のポケットをまさぐった。

「煙草、ないか？」

「ホープでいいですか」と清水。

「なんでもいい」

旗本は白い箱から一本抜きとり、ライターで火をつけた。

「大丈夫ですか、旗本さん？」

「うるさい」

旗本は不機嫌そうに、

「おれは、まだまだ、借金が残っているんだぞ。〈おしまい〉ってわけにはいかねえんだ」

自分をわらうように言って、煙を輪に吐いた。

「要するに、詐欺だ。詐欺をやるしかない。……あと、二千五百万入ることが、おれの予定に組み込まれている」

まったく勝手な言い草だが、寺尾は笑えなかった。彼もまた、あと二千五百万、入るものと決めて、再出発のスケジュールを立てていたのだ。

「たしかに大変な事態だが……」

言葉を嚙みしめるようにして、寺尾は口をひらいた。

「まだ、〈おしまい〉ではない気がしている……」

「どういうことです、それは？」

旗本の眼は血走っている。

「ぼくも、いったんは、〈おしまい〉だと思った。……だが、少しでも、打つ手があるうちは、〈おしまい〉ではない」

「手？」

「長島君の話では――老人は、あと一回で一億つかむ案を考えていたらしい。カモの目安もついていたようだ……」

「一億？」

清水が起き上った。

「ああ」

「そんな大事なプランを、なぜ、おれに教えてくれなかったんだ！」

旗本が叫んだ。

「ぼくだって、そこまでしかきいていない。あとは、〈お話しする段階ではありません〉と、きた」

「けっ、あの女！」

旗本は床を平手で叩いて、

「あいつは、意地悪なんだ。全部、ばーっと言っちまえばいいのに、小出しにしか言やしねえ」

「いや、老人が完全に教えてなかったらしい。昨日の段階では、そうだ」

「くそじいめ！」

「死者《ほとけ》の悪口はやめろ」

寺尾は窘《たしな》めた。

「あの老人のことだ。きっと、ノートとかメモを残しているよ。それを考えたら、絶望するのはまだ早いように思えてきた」

「そうですねえ」

清水が頷く。

「資料魔で、メモ魔でしたからね」

「ヒントは娘が握っている。なんとか、やれるような気がする」

「もうちょっと、生きていてくれればなあ！　清水、くそ煙草を、もう一本、くれ」

「お口に合わないんじゃないでしょうか？」

「いいから、よこせ。おたんこなす！」

「へいへい」

　旗本は煙草を深々と吸って、

「うむ、少し元気が出てきた。早速、その計画にとりかかりましょう」

「きみ、ものには順序ってのがある。これから、葬式とか、いろいろあって、遺族は、へとへとになるんだぜ。少くとも、一週間は待つべきだ」

「わかってますよ、ぼくだって親をなくしてるんですから。……しかし、あの家の葬儀となれば、どう考えても、仲間の詐欺師どもが出入りしますぜ。そいつらが、老人の最後の計画に気づいたら、どうします？」

「あ、そうか！」

　寺尾は唇を嚙んだ。

「……よし、ぼくはすぐに病院へ行こう。たしか、お茶の水だったな」

「ちょっと、早過ぎませんか」

「いいんだよ、誠意を見せるためだ。どうせ近親者がつめかけているだろうから、遠くに立っている」

「で、どうするんです？」と清水。

「臨終から葬式までは、雑用が無限にある。ぼくは雑用引き受け役をつとめる。合間には、彼女と話したり、隙をみて、老人のメモを覗《のぞ》く」

「それはいい」と旗本が言った。「寺尾さんは、わりに、もっともらしく出来る人だから」

「あの探偵の方は、どうします？」

「そこだよ」と寺尾はかすかに笑って、「そっちの方も、なんとか処理できる気がしてきた……」

　仮通夜への出席を寺尾は遠慮することにした。紀子の親戚《しんせき》に奇異な眼で見られるのを怖《おそ》れたのである。

　六本木の彼女のアパートは三部屋しかないので、なんとなく、目立たぬように控えているわけにはいかない。

「故人の仕事が仕事だから仕方ねえがよ……」と、葬儀委員長をつとめる予定の源さんが、泣き腫《は》らした眼で、寺尾に囁《ささや》いた。

「冷てえもんだぜ。親戚ったって、ほんの数人しか来やしねえ」

「そんなもんですよ、世の中は……」

「おれが葬儀委員長なんて、ほねつぎ行きだぜ」

「ほねつぎ行きって、何です？」

寺尾はききかえす。

「筋違いってことよ」

「つまり、お仲間が集まるわけですな」

「まあな……」

「私で出来ることでしたら、命じて下さい。なんでもやります。私以外にも、男手がありますし」

「ああ、あの二人か」

源さんは思い出して、

「そいつは、ありがてえ。あたしは格調と品位が欲しかったんだよ、告別式に」

「品位と言われると、うろたえますが……」

「でも、あたしらに較べたら、数等、上だあね」

「どうでしょうかね……」

「病院でほとけの顔を見てくれたろ、あなた？」

「ええ」

「品位があったろ？」

変色した老人の顔を、寺尾は思い浮べた。品位というよりは、死者特有の威厳だと彼は思った。

「あれに見合う格調が、式に必要なんだ。その点、あなた方は堅気だから……」

「その言い方はないでしょう。ぼくらがやってることを知っていて……」

「紀ちゃんの兄貴が沖縄でキャバレーの支配人をやっているんだ。十代のころ、長島の旦那と喧嘩《けんか》して、家出したんだがね」

「それは知りませんでした」

「こいつが頑固な奴でね。死に顔だろうと、親父《おやじ》の面《つら》は見たくない、と長距離電話を切っちまった」

「そういう事情があったのですか……」

「うむ、紀ちゃんが喪主ってのは、いままでの親子関係からみれば当然なんだが……親類からみると、妙なもんらしい。てめえら、なにひとつしねえくせに、文句だけは一人前にならべやがる」

源さんは顔をしかめた。

「寺尾さん、明日の本通夜の方をたのみますよ。午後七時からだが……」

「早めにきて、手伝います」

「告別式は、あさってだ。そっちの方も、たのみますぜ」

「はい」

と答えた寺尾は、すかさず、

「ぼくら、火葬場へ行かないで、留守番役をつとめたいのですが……」

「いいでしょう」

寺尾の魂胆に気づかない源さんは、あっさりと承知した。

神宮前アパートに戻った寺尾は、旗本と清水に、自分の考えた計画を話した。

「それは……」

清水は二の句が告げぬようだった。

「寺尾さんは、ときどき、人をびっくりさせるね」

旗本は、なんともつかぬ笑いを浮べて、

「お人善しかと思うと、とんでもない悪党になる」

「時間がないんだ」

と寺尾はせかせた。

「明々後日《しあさって》が友引なので、告別式は、あさってになった。だから、いま、たのんだものを、明日じゅうにそろえて欲しい」

「わかりました」

旗本は納得して、

「ウイーク・デイだから、なんとかなりますよ」

「たのむよ」

寺尾は、ようやく、笑うゆとりをとり戻した。

「例のメモの方は、どうなりました？」

清水がたずねる。

「三つしか部屋がない上に、障子を外して、広く使えるようにしてある。探しようがないじゃないか」

「長島さんは、なにか言ってませんでしたか？」

「彼女は喪主だぞ。しかも、疲労をこらえている。次のコン・ゲームの相談なんか、できる状態じゃないよ」


告別式の朝、寺尾は早く起きて、その日の段取りを、もう一度、確認した。

ダークスーツに黒ネクタイという略装で、午前中に、アパートを出た。このような神聖な日に離れ技をおこなうことを、長島老人なら理解してくれるだろうと、勝手に考えながら。

「どうも……」

五つ紋の黒の喪服を着た紀子がアパートの戸口で寺尾を迎えた。多くの女性がそうであるように、喪服が彼女をより魅力的に見せていた。

どういう関係者かわからないが、喪服を着た若い女性がほかにも一人いた。その女性も、なかなか美しく見えた。

(世の中の女が、みんな、喪服を着たら、大変なことになるぞ……)

怪しからぬことに、寺尾は浮き浮きした。

(たまらんな、もう)

若い女性は、どうやら親戚側らしかった。彼女を入れても、縁者は十人にみたないだろう。残りの二十人ほどは、大半がコン・マンとみて、間違いなさそうだった。

仏式なので、司会者の開式の辞、僧侶《そうりよ》の読経、焼香——と、すすみ、棺の釘《くぎ》打ち、源さんの挨拶、出棺、という式次第である。

淋しく、やや白けていた空気は、出棺の時になって、急に、熱っぽく盛り上った。

やがて——

霊柩車《れいきゆうしや》が出発した。

頭を下げて見送ったのは、寺尾たち三人だけで、他の人々はハイヤーに分乗して、火葬場に向う。

最後のハイヤーが動き出すと同時に、

「さて、とりかかるか」

と寺尾が呟いた。

三人はアパートの部屋に戻った。

一同が火葬場から帰るまでには、かなりの時間がかかるはずである。

寺尾は腕時計を見て、

「ほぼ、予定通りだ」と言った。「写真をとり代えて、よぶんなものをバッグに隠してくれ」

旗本は風呂敷をひらいて、額縁入りの自分の写真をとり出した。祭壇にある長島老人の写真をおろし、自分の写真に代えた。それは、ずいぶん、むかしのブロマイドを引き伸ばしたらしい、若い写真だった。

清水は用意してきた空の骨壺を祭壇にあげて、位牌《いはい》をとり出した。〈閑歌院清雲無心居士〉という戒名が記してある。

「おい、カンカインはないだろう」

旗本が文句を言った。

「喧嘩はあとだ。燈明をともして、線香をあげてくれ」

寺尾はそう言うと、電話機のそばに寄って、手帖《てちょう》をひろげた。

――「クローバー」ですか？

と、近くの喫茶店の名を口にする。

――お客さんで、宮田さんという人を呼んでくれませんか。

旗本と清水は息をのんだ。

――……もしもし……あ、今朝ほどは電話で失礼しました。……いや、私だって、びっくりしましたよ。いくら憎い男でも、まさか、心筋梗塞とはねえ。……ええ、私も彼の家は初めてで。……すみません。遅れちゃって。六本木の近くまできてるんですが、車が動かないので、歩くことにしました。金曜日は混んで仕方がないのですよ。は、すぐ、かけつけます。

寺尾は慌しく電話を切って、

「爺さん、そこまできてるぞ」

と言った。

「花輪がないのが幸いだ。長島と書かれた紙は、全部、はがしてくれ。外の表札を代えたか？」

「しまった……」

清水はとび上り、〈大杉畑元〉と書かれた、わざと汚した表札を片手に外へ走った。

「ぼくは爺さんを迎えに〈クローバー〉へ行ってくる。旗本君は、すぐ、姿を消して、六本木の角の〈アマンド〉にでも居てくれないか。……おい、きみ、なにをしている？」

「長島さんのメモが、どこかに、あるんじゃないかと思って……」

「そんなことは、あとだ。爺さんと顔が合っちまったら、どうする？」

「じゃ、〈アマンド〉で待ってます。ポケット・ベルが鳴ったら、帰ってきますよ」

旗本は立ち上った。

「きみ、防衛庁の方への道をまわってくれよ。爺さんの眼に止ったら大変だ」

「わかってますよ」

旗本は出て行った。

（ああ、忙しい。コン・ゲームの欠点は忙しいことだ……）

寺尾は、思わず、吐息を洩らした。

## 4

六本木交差点に近い洒落《しゃれ》た喫茶店「クローバー」の二階で老人に会った寺尾が、アパートに戻ってきたのは、二十分後だった。ダークスーツの左腕に黒い腕章を巻いた宮田杉作は沈痛な面持で寺尾とともに歩き、アパートの戸口で、威儀を正した。

「失礼します……」

宮田老人は、おもむろに靴を脱ぎ、狭い屋内を一瞥《べつ》した。

祭壇の横で項垂《うなだ》れている野暮ったい中年男は、清水史郎そのひとであった。髪を七三に分け、つるの一部をテープでとめた黒いセルロイドぶちの眼鏡をかけて、頬に綿を入れている。生地が光っている古いモーニングはテレビ局から借りてきたのだが、なんともやりきれぬ空気を醸し出すのに一役買っている。

「このたびは、なんとお慰めしたらよいか……」

寺尾は型通りの悔みを述べて、

「私、ごくさいきん、奇妙なことで故人と知り合いまして……心ばかりですが、どうぞ、ご霊前に……」

香典をさし出した。

「お忙しいなかを、わざわざ」

清水は畳に両手をついて、

「兄もさぞ喜ぶことでしょう」

寺尾が祭壇のまえに身体をずらすと、老人が入れ代って、

「私も、さいきん、昵懇《じっこん》になった者で……いっしょに事業を始めようと話し合っていた矢先で、びっくりいたしました」

「はあ……」

「数日、大杉さんの姿が見えないので、不審、いや、不思議に思っていたのですが……まさか、こういうことになろうとは……」

老人は香典を清水に渡した。清水は深々と頭をさげながら、指で香典の厚みをはかった。寺尾のは空であるが、こちらは重みがあった。

「あっ、宮田さんですか！」

清水は表書きの名前に驚いてみせた。

「はい、宮田杉作です」

「兄が……兄が……」

清水は眼をおさえて、

「息を引きとるまで、宮田さんのお名前を口にしていて……」

「え？」

老人は愕然《がくぜん》とした。

「どういうことですか、それは？」

「深いつき合いのなかった男に、大金を渡したのを苦にしていて……兄の話では、そのお金は宮田さんから出たものとか……」

「……まあ……それは、そうですが……」

「はっきりした証拠はないが、自分は詐欺にあったのではないか……どんな風に責任をとったらいいのか、と……」

「そうでしたか」

老人は俯《うつむ》いた。

「それほどまでに、お苦しみなさったのか」

「これだけではありません。まだ、ございます……」

清水は怨みがましい眼つきをして、

「兄は、病院にかつぎこまれても、自分は探偵に監視されていると言いつづけており
ました。いくら妄想《もうそう》だと宥《なだ》めても、きき入れませんで……はあ」

「あ、あの……お線香をあげさせて頂きます……」

老人は逃げるように祭壇正面にすすんだ。

「探偵、ねえ」

寺尾は脇で呟いた。

「私にも、思い当るふしがある」

「本当ですか！」

清水が言った。

「看病疲れで私の家内が倒れまして、ぬるいビールしか、差し上げられないのですが
……お話をきかせて下さいますか」

「ええ……」

寺尾はなにか腑《ふ》に落ちぬ様子で、

「実は……大杉さんと私は、ある行き違いがありまして、言ってみれば、ライバルのような形になったのです。……しかし、大杉さんは探偵につけまわされ、私のところにも、私立探偵と称する男が現れた……」

「私、これで、失礼します」

老人が小声で言った。

「あとの仕事がございますので」

「もう五分ぐらい、いいじゃないですか」

寺尾が制した。

「はあ、でも……」

「ひょっとしたら、大杉さんが亡くなった遠因は、その探偵にあるのかも知れない」

「私どもも、そんな風に考えております。糖尿病や何かで、身体が、がたがたになっていたのは確かですけれど……」

そう言って、清水は飲み物をとりに立ち上った。

「岡田といったな、あの探偵……」

寺尾は、なおも、独りごちた。

「じゃ、私は、ここらで」

老人は腰を浮かそうとする。

「待ちなさい……」

寺尾は険しい眼つきで、小声になり、

「はっきり言いましょう。その男は、あなたにたのまれて、大杉の行方を探していると、私に言った。……いったい、あなたは、どういう人間なんだ？　ぼくと手を切って、大杉と組んだ。その上、大杉の行方を追っているという。……ぼくらの稼業《かぎょう》では、二、三日、行方がわからなくなったりするのは、ざらですぜ。それを、いちいち、とがめ立てされたら……」

「きみ、声が大きい……」

「そういう猜疑心《さいぎしん》ほど、人間を苦しめるものはないんだ。自分が手を組んだ人間ぐらい信じたらどうだ？」

「しっ、きみ……」

「立場が逆なら、ぼくが死んでるところだ。ぼくはね、あなたの不安な気持はよくわかるんだ。ただ、すぐに私立探偵をやとう神経、これが嫌だ。あの男が姿を見せないのは、ひょっとしたら、病気なんじゃないかといった思いやり、デリカシイが、まったく、ない。すべて、金で片づけようとする」

「すまん、岡田のことは、もう言わんでくれ。遺族の耳に入ったら大変だ」

老人は必死だった。

「私が間違っていた。岡田は、すぐ、解雇する」

「その言葉にも、思い上りがあります。〈解雇する〉――えらそうな言い方をして！」

「彼の活動をストップさせる。――これで、いいですか？」

「まあね……」

清水がビールを運んできたが、二人の客はグラスを手にとらず、早々に帰って行った。

清水は眼鏡を外し、モーニングを脱いだ。老人が持ってきた香典の中身を改め、大きな札を三枚抜きとり、自分のズボンのポケットに捩《ね》じ込んだ。そして、電話のダイアルをまわし、旗本のポケット・ベルが鳴るようにした。

やがて、旗本が戻り、寺尾も戻ってきた。

「さあ、片づけよう」

寺尾は自分の出した香典をポケットにしまい、次に老人の香典を改めた。

「清水君……」

寺尾は片手を出した。

「何ですか？」

「とぼけるな。この裏に小さく金額が書いてあるんだ。三万、足りない」

「あ……」

清水は、一瞬、具合が悪そうな顔をし、ポケットから札をつかみ出した。

三人は祭壇をとり払い、旗本の写真や位牌をバッグにしまった。

部屋を掃き清め、床の間に白布をかぶせた小机を置いた。長島老人の写真を飾り、供物をそなえた。寺尾は、香炉、香、燭台《しょくだい》などを適当に配置した。ホームドラマには、こうした場面がよくあるので、ひと通りの知識はあるのだった。

三人はダイニング・キッチンで、ビールを飲み始めた。

「爺さん、探偵を解雇するそうだ」

冷蔵庫に残っていた、昨夜の海苔《のりま》巻きをつまみながら、寺尾が言った。

「六千万を持った男は失踪《しっそう》、探偵はくび、一石二鳥ですな」

旗本がわらった。

「大杉が死んで、香典まで貰ったから四鳥ですよ」と清水。

「汗をかいた」と寺尾は呟き、「しかし、油断は禁物だ。私立探偵が、意地になって、独自の調査を始めないとも限らない」

「すべて、長島さんのお蔭だ。禍《わざわい》転じて福となった」

「これで、心から、あの人の冥福《めいふく》が祈れるなあ」

寺尾がしみじみ言った。

「本当の黙禱《もくとう》を捧《ささ》げようじゃないか」

三人はテーブルに向ったままで、一分間の黙禱をした。

かなり経って――

外が賑《にぎ》やかになった。

「お骨《こつ》が帰ってきた」

寺尾は立ち上り、バケツと柄杓《ひしゃく》を持って、ドアの外に立った。

まず近づいてきたのは紀子だった。寺尾は彼女の白い手に水をかけ、清水が横から手拭いをさし出した。

旗本は塩を入れた小皿を持っていた。食塩の入った瓶《びん》で振りかければいいだろうと主張した男とは思えぬほど、うまい手つきで、入ってくる人々に清めの塩をかけた。

初七日まえに、紀子は神宮前アパートの事務所に姿を見せた。

「大変だったねえ……」

旗本が椅子から立ち上りながら言った。寺尾と清水も立ち上っていた。

「すっかり、お世話になってしまって」

紀子は淋しい笑いを見せた。

「草臥《くたび》れたでしょう」

清水が慰めた。

「私立探偵は、その後、どうしてますか?」

紀子の質問に、旗本は笑って、

「追い払ったよ、寺尾さんが。舌先三寸のわざで」

「大丈夫でしょうか」

「と思うけどね」

寺尾は、すまして答える。まさか、告別式の日の幕間狂言を、彼女に明かすわけにはいかなかった。

「まだ、これから、後始末がいろいろあるだろ」

旗本はサングラスを外した。その眼は、意外に優しい。

「ところで……」

寺尾は、いかにも、いま思いついた、という感じで、

「遺書とか、そのたぐいのものはなかったの?」

「家族あてのものは、なにも、ありませんでした」

清水は紀子に椅子をすすめ、つづいて、三人の男たちは各々の椅子にかけた。

「ただ、皆さんにあてたのが、あったのです」

「え……」

旗本が乗り出した。寺尾は強いて冷静を装っている。

紀子はハンドバッグからカセット・テープのケースを取り出して、

「これです」

三人は、思わず、気味悪そうに、顔を見合せた。

「遺品の中から見つかったので、再生してみて、ようやく、だれにあてたものか、わかったのです。……父は、おそらく、紙袋かなにかに入れて、もっと、きちんと整理しておきたかったのでしょうが……」

口をひらく者はなかった。

「ですから、私は、このテープを、すでに、きいております。正確にいえば、私たち四人にあてた言葉ですから、私がきいたとしても、いけないことではないのですが、でも……」

「いいよ、そんなことは気にしていない」

旗本が口をはさんだ。

「それよりも、早く、テープがききたい。清水君、カセット・レコーダーを出してくれ」

「そう慌てないで下さい」

と紀子は低い、乾いた声で制した。

「気をもたせる必要はありませんから申し上げておきます。テープの中身は、一億円相当のコン・ゲームの計画です」

「いよいよ慌ててますよ」

清水の眼つきが鋭くなった。

「待って下さい。このテープは、きくだけで、三十分かかります。……私が、予備知識を述べておかないと、ゲームそのものの成立を、皆さんが危ぶむと思うのです」

「どうして？」

寺尾の声も低かった。

「標的《ターゲット》というか、カモというか、その人物の〈被害者としての資格〉の説明が、テープでは不足なんです。……つまり、父にとっては、自明のことがらなので、つい、おろそかになってしまったのだと思われます」

「おかしいぜ、それは」

旗本は腕組みをして、

「長島さんぐらい、被害者の社会的立場や性格にこだわる人はいなかった。その点が、おろそかかってことは……」

「父も人間です。かっとなって、……」

「かっとなる？」

「ええ。あまり長いあいだ憎んできた対象なので、自分では説明するまでもないような気になったのではないでしょうか。私の推測ですが……」

紀子は立ち上り、久しぶりに黒板に向った。そして小さな紙切れを見ながら、こう記した。

――橋爪正（七十九歳）

富山生れ。

父親（映画館の映写技師）の移動によって、東京にうつり、深川の小学校を卒業。東京市役所第一助役室給仕として働きながら、夜は工業学校夜間部に通う。夜間部を卒業してから、東京市役所給仕をやめ、屑鉄《くずてつ》屋を開業。地味な屑鉄業者として成功する。関東大震災を機会に商売の規模を拡大し、朝鮮・台湾にまで支店を設置する。父親の影響か、朝鮮では映画館の経営に乗り出し、失敗に終っている。やがて、〈満鉄と関係をもった〉と自称しているが、以後数年は〈橋爪商店〉以外の事業は不明。麻薬を扱っていたとも伝えられる。

昭和九年以後は、応召と除隊をくりかえす。敗戦の夏は興安嶺《こうあんれい》の山中にいたという。ソ連軍の捕虜になったはずの橋爪（仲間はすべてイルクーツクの収容所に三年半入れられていた）が、昭和二十年の暮に、なぜ、復員できたのかは不明。ただちにスクラップ鉄、貴金属類、英文タイプライターを買い集め、進駐軍に売りつける。〈進駐軍を対象とした売買は無税〉ゆえ、巨万の富を得、さらに進駐軍物資を闇ルートで入手して工場・病院に流して産を為《な》す。闇市の消滅後はスクラップ業に戻り、昭和二十五年、朝鮮事変勃発《ぼっぱつ》を機に、殖産会社を設立。以後は不動産、ビル、レジャー産業等の関連会社をふやし、総合商社「丸角商事《まるかく》」立て直しの蔭の立役者を演じた。現在は副社長。政界、マスコミ界にも睨《にら》みをきかせている。

外国語は韓国語と北京語を若干解するのみ。

（注――昭和二十年代後半に、映画の輸入会社を作り失敗。のちに映画製作を何度か試み、ことごとく挫折《ざせつ》。逆にいえば、映画以外の事業では、全部、成功している。）

「……これは、カセットのケースに、畳んで入っていた父のメモを、そのまま、写したものです」

紀子は男たちに説明した。

「新聞社の知人に頼んで、この男の履歴を調べてみましたが、表面的には間違っていません。ただ、新聞社の資料では、この男の暗い、うさん臭い過去がもっと詳しくわかりますけれど」

「こりゃ、凄《すご》いタマだぜ！」

旗本が嘆声を発した。

「そりゃ、金はあるだろう。しかし、こいつには弱みってものがない。鉄壁というか、磐石《ばんじゃく》というか……」

「黒板を、よく見て下さい」

「見ているよ」

「映画に関係したときだけ失敗したってのが、面白いな……」

寺尾は笑った。

「ひょっとすると……この橋爪って男、映画そのものが好きなんじゃないかな」

「そこですよ！」

「え？……」

「映画好きというより、映画狂なんです。商用で外国へ行くと、ひとりで、こっそり、映画館へ出かけるそうですよ」

「言葉がわからなくて、たのしいのかなあ」と清水。

「なるほど、映画耽溺者《シネマディクト》だ」と寺尾は微妙な笑いをみせて、「ということは……」

「それが弱点なのよ」

紀子は黒板の前を離れて、清水が用意した小型カセット・レコーダーに、カセットを入れた。

四人の真中にあるテーブルに小型レコーダーが置かれた。紀子は再生のボタンを押した。

やや空白があってから、忘れもしない老人のあの声が室内に響いた。

——……寺尾さん、旗本さん、清水君、そして紀子……。きみらがこのテープをきいているとき、わしは、もう、遠い世界へ去っておるはずじゃ……。

# 第九章 夢の街

## 1

赤坂見附《みつけ》の交差点近くにそびえ建つ丸角商事は、二十数階のガラスの塔である。上から下まで、みごとなまでのガラス張りであるが、内部の人々の動きはまったく見えない。そこにうつるのは、空の青さであり、近隣のビル群である。すなわち、巨大な鏡が建物の四面を被《おお》っていると考えれば間違いない。

丸角商事がさいきんマスコミに攻撃されているのは、インドネシア液化天然ガスの輸入をめぐる政治汚職事件によってだが、社員たちは大事にいたるとは考えていなかった。副社長の橋爪正の政治力を信じていたからである。

社名が政界工作の泥にまみれるとき、橋爪正の名が表面に浮ぶことは、まず、なかった。マスコミに叩かれるのは、まず社長であり、会長の丸太角兵衛であった。橋爪正は、どちらかといえば〈良識派〉のように目され、世間的にも地味な存在であった。

表立って彼を攻撃したのは一部のブラック・ジャーナリズムだけであり、それも古い話になった。丸角商事に迎えられるまでの橋爪には、香《かんば》しくない過去があるが、そこだけを取り上げて、橋爪を批判するわけにはいかない。記録されている胡乱《うろん》な前歴は、昭和二十年代後半、朝鮮戦争によって大いに潤った人々に共通のものだからである。

しかし、ごく少数のルポ・ライター、ジャーナリストが、橋爪の存在の〈清潔さ〉を怪しみ、周囲を洗っているのは事実だった。この男こそ、丸角商事の核心であり、真の実力者ではないのか、という狙いである。

さて——

来訪者が橋爪副社長に会うためには、普通、エレベーターで十九階に上り、ガードマンの身体検査を受けてから、二つの受付を通らねばならない。まず、美しい女性が身分証をチェックし、指紋と声紋を調べて、当人であることを確認する。次の受付では、手荷物、バッグの中身がX光線でチェックされるのである。この間《かん》、エレベーターの前、廊下の曲り角、副社長室への廊下と、幾つかのテレビカメラが来訪者の姿を追ってゆく。

十五坪ほどの副社長室の手前には、はなはだ豪華な茶色革の応接セットがあった。

西ドイツに旅行したさいに、橋爪がみずから買い込んできたものである。

橋爪その人は、窓を背にして、大きなデスクに俯《うつむ》きかげんになっている。髪の毛が白くなり、やや肥ったものの、薄く色のついた眼鏡をかけた顔は、この物語の冒頭に登場したころと、極端に変ってはいない。

片方の靴を脱ぎ、靴下まで脱いだ彼は、足の裏の皮をはがしているのである。どうやら、水虫に悩まされているらしい。

いや、それだけではない。足の皮をはがしながら、デスクの下の小型テレビを観ているのだ。白と黒の画面では、ハンフリー・ボガートが肥満した男と日本語の会話を交している。

（シドニー・グリーンストリートだ……）

橋爪は肥った男を懐しそうに眺めた。

（あの役者の名前を、わが社の社員で知っとる者は一人もおらんだろう。……淋しいことだな……）

彼は足の皮をペルシャ絨緞《じゅうたん》に散らすのをやめ、感傷的な気分に浸った。

（この映画は、ただのメロドラマだ。しかし、傑作だ……）

正午少しまえに、映画は終った。

ごく特別な約束がない限り、橋爪は財界の昼食会とか、役人とのゴルフとかに出かけることはない。七十五歳を過ぎてからは、夜の会席にも殆ど出なくなっていた。

丸角ビルの地下には和洋食の名店街があり、昼食はそこから届けさせる。鰻《うなぎ》の特上とスッポンのスープにライ麦パンという奇妙な食事をすませ、内閣官房長官と電話で二十分ほど話した。そのあと、隣のビルで働いている者ですが、と前置きして、おたくの屋上で危険なことをやっていますが、という注意の電話が入った。

一時を過ぎると、ガードマンを従えて、ビルの屋上を散歩するのが彼の日課である。インタホンで秘書に「屋上へ行くぞ」と声をかけた。

——本日の予定には、〈散歩〉はございません。

秘書の声が冷たく答えた。

——一時から一時半まではお昼寝です。一時半になると、車が参ります。自衛隊市ヶ谷駐屯地からヘリコプターで東海村の原子力研究所に向います。通産大臣がごいっしょします。

——そんなことは、わかっとる。わしは、散歩をしたいのじゃ。

橋爪はインタホンを睨《ね》めつけた。

——お気持はわかります。

秘書の声は無情だった。

——本日は無理です。映画のロケ隊が屋上を使用しているのです。

——なに、映画だと！　だれが許可した？

——厳密にいえば、テレビ映画です。丸角グループが提供している『太陽に走れ』のロケで、正式な許可が出ています。

——うちがスポンサーなのか。

橋爪はがっくりして、

——先刻、妙な電話があったのは、そのことか。で、その電気紙芝居は何だ……つまり、内容だが……。

——刑事物で、平均視聴率三十五パーセント。高層ビルの屋上で危険なアクションを見せるので有名です。

——評判の役者は出とるのか？　活劇といえば、鈴木伝明かな。……若手では、いま、だれがおる？　水島道太郎か？

——今日は、スターは出ておりません。

——監督は、だれだ？　活劇では有望な若手がおったぞ……うむ、黒沢明というたはずだ。

——黒沢明？

秘書の声が驚きを帯びた。初めて、知っている名前にぶつかったのである。

——あんな偉い方がテレビ映画の演出をなさるはずはございません。無名の人です。

——無名か……。

橋爪は、また、がっかりした。ビジネスに関すること以外では、自分が完全にズレているのがわかっていた。日本の男優といえば佐分利信、上原謙、佐野周二、女優では田中絹代、高峰三枝子、木暮実千代、高峰秀子…といった辺りしか覚えていないのである。

——無名でもいい。わしはロケを見たい。

——二十五分間にして下さい。只今、ガードマンを呼びます。

（くそ、世が世なら……）

と橋爪は呟《つぶや》いた。

（おれは映画会社の社長になっていたのだぞ。インドネシア液化天然ガスなんて、面白くもない。あのとき、映画の製作が成功してさえいたら！……）

屋上の隅に佇《たたず》む寺尾は居心地の悪い思いを嚙《か》みしめていた。

長島老人の遺した作戦は、さすがに非凡なアイデアを含んではいたが、寺尾にいわせれば、あくまでも〈シノプシス〉であり、〈完全なシナリオ〉ではなかった。

それは当然のことであった。老人の作戦はつねにシノプシスであり、日々、状況に応じて、シナリオを書いてゆくのが、いままでのやり方だったのだ。

(どうも、もたついている。故人が蔭《かげ》で指揮した時のように、てきぱきしていない)

だいいち、丸角商事の屋上でテレビ映画のロケをやる、というのが、寺尾は気に食わなかったのだ。老人の残したテープでは、劇場用映画のロケをやると指定してあったが、寺尾が変えたのだ。指定通りにしたら、大変な人数を要することになる。

広い屋上の反対側では、刑事に扮《ふん》した清水が走るのをカメラが追っていた。カメラマンは源さんであり、数名のスタッフは源さんの仲間だ。派手なオレンジ色のTシャツを着た紀子はスクリプター役である。

「きりがないぜ、寺尾さん……」

黒背広、白ネクタイの旗本が、小道具の拳銃を指にひっかけて近づいてきた。

「犯人の役だから、何度も倒れるのは仕方ねえけどさ。こんなこと、いくら、くりかえしていても……」

「わかってるよ」

寺尾は頷《うなず》いた。

「代理店の名を騙《かた》って、ここを借りるまではうまく行った。……だが、考えてみりゃ、橋爪って男が、ここにくる保証、プロバビリティーは、何もない……」

「そこですよ。今度のコン・ゲームは、なにか、しまらない。ぴりっとしたものがない」

旗本はモアをくわえたが、風で火がつかない。

「みんな、くたびれたろ。休憩にしよう」

寺尾は大声で休憩を宣した。

「ああ、莫迦《ばか》らしい」と旗本。

「こっちの日蔭にこないか」

と寺尾は言い、

「長島さんの目的は、初めからこれだったんだ。自分の足を撃った男に復讐《ふくしゅう》する一念で生きてきたのだ。ぼくらのような素人にコン・ゲーム道とやらを説いたのも、それが狙いさ」

「わかりますよ、彼の気持は。……しかし、どうして自分の仲間でやらなかったんだろう？」

「源さんたちを見てみろよ。歩くのがやっと、って感じじゃないか」

「あ、そうか」

旗本は唾を吐いて、

「しかし、しまらないコン・ゲームですぜ。これで、一億円なんて、信じられませんな」

「つきが落ちたんじゃないか。……ぼくはね、宮田の爺さんを三回も騙《だま》したのが、どうも、後味が悪い。気の毒な気がして……」

「それはないですよ」

旗本はサングラス越しに寺尾を見て、

「気の毒とか、可哀相ってのは、ベトナム難民みたいな存在に向けて言うべき言葉です。……それとも、なんですか。寺尾さんは、ベトナム難民よりも、宮田杉作の方が可哀相なんですか?」

「そんな、きみ……比較にも、なにも、ならないじゃないか」

「逃げないで下さい。どっちが可哀相ですか?」

「逃げてやしないよ」

「どっちですか?」

「そりゃ、決ってる。ベトナム難民が気の毒だ」

「わかってるんじゃないですか。つまり、宮田杉作は気の毒じゃない」

「なんか、変な論理だな」

寺尾は首をかしげた。

その時、ガードマン二人を従えた老紳士が屋上に出てきた。

あっ、と思った。老紳士は、寺尾のポケットにある写真にそっくりな顔をしている。

「なんだ、休んどるのか？」

老紳士は失望の体である。

「監督はおるか！」

「私ですが……」

寺尾は歩き出した。

（たしかに橋爪だ。あの薄茶色のレンズの眼鏡……）

どうして、突然、現れたのか、謎《なぞ》であった。しめた、という気持にならないのはそのためだ。

「きみが監督か」

老紳士は紺のジャンパー姿の寺尾をじろじろ見て、

「いま、休み時間かな？」

「はい」

「わしは、ここの副社長だ。ロケーションをしとるちゅうので、見にきたのだが……」

「私、演出の三谷です」

「演出というのは、つまり、監督かな」

「はあ。……テレビ映画では監督ですが、撮影所に戻れば助監督です」

「そうか……」

橋爪はロケ隊をもの珍しそうにみて、

「まだ、だいぶ、休むのか？」

「はあ」

「では、仕方がない。見物は諦《あきら》めよう。……なんせ、時間がなくてな」

橋爪は腕時計を見て、

「皆さんに、冷たい飲み物を出させよう。三谷君、きみはわしの部屋に来んか？」

「は？」

寺尾は、内心、穏かではない。

「手間はとらせん。……いや、今でこそ、こんな野暮な仕事をしておるが、わしも、はるかむかし、映画にかかわりを持ったことがあってな……」

革のソファーの真中にすわらされた寺尾は落ちつかなかった。

どのみち、騙《おお》し果せる相手ではないのだ。いまにもガードマンが入ってきて、自分を押えつけるのではないかという気がした。

ガラスのテーブルに、女性の手でコーヒーカップが置かれた。

「飲んでくれたまえ」

橋爪は寺尾の正面に腰かけて、

「わしらのような商人は、どうも、文化方面に疎くなってな。……どうですか。話にきくと、映画界は大変らしいが……」

「大変とか危機とかいった時代は過ぎてますよ」

寺尾はそう言って、コーヒーにミルクを入れた。

「うちの撮影所でも、劇場用の映画をまったく撮影していないことが、ざらです。テレビ映画の撮影に貸しているのです」

「こう言うては失礼だが、テレビ映画は、こくがないな。素人考えじゃが……」

「おっしゃる通りです」

寺尾は大きく頷いた。

「私だって本当にやりたいのは、ああいう小手先のものではありません」

「そうじゃろう」

橋爪は鋭い眼つきになる。

「しかし……斜陽とか危機とか言われていて、日本の映画が、なおも存続しとるのは何故《なぜ》ですか？」

「まあ、いろいろありますが、ひとことで言えば、〈一発〉が出るからです。何本かコケても、一発、大ヒットが出ると、会社が持ち直す——まあ、水商売ですね」

「わしの友達の銀行屋もそう言うとった。いまの日本で、闇市時代の丼《どんぶり》勘定がつづいとるのは、映画界だけだと……」

「このごろは、デパートや宗教団体までが映画のスポンサーになっています。デパートの場合は、社名をPRできますからね。興行的に失敗しても、社名や経営者の名前のPRができるから、もとを取ったことになるのでしょうねえ」

「なるほど、PR費と考えれば安いものだ」

橋爪はかすかに笑った。

「すると、きみも、なにか野心的な作品の構想があるわけじゃな？」

「いえ、私の作品ではありません。それほどの才能もありませんし……」

「おかしいじゃないか。本当にやりたいのは、劇場にかかる映画と言うたろう？」

「ええ、まあ……」

寺尾は言葉を濁した。

「はっきり言いたまえ。何がやりたいんだ……」

「私は助監督でいいのです。……いえ、監督になりたいのは当然ですが、今回は助監督でいい。……それでも、光栄で……」

「なにを、ぶつぶつ、言うとる！」

寺尾はコーヒーを飲み干して、

「ごちそうさまでした」

「きみ、なにか、隠しとるのか？　いや、こういう口のきき方をしてはいかん。安心したまえ、わしは口が固い。わしの立場からみて、映画界は無縁といっていい。なにか大きなプロジェクトが進行しとるのなら、話してみないか？」

「そんな大計画ではありません」

　寺尾は諦めたような笑いを浮べて、

「ただ、これは、企業秘密と申しますか……といっても、スポーツ紙の芸能記者の中には、もう、嗅《か》ぎつけている者もいます。……活字にならないのは、武士の情というわけで……」

「なんですか、いったい？」

「困ったな……」

　寺尾は頭をかいた。

「つい、口をすべらせてしまって……」

## 2

「わしを信用できんと言うのなら、無理にはきかぬが……」

橋爪は傲岸《ごうがん》な態度をとり戻した。

「映画界の企業秘密など、わしにとっては何の価値もないからな」

「べつに、もったいをつけているわけではありません」

寺尾はうろたえたふりをして、

「そうですね……ぼくらにとっては大事件でも、外の世界の人にとっては興味のないことかも知れないな……」

「興味があるかないかは、わしの問題で、わしが決めることだ」

「…………」

「少し喋《しやべ》って、やめるのは、いやらしいぞ。コーヒー代がわりに、話してしまったら、どうだ？」

〈コーヒー代がわり〉という表現に橋爪の育ちが出ている、と寺尾は苦笑する。

「では、お聞き流しねがいたいのですが……」

当然、というかのごとくに橋爪はあごを引いた。

「副社長から見れば、嗤《わら》うべきことでしょうね。三千万、いや五千万だな……五千万あれば、すべてが解決するなんて話は……」

「何のことか、よくわからないが、きみは、もう、嘘をついとる」

「は？」

「五千万という金額じゃ。きみの眼に迷いがあった。わしは、そういう嘘はすぐに読める……」

「おそれいりました」

寺尾は叩頭《こうとう》した。

（うまくいった……）と彼は心の中でわらう。見抜き易い嘘をひとつ、見抜き易く言って、相手に看破させる。そうやって、相手を落ちつかせ、安心させる方法を、彼は長島老人から習得したのだった。

「映画の製作費が億単位になっとることぐらい、わしだって承知している」

「本当のことを申し上げます。一億です。一億円あれば、なんとか解決できる……」

「なんじゃ、核心をずばりと述べたまえ！」

卓上のインタホンが鳴った。橋爪はスイッチを入れて、

「ふむ？」

――あと五分でお車がまいります。

秘書の声だった。

「わしは時間がないのじゃ」

橋爪は不機嫌そうに腕時計を見て、

「一億円で、いまどき、何ができる？」

「いえ……その映画は五億かかるのです。大作でなくても、そのくらいは、かかるのでして。……それで、四億は準備できたのです。あと一億、というところで、金策が難航しておりまして……」

「まあ、そうだろう。映画への投資など、金を溝《どぶ》にすてるようなものだからな」

「実務家らしいお言葉です」

寺尾は冷静に受けとめて、

「私の情熱など、さぞや、滑稽に思われるでしょう。……当然です。みすみす金になるテレビの仕事をすてて、助監督を志願するなんて、狂気の沙汰です。女房も、そう申しております」

「ふーむ、大した打ちこみようだな」

橋爪の眼の奥にかすかな灯がともったようにみえた。

「わしは、嗤いはせん。投資をしないというのはビジネスマンとしてのわしの態度だ。しかし、きみの情熱の対象がまっとうなものであれば、敬意をはらうに吝《やぶさ》かではない。……どういう映画なのだ、きみをそれだけ燃えさせているのは？」

「ご存じないでしょうが……」

寺尾は独りごとのように言った。

「一九四〇年代のハリウッドを代表する監督で、ルイス・アルトンという人がおります。映画史を繙《ひもと》けば、必ず、出てくるのですが……」

「知っとる」

橋爪はつまらなそうに言った。

「でしたら、話が早いです。オースン・ウエルズとならぶ鬼才で、アメリカの現実を、あまりにもリアルに描いたので、ともに、ハリウッドを追われる形になりました。

……もう十年遅ければ、充分に花ひらいた才能でしょう……」

「ルイス・アルトンが登場した時代――つまり、大東亜戦争のさなかだが――、三谷君は何歳だった？」

「えーと、小学校、いや国民学校の……」

「話にならんな」

橋爪は椅子にそりかえって、

「アルトンの名作は、戦後も、日本では公開されておらん。商業主義に妥協した喜劇が一本、ＣＭＰＥ（セントラル・モーション・ピクチュア・エクスチェンジ）時代に公開されたかな。アメリカの病巣をえぐった名作は、マッカーサー司令部の方針に合わなかった。そんなものを、敗戦国の民衆に観せたら、偉大なるアメリカのイメージ・ダウンになる……」

「よく、ご存じですね……」

「わしはアルトンの『大いなる希望』を上海で観ている。……上海では、『風と共に去りぬ』、『ファンタジア』、オースン・ウエルズの『市民ケーン』が観られた。大東亜戦争のさいちゅうにだ」

「夢みたいな話です！」

「『大いなる希望』は、南部の貧しい白人の群像を描いた凄《すご》い名作だった。……それから、こんな話をしても、きみは信用せんだろうが……」

　橋爪はためらって、

「昭和二十八年ごろだったかな……わしは、『大いなる希望』を日本に輸入しようと試みて、失敗しておる。……若かったな、わしも……」

（それを調べてないと思っているのか……）

　寺尾は肚《はら》の中で呟いてから、

「本当ですか！」

「ああ……。オースン・ウエルズとちがって、処世に不器用な人だったようだな。……どうしているかね、いま……」

「いま、ですか」

　寺尾はさりげなく言った。

「日本にきていますよ」

「ええ!?」

「映画を撮るために日本にきています。遺書代りの映画を作ろうとしているんです。題名も、ずばり、『最後の映画』……」

「信じられん。あの天才が日本に……」

「秘密にされているのは、世界中を、あっと言わせるためです。〈アルトンの復活〉ってキャッチ・フレーズで、来年のカンヌ映画祭に乗り込むつもりなのです。当人も、これが、文字通り、最後と覚悟しているのですが……なにしろ、予算を大幅にオーバーしましてね。残り三分の一が撮れない状態にあるのです……」

「いつもながら、鮮やかな弁舌ですな」

原宿駅に近い小粋《こいき》なフランス料理屋の隅のテーブルで、旗本が声を低めた。

「褒められても、そう嬉しくはないね」

寺尾はガーリックの味がしみ込んだエスカルゴを口に入れて、

「どうでもいいけど、ここのエスカルゴ、殻から出しにくいとは思わないか」

「このお店、パンがおいしいわ」

紀子はエスカルゴの青い汁をパンにしみこませている。

「パンぐらい、うまくなきゃ困りますよ。不当に高いです、この店は」

清水が眉をひそめる。

「必要経費で落そう。一億円獲得のための打合せだ。かまわん」と旗本。

「今回は必要経費がかかり過ぎています。ルイス・アルトンをロスから呼ぶのと、帝国ホテルに泊めるので、百万弱かかりそうです」

「百万弱？　どうして、そんなにかかる？」

「酒ですよ、酒……」

清水は心配そうに、

「しかも、日に二回、タルタル・ステーキです。たまりませんや」

「アル中を承知で呼んだのだから仕方がない。ひどい生活をしていたらしいな」

「下町のスラムのアパートでしたよ」と旗本が言った。「一晩で飛行機に乗れる状態にして連れ帰ったのは、きつかった。市内見物もなにもできやしない」

「これが成功すれば、ロスはおろか、南極へだって行ける。がんばろう」

寺尾はワイングラスをVサインの代りにした。

「橋爪が興味を抱いた時点で、四十パーセントは成功ですよ」

旗本は、また、声を低める。

「ルイス・アルトンなんて人物を、よく思いつきましたね」

「テープの計画では、日本の往年の監督を使うことになっていた。これは危険だ。外人起用を思いついたのは、ぼくじゃない。この女性《ひと》だよ」

「でも、ルイス・アルトンをピックアップしたのは、寺尾さんだわ」

「おかげで映画史の勉強ができた。ルイス・アルトンを論じた唯一の本が、ニューヨークの近代美術館から発行されている。これを、ニューヨークで商社づとめしている友人に送って貰った。フィルモグラフィー(作品目録)も、ばっちり、頭に入っている」

「いかに、本物がきているとはいえ、映画を作ってるなんて話をよく橋爪が信用しましたねえ……」と旗本。

「いろいろ、例をあげたんだ。……コッポラ監督が、『地獄の黙示録』のフィリッピン・ロケ中に、六本木裏のバーに、よく姿を現した話とか、さ。それから『地獄の黙示録』を完成したコッポラが、こっそり来日して、四谷の待合でシナリオの構想を練っていたとか……」

「コッポラばかりじゃありませんか」

「ほかに知らないんだもの。要するに、そういうこともあり得る、と納得させればいいんだから」

「なるほど……」

「でも、橋爪が、ひとりで外出しますかねえ。ボディガードなしで」

清水は、〈ニース風サラダ〉とは名ばかりの、平凡なサラダを頬ばった。

「ボディガードはついてくるさ。そんなものはかまわん」

寺尾はエスカルゴの皿に小さなフォークをのせて、脇にどける。

「ほかの第三者は困る、と、念を押しておいた。ルイス・アルトンの来日はお忍びだし、人みしりの激しい人でもあるとね。映画の三分の一ほどが日本で撮影されるという説明で、納得したようだったけど……」


翌日、定刻を過ぎること十七分——

薄色の眼鏡をかけた橋爪が回転ドアを押し、帝国ホテルのロビイに足早に踏み込んできた。

寺尾は待合せ用の長椅子から立ち上る。

「……失敬。急な会議があってな」

橋爪は尊大かつ陰気な声で言った。

数メートルうしろに、百八十センチを越える、がっしりした肩の大男がいる。背広を着て、ネクタイをしめているが、ボディガードにちがいなかった。ほかには、随行員はいないようだ。

「暑いな。五月の末とは、とても思えん」

橋爪は呟いた。

「アルトン氏はどこだ？」

「中二階のインペリアル・バーでお待ちです。副社長のことは、ざっと話してありますが……」

「どんなことを話した？」

橋爪は警戒の色をみせた。

「大したことじゃありません。『大いなる希望』を輸入しようとして挫折《ざせつ》なさったとか……」

「あ、あれか」

二人は――いや、無名のボディガード氏を入れると、三人であるが――インペリアル・バーにつづく階段を登った。

「きみは英会話は堪能《たんのう》なのか」

橋爪はさりげなくきいた。

「アルトン氏が神経質ときいて、わしは通訳を連れてこなかったのだが……」

「堪能ではないですが、まあ、通じることは通じます。さもないと、助監督がつとまりませんので……」

「そりゃそうだな」

「黒沢明監督が、シベリアで『デルス・ウザーラ』を撮ったとき、通訳つきで、ずいぶん苦労なさったときいております」

「アルトン氏のことだが……ハリウッドを追われてヨーロッパにいるあいだに、アル中になったのじゃなかったか」

「実は、そうです」

ひやりとしながら寺尾は答える。

（どうせ、見れば、わかることだ……）

「日本にきた時は、回復していたのです。それが、撮影の中断で、いらいらしたせいか、戻ってしまいました」

二人はバーに入った。

左手の奥のテーブルに、ジェームズ・キャグニーの顔をプリントした空色のTシャツを着た、妙につやつやした顔色の老人がいた。レンズの厚い、たぶん老眼鏡であろう黒ぶち眼鏡をかけ、グラスを握っている。痩《や》せ細った手は、しみだらけだった。

橋爪は立ち止った。髪の毛がなくなり、好々爺《こうこうや》然としたアルトンには、往年の反逆児の面影はない。

「ああ……」

橋爪は小さく嘆息した。

「たしかにあの人だ。あれでは、うちの会社の廊下ですれ違っても、わかるまい……」

「でも、才能は衰えていませんよ」

寺尾はむっとした表情になる。

「むろん、そうじゃろ。……さあ、紹介してくれたまえ」

寺尾はアルトンに声をかけた。アルトンは寺尾の顔を認め、次に橋爪を見て、立ち上った。眼鏡の奥の優しい眼にはどこかビー玉じみたところがあった。

寺尾は二人を引き合せ、橋爪はアルトンと握手を交した。ボーイがきたので、寺尾は水割りをたのんだ。

水割りがきて、三人は乾杯をする。

挫折シタ天才ト挫折シタ輸入業者ニ、とアルトンは笑った。

「なんと言ったのだ？」

と橋爪はきく。

寺尾が直訳すると、橋爪は眼を輝かせた。もう一度、右手をさし出し、アルトンの皺《しわ》だらけの手を固く握った。

「あなたのフィルムを公開できなかったのは私の一生の恨事です……」

橋爪の手はふるえ、アルトンの手は中毒者のふるえを帯びていた。

「コノ紳士ハ何ヲ言ッテオルノカ?」

アルトンは寺尾にたずねた。

「ワガ社ノCMニ出テイタダケテ嬉シイト言ッテイルノデス」

寺尾は答える。

「おーすん・うえるずト黒沢ガCMニ出テイテ、ワタシガ出ラレナイノハ、オカシイト思ッテイタ」

アルトンの言葉は、冗談めかしているが、本音であろう。

「オースン・ウエルズと言ったな」

橋爪はきき逃さなかった。

「そうです。オースン・ウエルズは次々に映画を作っている。しかるに、この私は、最後の作品すら中断している。なんという不幸であろうか。――ま、そんな意味です」

「こう伝えてくれたまえ。オースン・ウエルズの才能は贋物《にせもの》だが、あなたのは本物だと」

その言葉を寺尾はそのまま訳した。

アルトンはわが意を得たという顔をし、橋爪に向って両手をしっかりと合せ、叮嚀《ていねい》に頭を下げた。アメリカ人が考える〈オリエント風のお辞儀〉である。寺尾にとっても、それは意外な動作だった。

「これは何だ?……」

橋爪は寺尾にきいた。

しめた、と寺尾は思った。

「ごらんの通りです。それをぼくの口から言わせようとするのですか?」

橋爪は絶句した。

やがて――

「お気持はよくわかるが、私個人にとって、一億は大金だ」

と呟いた。

## 3

大東映画東京撮影所の位置は、げんみつにいえば、東京都内ではない。練馬区の西側に隣接した保谷《ほうや》市のかなり奥まった場所にある。

ひとむかしまえ、寺尾は、事務的な用件で立ち寄ったことがあるのだが、撮影所の中を見てまわったりはしなかった。時代の最尖端《さいせんたん》を走っているつもりでいた寺尾にとって、映画の撮影所は、時代遅れの倉庫みたいな存在であり、まちがっても、夢の工場などではなかった。

「これでも家が建て込んできた方だぜ」と彼は、ハンドルを握っている旗本に言った。

「十年まえには、竹藪《たけやぶ》の中の田舎道を突っ走ったものさ」

「新興住宅地ってやつですかね」

旗本は前方を見つめながら答える。

やがて、撮影所のコンクリート塀《べい》が見えてきた。

「守衛に咎《とが》められませんか」

「大丈夫だ。長島君と下見してわかったのだが、殆ど、ノー・チェックだね。地味な、いや、汚い恰好をしている限り、問題はない。……だいいち、大東マーク入りの劇場用映画の撮影をしていないんだ。今日は、テレビ映画の撮影が三組、CMフィルムの撮影が一組だ。こういう恰好をしている限り、フリー・パスだね」

寺尾は汚れがしみた白いポロシャツをひっぱってみせた。

「なにかいわれたら、取材です、と言えば、通してくれるよ」

「しかし、不便なところですねえ。昭和十年代に、よく、こんな場所におっ建てたものだな」

「当時は軍需工場優先だったんじゃないか……」

寺尾は腕時計をみて、

「おっつけ、長島君がアルトンを連れてくる。器材と清水君は、もう、スタジオに入っているはずだ」

「で、橋爪は?」

「一時間後に、となりのスーパーマーケットの駐車場にくる。絶対にひとりで、という約束だ」

となりとはいえ、マーケットも駐車場も、撮影所の中にあるようにみえる。撮影所は広大な敷地を切り売りしているのだ。

車は撮影所の門をくぐり、左側の受付を無視して、砂利道をのろのろ走った。

「ここらで止めてくれないか」

寺尾はやや神経質そうに言った。清水が走ってくるのが見えた。

「大丈夫ですか、駐車して?」

旗本がきいた。

「あまり、物事がスムーズに運ぶと、心配になりますよ」

「大丈夫だよ」

「そうかなあ。橋爪は、すべてを見抜いていて、乗せられたふりをしてるんじゃないかって気もするんですがねえ……」

寺尾は答えなかった。ドアをあけると、「どうした?」と清水にきいた。

「スタジオの方は、いつでもＯＫです」

肩の辺りが綻《ほころ》びかけた紺のＴシャツを着た清水は、親指と人差し指で輪を作ってみせる。

「あのセットは豪華だろ」

寺尾は意味ありげに笑った。

「びっくりしました。本格的な日本建築で、庭から茶室まで、スタジオ一杯に作られているんですからね」

「撮影が終ったばかりの大作映画で使われたセットだ。庭木まで本物だから、おそれいるよ」

「そうそう……長島さんから電話がありました」

「なんだって？」

「今日のアルトンはご機嫌だそうです。それから、つめで使う喫茶店は、撮影所の入口脇の店でない方が安全ではないか、と……」

「ほかに店があればな」

「あるんです、それが」

清水は答えた。

「長島さんに教えられたんです。この先の左側の二階です。ご案内しますか」

「いや、ひとりで行ってみる」

「汚い店ですが、安全性は高いです。撮影所ができたころの建物だそうで……」

「わかった。きみは旗本君をスタジオに案内してくれ。ぼくも、あとから行く」

寺尾は清水が指さした方角に歩き出した。

撮影所の敷地は広すぎて、どこまでがそうなのか、わからない。彼が入ってゆくのは、古びた木造二階建ての建物がならぶ狭間《はざま》であった。

野暮ったい背広姿の男が二人、立ち話をしている。

——ここらを取り壊すと、昔の小学校の校舎や兵舎の場面の撮影ができなくなるね。

——仕方がない。不動産屋は、もっと奥の方まで欲しがっているんだ。

——そこの喫茶室も、取り壊しか？

——そうなるだろう。どのみち、建物じたい、倒れそうなんだ。

——四十年ぐらいで、そんな風に傷むものかね？

——黄金時代に使い過ぎたのさ。……いまこそ、廃屋だけど、むかしはスターの社交場で、一階でダンスパーティーがひらかれたこともある。

——大東映画＝バビロンと言われるゆえんかね。

左側に、〈喫茶室〉と下手な字で書かれた木の札が出ていた。

建物の外側の、こわれかけた木製の階段を寺尾は登った。ぎしぎし軋《きし》んで、板を踏み抜きそうである。

ガラス戸を押した寺尾は、その場に立ち尽した。

かなり、広い部屋である。冷房はなく、高い天井で古風な扇風機がまわっているだけだ。もっとも、大きく開いた窓から風が吹き込んでくるので、季節より早い暑さも、さほど苦にはならない。

白い壁は、一部が崩れていた。高い所に、色硝子《ガラス》の嵌《は》まった丸い窓があり、茶色の桟が、それを十字型に仕切っていた。

——いらっしゃい。窓ぎわにどうぞ!

たった一人のウエイトレスが寺尾に声をかけた。

壁に貼《は》られた値段表は、市価の三分の二か半額で、かなり安い。

寺尾の眼を惹《ひ》いたのは、風の通り道にあたるテーブルで話し込んでいる白いハンチングをかぶった三人の初老の男たちであった。三人とも申し合せたように白いハンチング、ズボン吊《つ》り、白ズボンといういでたちである。

(そうか……)

ようやく、記憶がよみがえってきた。

(これはミルクホールなのだ。……おれが小さかったころ、街のあちこちにあったあれだ。……ああいう形の窓を憶《おぼ》えているぞ。太平洋戦争が始まるまえの流行だ。あれが、雰囲気《ふんいき》ごと、封じ込められ、保存されている。つまり、ここは昭和十三、四年そのものなのだ……)

スタジオの中は暗いので、色眼鏡をかけた橋爪は、靴の先で探るように、ゆっくり

と歩いた。

「もう、始まっとるのか?」

「は……」

寺尾は先に立って、

「足元にお気をつけ下さい」

暗がりの中に、地方の旧家といった感じの二階屋が建っている。

撮影は庭に面した縁側でおこなわれていた。パラフィン紙をかけたライトが幾つか

あり、カメラが縁側に立つ和服の女を狙っている。

——もう少し、うしろで芝居して。

ベテラン風のカメラマンが叫んだ。

カメラのやや背後、セットの植込みに、キャンバス製のディレクターズ・チェアに

腰かけたアルトンがいた。

——ノオ! ノオ!

アルトンが右手をあげる。

「大騒ぎだな」

橋爪は低く呟く。

「こんな熱気のある撮影は、さいきんでは、めったに見られません」と寺尾。

「そうだろうな、うむ」

「活動屋は燃えています」

「三谷君、なにをしてる。アルトンが怒ってるんだ」

サングラスに桃色のワイシャツ姿の旗本が闇の中から現れた。

「きみが傍《そば》にいないと、アルトンは苛々《いらいら》するんだよ」

「あ、丁度いいところにみえた」

と寺尾は言った。

「こちらが橋爪副社長です。あの、こちら、この映画のプロデューサーの奥山さんで……」

「どうも。奥山です」

旗本は恭しく一礼して、

「どうです、アルトン氏の若々しさは。昨日までの苦悩が嘘のようです。『最後の映画』は、グランプリをとりますよ！」

「本当かね……」

「これが日本語のシナリオです。スタッフ用ですが、一部、さしあげます」

旗本は分厚い台本を橋爪にわたして、

「このシーンが終ったら、アルトン氏に会ってやって下さい。彼、泣いてましたよ」

「待ってくれたまえ。わしは、現場でのアルトン氏を見たいと言ったので、はっきり投資をするとは……」

「まあ、とにかく、あの熱っぽさを見て下さい。心ある人間なら、燃えるものを感じるはずです。創造の鬼ですよ、彼は。もし『最後の映画』がカンヌでグランプリを獲得したら、『最後の映画2』を作るんだ、とまで言っています」

「わかっとる」

橋爪は台本を片手に持ったまま頷いた。

「わしはこれでも芸術の理解者をもって任じとる。とくに、アルトン氏に関しては、他人に説明される必要など認めない」

「失礼しました」

旗本は如才なく一礼して、

「アルトン氏も、そう言ってました。〈自分は、この極東の地で、初めて、真の理解者に出会えたような気がする……〉と」

「なに?」

橋爪は声を低くして、

「わしのことを……真の理解者だと……」

「それはそうですよ。現場のわれわれだって、アルトン氏の『大いなる希望』や『出獄者』や『トラブルメーカー』は観ていないのです。正直に言って、恥ずかしいし、仕事もやりにくいです」

「わしは、いま、きみが挙げた三本を観ておる。一本は戦時中の上海で、一本はアーニー・パイル(東京宝塚劇場)で、一本はパリの名画座で……」と橋爪は言った。

「実をいえば、彼の全作品十四本を16ミリで所有しとる」

「まいった、まいった!」

旗本は頭に手をやって、

「お詳しいはずです。本当の映画マニアなんですね、副社長は」

「ルイス・アルトンに関してはな。あとは、プレストン・スタージェスの全作品を持っておる。近年の映画のことは何も知らん」

「これは驚いた。三谷君から、ちらとはきいたのですが、まさか、これほどとは!」

「大したことはない」

橋爪は無表情を装ったが、声が弾んでいた。

「一九四〇年代までだ、わしの知識は……」

「大丈夫ですかね」

セットの二階の隅――橋爪から見えない位置にCF撮影用のカメラを据えた清水は、脇にいる紀子に声をかけた。

「ここなら、敵からは見えないわよ」

CFディレクター役の紀子は、はるか下のアルトンに対してサインを送りながら、答える。

「ディレクターズ・チェアに坐った元名監督の姿を敵に見せるという目的は、なんとか、果したらしいわ」

「アルトンはCFの主役になったことで満足しているんだから、みんな、ハッピーなんだなあ」

「でも、撮影の器材を借りたり、エキストラを呼んだりで、お金もかかったわよ」

「アルトンは彼自身の役を、なかなか、うまく演じてます。ぼくらが本当に彼中心のCFを撮っていると信じているらしい。謝礼は、どうなってるのかな？」

「アメリカでしか売ってない日本のお酒があるの。それ、千本が出演料よ」

紀子は片足を踏み外しかけた。

「ああ、あぶなかった……」

「どうしたのですか？」

「コンタクト・レンズが、片方、下に落ちたらしいの」

闇の中の庭石をとび越えて、寺尾はアルトンの傍に寄った。

そして、英語で、スポンサーがきましたよ、と告げた。

「オオ！」

アルトンは立ち上ろうとする。

「仕事ヲ続ケテイテ下サイ。彼ハ貴方《あなた》ノ崇拝者ノ一人ニ過ギナイノデスカラ。ソノママノ姿勢デ東洋風ノ挨拶ヲシテヤッテ下サイ」

寺尾はアルトンの耳元で囁《ささや》いた。アルトンは言われた通り、両掌を鼻の前で合せて、橋爪に向い、深く頭をさげた。半分はジョークのつもりであった。

その行為は、数メートル離れた闇の中に佇む橋爪の心に強い電流を通したかに見えた。橋爪はかすかに身震いをし、大きく息を吸い込んだ。

「わしの側に、条件が一つある」

橋爪は唸《うな》るように旗本に言った。

「プロデューサーとして、クレジット・タイトルに名前を出して欲しい。グランプリ受賞映画のプロデューサーとなれば、わしのイメージ・アップになる。賞がとれなくても、わし個人のPRには充分だ……」

（PR効果は、一億円以上だろう）と橋爪は踏んだ。

三十分後——

昭和十年代風の喫茶室の粗末なテーブルをはさんで、橋爪と、寺尾、旗本の二人組が対していた。

「アルトン氏と三谷君の熱意に負けた形だな」

橋爪は声もなく笑った。アイス・コーヒーには口をつけていない。

「われわれとしては、すばらしいパトロンを見つけたわけで……」

旗本は真剣な表情で言う。

「ここまできて、きみたちの純粋さを疑うわけではないが……」と、橋爪は言葉を区切って、

「わしが足を運び、話が煮つまったところで、上司の挨拶があって、しかるべきじゃないかな」

「は？……」

二人は、どきりとした。コン・ゲームの段取りに夢中になっていて、ごく常識的な

ことを忘れていたのに気づいたのだ。

「わしは、なにごとも、最悪の場合を想定するたちでな。……いや、なにも、きみらが、わしをペテンにかけようとしているなどと言っておるのではない。……しかしだな——こんなことは考えたくはないのだが、あの天才ルイス・アルトンが詐欺師に転落している場合も想像できるのだ。なんせ、芸術家ってやつは、詐欺師と紙一重じゃ。よくよく考えると、アルトンの態度に、少々、おかしな匂いが感じられなくもないのでな……」

「あの……では、社長を呼べと……」

「いずれ、そういうことにもなるだろうが、今すぐというのは失礼に当ると思う。とりあえずは、撮影所長に会いたい。大東映画の作品でないことはわかっとるが、いちおう、所長に挨拶したい。奥山君は大東映画から出向して、プロデューサーをつとめとると言ったな？」

「は、それは、そうですが……」

旗本はしどろもどろである。

「では、所長を呼んで、わしが一億円を負担するという朗報を伝えたらどうだ？　それが、順序というものじゃないか」

「はっ、さようです。喜びのあまり、失礼をいたしまして……」

旗本はふらふらと立ち上り、レジの脇の電話に近寄った。どうしたらよいか、見当がつかないのだった。

とにかく、清水を呼び出してみよう、と彼は思った。

ウエイトレスに撮影所入口脇の喫茶店の電話番号をきき、ダイアルをまわす。先方が出ると、小声で、清水という客を呼んでくれないか、と言った。

——もしもし、ぼくです。うまくいきましたか？

——まずい。奴は撮影所長にあいたいと言っている。

旗本は小声で答えた。

——どうだ、きみ、撮影所長に化けられないか？　男は、きみしか残ってないんだから。

——撮影所長は留守ということにしたら、どうです？

——しかし、だれかが挨拶にこなければまずいぞ。所長代理とか……。

——いずれにせよ、五十代の男でしょうね。

——四、五十代だろうな。

——変装するにしても、道具や衣裳《いしょう》を探さなければ……。そこまでは用意してこなかったですからね。メーキャップその他で、一時間ぐらい、かかりますよ。

——それは、まずい。十五分だな、奴を待たせられる限界は。

——困りましたねえ。

——長島君に相談して善処してくれないか？ あまり、電話が長びくと、怪しまれる。

——はあ。

——なんとかしてくれ。もう、切るぜ。

旗本は黒い送受器を置いた。そして、ゆっくりとテーブルに戻った。

「どうでした？」

寺尾が緊張した面持ちでたずねた。

「席を離れているんだ。ひょっとしたら、東京の本社に出かけたのかも知れない」

旗本は橋爪の顔を窺《うかが》うようにして、

「もう少々、お待ち下さいませんか」

「少々って、どのくらいじゃ？ わしは時間がなくてな……」

橋爪は不機嫌さをあらわにする。

きまずい時が流れた。

数分後に——

——花沢撮影所長、花沢撮影所長……宣伝部までご連絡下さい！

天井のスピーカーから女性の声が響きわたった。

うか。

これも、黄金時代、所長があちこちのスタジオをとび歩いていたときの名残りであろ
寺尾と旗本は蒼白《そうはく》になった。スピーカーは撮影所内のあちこちに置いてあるらしい。

橋爪はテーブルを強く叩いた。

「なんじゃ、おるではないか！」


――「週刊ジャーナル」の寺尾様……至急、宣伝部までご連絡下さい！

続いて、スピーカーから流れ出たのは同じ声であった。

「わたくし、所長に連絡をとります」

寺尾はそう言った。

「当然じゃろう」

橋爪は寺尾の顔を睨《にら》んだ。

寺尾は立ち上り、レジに向った。電話をとると宣伝部の番号をウエイトレスにたずねる。電話は、すぐに、通じた。

――「週刊ジャーナル」の寺尾ですが……。

――少々、お待ち下さい。

若い女性の声が応じた。

――あ、あたし……。

紀子の声に代った。

――「サンデー毎朝」の石田ですの。いま、宣伝部に寄ったら、あなたが見えてるって言われて……。

声が急に小さくなる。

――寺尾さん、心配しないで。いま、所長がそっちへ行くわ。

――冗談じゃない。こられては困るんだ……。

寺尾の声は悲鳴に近い。

――安心してよ。本物の所長は、私が、ここに釘《くぎ》づけにしておくから。インタビューをすればいいんですもの。

――名刺、持ってるのかい？

――一流週刊誌編集部のを、五種類、持ってます。

――さ、す、が……。

寺尾は喜色をとり戻した。

――安心して、落ちつきはらっていて下さい。ここがつめなんだから。

電話が切れた。

寺尾は足どりも軽くテーブルに戻って、

「所長は、ただちに参ります」

「うむ……」

　橋爪はかすかに頷く。

「私の不手際で、本当に申しわけありません」

　旗本は頭をさげた。それでも、なおかつ、心配そうに、

「ちゃんと連絡とれたの？　三谷君？」

　と寺尾の顔を見る。

「はあ……」

「そう……」

　旗本はなおも割り切れぬ表情である。

　間もなく――

　銀髪で色白の、端正な容貌の老紳士が喫茶室のドアを押した。背が高く、とっつきにくい感じはあるが、橋爪を認めると、急に、にっこりして、歩み寄り、腰をかがめて、

「花沢でございます」

　と慇懃《いんぎん》に名刺をさし出した。

「本日はようこそ……」

　寺尾は、はっとした。

「べつに地獄耳というわけではございませんが、スタジオのかたわらにいた者が、嬉しいお話を小耳にはさんで、私に連絡してまいりまして……お探ししていたところでございます……」

悪夢を見ているようだった。巧妙なメーキャップを施しており、しかも、歩いてきたので騙されたのだが、その声は、まぎれもなく、長島老人のものであった。

## 4

「これは、ないスよ」

ハンドルを握った旗本が忌々しげに言った。

……丸角商事の副社長ともあろう人が映画に出資したのが公になると、他の映画会社が、わっと押しかけます、しばらくは内密にしておいた方が得策、などと説いて、いつのまにか、長島老人は一億円の現金小切手を内ポケットに滑り込ませていた。すぐにでも換金できるルートを知っているらしく、橋爪を駐車場まで見送ると、ただちに遁走《とんそう》を開始したのだった。

「なにを、ぶつぶつ、言うとる」

旗本の背後の席で、長島老人が笑いを含んだ声で言った。

老人のとなりにすわった寺尾は、そっと、うしろを見る。紀子と清水とアルトン、そして器材をのせたワゴンは、確実に、ついてきていた。

「これは、ないよなあ……」

旗本は同じ言葉をくりかえした。

「なにも、ぼくらまで騙すことはないじゃないスか。これじゃ、まるで、詐欺……」

「まあ、そう怒るな。結果として、騙す形になったのは、いたし方ない」

〈嘘つけ〉と寺尾は思った。この老人は、〈復讐のため〉とか〈金のため〉だけではなく、他人に一杯食わせるあらゆる方法を考えるのが好きなのだ。純粋に好きなのだ、と彼は確信した。純粋な悪意。そのためのあらゆる方法を考えるのが、いわば、純粋に好きなのだ。奇妙に響くかも知れないが、それは無償の情熱とも言えるのではないか。もし金のためだけを目ざしたのなら、老人は、もっと成功した晩年を迎えていたはずである。そう考えてみれば、〈コン・ゲーム道〉の追究者と呼べなくもないのだが。

「あのお通夜のとき、顔が変色してたのは、やはり、メーキャップですか？」

寺尾はたずねた。

「ああ、そうじゃ」

「すると、源さんたちはもちろん、親戚《しんせき》として来てた人たちも……つまり……」

「むかしの仲間とその子供たちじゃよ」

老人は、あっさりと答える。

「しかし……あんなことまでする必要があったのでしょうか？」

「あったね。わしはわし自身を消してしまう必要があった。橋爪が相手だからな」

「ぼくら三人を紀子さんがスカウトしたのが、今度のゲームのためだということは、わかってました」

「そうか。……では、こういうことも、わかるだろう。橋爪のお蔭で、かつて、わしはわしの組織や部下を失った。それが、わしの没落の始まりじゃ」

「足の怪我はどうしたのですか？」

「怪我など、初めからしていないさ」

老人は嬉しそうに言いきった。

「わしの足元めがけて、拳銃が発射されたのは確かじゃ。しかし、幸いにして、命中しなかった。――わしが足を撃たれたという噂《うわさ》が、ぱっと広がっての。わしはその〈伝説〉を最大限に利用して生きてきた。そういう〈伝説〉があり、わしが車椅子に乗っていると、だれもが、わしを〈立って歩けない男〉と思い込む。そこが付け目じゃや」

寺尾は大きく息を吐いた。この男はコン・ゲームの化身だ、と思いながら。

「橋爪はこわい相手だぞ」

老人は呟くようにつづけた。

「この計画《プラン》を立てたとき、わしは、まず、自分自身を恐れた。わしは決して冷静な人間ではない。しかも、三十年の余も狙いつづけた相手だ。つい憎悪の念が表面に出てしまうのではないか、と恐れた。わし自身がコン・ゲームの一役を演じれば――本当は、やりたくてたまらなかったのさ――、必ず、橋爪に見破られる。重要なのは、このゲームに〈復讐〉というどろどろした要素を持ち込みたくなかったということじゃ。それを相手に悟られたら、ゲーム全体が崩壊する。そこで、わしは、スタート前に、自分を消してしまうことにした。……わしは影になってしまい、かえって自在にふるまえた」

「今回は、なにもしてないじゃないですか、あなたは……」

旗本が評した。

「そうかな……紀子が出した修正案――たとえば、外国の映画監督を呼ぶ、とか、撮影所内の喫茶店をどたんばで安全な方に変えたりしたのは、実は、わしの考えだがな。……それから、きみらのロケ隊が丸角商事の屋上におった時、わしは橋爪の部屋に電話して、注意を喚起したのじゃ。けっこう、忙しかったよ」

「それは本当でしょう」

寺尾はゆっくりと言った。

「やっと、いろいろ視《み》えてきました。しかし、あなたが姿を消した動機ですが……あえて言及なさらなかった面があると思うんです」

「ほほう」

老人は銀髪の鬘《かつら》を脱いで、胡麻《ご ま》塩頭を爪でかいた。

「どういうことかな？」

「ひとくちでいえば、あなたは、紀子さんを、一人前のコン・マン、いや、コン・ウーマンに仕立て上げたかった。コン・ウーマンとしての娘の成長を確かめてみたかった。――ちがいますか？」

「まいったな」

老人は笑い出した。

「寺尾さんは、ときとして鋭くなるお人だ。こう言えば、答えたも同然でしょうが……」

「失敗したら、目もあてられないことになってたぜ」

旗本は〈杉並区〉という道標が頭上を過ぎ去るのをちらと見上げて言った。

「失敗か成功か、まだ、わからんよ」と寺尾は念を押した。

「わしは成功と読んどる」

老人の声には余裕が感じられた。

「そうでしょうか?」と寺尾は老人の横顔を見て、「橋爪が、このまま、黙っているとお考えですか?」

「奴のことだ。遅くも、二、三日で気がつくじゃろ」

「はあ……」

「それから、どう出るかじゃ。奴が警察に届け出る可能性は少いと、わしはみとる」

「なぜですか?」

「あなた方、ご存じのように、大会社といえども、悪質なパクリ屋にやられとる。何億という額の手形をパクられることがある。それでも、大会社は被害届けを出さん。会社の社会的信用が失われるのを恐れるからじゃ。……丸角商事でも、事情は同じだと思う。いかに個人とはいえ、マスコミの疑惑の焦点に立つ丸角商事の副社長が一億円を詐取されたことが明らかになったら、どうじゃ? 〈その背後で何があったのだろう〉と誰でも考えるのではないか? 映画に投資云々《うんぬん》と説明しても、アルトンはロスへ帰っているのだし、かりにアルトンに証言をさせても、話は嚙み合いっこない。橋爪としては、マスコミに、痛くもない腹を探られるだけじゃ。社のイメージ・ダウンになり、しかも、社内での自分の立場が危なくなることを、賢明な奴がやるとは思えん」

「なるほど」

「逆にいえば、わしは、この時期を待っていたのじゃ。丸角商事が汚職事件に巻き込まれたからこそ、踏みきった。小さな子供がいるから撃たんでくれと、わしが哀願したにもかかわらず、わしに発砲した奴を許すことはできない」

「そのお子さんが紀子さんですか？」

「きみは単純な計算ができんのか」

老人は呆《あき》れ顔で言う。

「紀子はまだ生れとらんよ」

「じゃ、沖縄でキャバレーの支配人をやってる方ですか」

「え？」と老人はびっくりして、「……ああ、あれは源さんのとばした与太だ」

「じゃ……」

「二歳の長女だ。栄養失調で死んだ。わしが収入の道を閉ざされたために、闇の食糧を入手できなくなったからだ……」

老人の声の調子が変っていた。

「一億円ぐらいでは、わしの気持はおさまらんのだが……仕方がない。相手はあまりにも強大過ぎるからな」

「そういうことでしたか……」

寺尾は、ようやく、納得がいった。いつか、老人が、寺尾の〈闇市での解放感〉を嗤ったのは当然だと思った。

「戦争中の官僚の生き残りと闇市の成功者の結合ぐらい、危険なものはないと思うとったがな。結局、奴らが勝った。橋爪はまだまだ生きのびるよ」

「ひとつ、質問させて下さい」

旗本が言った。

「それだけ用心深くしていたあなたが、なぜ、最後で出てきたのですか？」

「疑い深い橋爪のことじゃ。不意に、何を言い出すかわからんと思って、わしは、撮影所内で待機していた。社長にも所長にもなれるような変装をしてな。まあ、あれだけ丹念にメーキャップしていれば、五分や十分は、見抜かれないですむと思った」

「すると、あのスピーカーの声は？」

「あのスピーカーは、所内のどこにいてもきこえるのがみそでな。スピーカー係りの女性にたのめば、すぐにマイクにのせてくれる重宝なものさ。あれを連絡に使うことは、紀子も賛成じゃった。〈宣伝部まで……〉というのが合図《キユウ》でな。そのキュウ・ワードがきこえたら、わしの出番というわけじゃ。〈撮影所長〉とアナウンスされたら、わしは撮影所長の役と心得ればよいのじゃ」

「それを教えといてくれれば、慌てずにすんだのですよ」

旗本はぼやいた。

「そう怒るな。終り良ければすべて良しじゃ。これで、あなた方は二億を得た。素人としては上々と言わねばならん」

　老人は強い語調になって、

「これっきり足を洗うこと、それから、しばらくは金を使わぬこと――この二つを固く守ってくれなければならない。とくに、清水という若者には注意して欲しい」

「わかっております」

　寺尾が答えた。

「そうだといいがな……」

　老人は疲れた声で続けた。

「乞食《こじき》と同じで、病みつきになることが多くてのう。……まあ、寺尾さんは、正業に戻られるのじゃろうが……」

　間もなく、老人の寝息がきこえ始めた。

# エピローグ スペインの城

## 1

六月一日は、大安で、快晴だった。

元麻布に新しく借りた瀟洒《しょうしゃ》なマンションの一室で眼をさました寺尾は、浴室に入り、髭《ひげ》を剃《そ》ろうとした。

あっ、と思った。鏡の中の毛髪に白いものが夥《おびただ》しいのだった。

会社を馘首《かくしゅ》されて、まだ三月に満たないのに、ずいぶん、長い時が流れ去ったような気がした。あまりに忙しく、いわば〈充実した〉日々だったので、長く感じられるのだろうか。生の燃焼とひきかえに白髪が増えたというわけだ。

ダイニング・キッチンに戻ると、昨夜、飲み残したコーヒーを温めて、旧居から転送されてきた郵便物に眼を通した。

大半が、どうでもよいダイレクトメイルのたぐいだった。そう思っていると、エアメイルの封筒が床に落ちた。真知子からの手紙で、スタンプはロスになっている。ペーパーナイフで封を切ると、薄く軽いライティング・ペーパーが出てきた。

〈相変らず、エキサイティングな日々を送ってます。……（中略）……こちらは生活費が安いので、日本の幾つかの雑誌・新聞に定期的に原稿を書けば、それだけで、最低生活は成り立ちます。敏彦を、こちらの学校に入れることも考えています。……（中略）……余談ですが、映画史上の名士《ビッグ・ネーム》でルイス・アルトン（正式にはリュイスと表記するのかしら？）という古い監督がいます。私のローラースケート仲間の若い女の子（中国人です）が、場末のバーでその人によく会うというのです。できたら、アルトンの回想録を《きき書き》の形でまとめたいと考えたのですが、急に行方不明になってしまいました。たぶん、メキシコにでも行ったのでしょう。（彼はメキシコのアナーキーな空気が好きなのだそうです。）こちらに帰りしだい、話をきくつもりです。……〉

寺尾はライティング・ペーパーをテーブルにのせ、笑い出した。——なんということだろう、世界は狂気じみた冗談でいっぱいだ！

電話が鳴り、寺尾の顔から笑いが消えた。彼は右手をのばした。

——旗本です。……今日の午後、よろしいですね？

——うん……。

——あっ、起してしまいましたか？

——いや、起きてた。もう、十二時だもの。

——では、あとで……。

電話が切れた。

四人組の〈解散式〉を大安の日に決めたのは旗本だった。パーティーの場は、思い出深い神宮前アパートの一室である。

寺尾は赤坂の小さなオフィスを借りることができた。ＲＴＶその他から、番組企画の相談がきている。彼は二度とサラリーマンになる気はなく、フリーの立場を貫くつもりでいた。

（旗本は、どうするつもりだろう？）

〈旗本プロダクション〉の名の下に、清水と組んで、なにやら企んでいるらしい。可愛い女の子をスカウトしてきて、歌手に仕立てるという、いつものパターンのようであった。

（派手に金を使ってくれないといいが……）

苦いコーヒーに唇を歪《ゆが》めながら、そう思った。

（しかし……ずいぶん遅い再出発だな、おれも……）

ＦＭラジオから、五〇年代、デッカ・レコード時代のペギー・リーが流れていた。

寺尾にしてみれば、十代の終りから二十代初めにかけての、たんに懐しい、というよりも、もっと強く胸を締めつけてくる歌ばかりだった。

（もし、おれが、もう一度、二十代に戻れたら、どうするだろうか）

彼は椅子に身体《からだ》を沈めて考えた。

（果して、愚行をくりかえさないでいられるだろうか）

彼は自信がなかった。

〈四十而不惑〉――四十にして惑わず、などというコトバは、この男には縁の遠いものであった。

〈不惑〉どころか、〈惑惑《わくわく》〉で、〈四十而惑惑〉、いや、〈始終惑惑《しじゅうわくわく》〉の日々である。もっとも、海の向うの真知子もローラースケートの日々らしいから、もはや、成熟したオトナというのは死語に近くなったのであろうか。

（オフィスを開くまえに、旅に出るのも、ひとつの手だな）

と寺尾は思った。

（サンタ・モニカ……ジャマイカ……どこが良いだろう？）

いずれにせよ、こうした旅立ちは、人生の再出発にふさわしい、と彼は思った。

……なるべく日本人のいないところ――マラケッシュなども、いいかも知れない……。

壁にかかっているインタホンが鳴った。

寺尾は白い送受器を外すと、

——どなた？

と、たずねた。

——奥様方に喜ばれる翡翠《ひすい》のセールスマンですけど……。

——独り者だよ、ぼくは。

無愛想に答えてから、はっと気づいた。

——きみか！

——ふ、ふ……。

紀子の笑い声がきこえた。

——いま、すぐに、開ける。

寺尾はドアのところに行き、チェーンロックを外し、鍵《かぎ》をあけた。

紀子は茶のボストン眼鏡をかけ、明るいベージュのワンピースを着ていた。両肩がパッドでふくれ上り、セミタイトなのは、四〇年代ファッションのリヴァイヴァルであろうか。生地が昔なつかしいギャバジンであるのは、この種のことがらに疎い寺尾にも、わかった。

「どうなさったの、じろじろ見て」

紀子がたずねた。

「そういう変装を、もっと早くやってくれればよかった」

ショルダーバッグを受けとりながら寺尾は言った。

「靴のままでかまわないよ。まだカーペットも、なにも、入っていないんだ」

スカートの前ボタンを一つ二つ外しているのと、ウエストをサッシュベルトでしめているのが、寺尾の少年時代の流行とちがう気がする。それとも、あのころも、ベルトをしていたのだろうか。

「いま、コーヒーを入れる……」

寺尾は十畳の居間に紀子を通した。家具らしい家具はないが、粗末な椅子が二つある。

「どうぞ、お構いなく」

「構えないんだ、構いたくても。コーヒーしか出せない」

ダイニング・キッチンに戻って、ＭＪＢの罐《かん》をあけた。粉は殆ど残っていなかった。

慌てて、インスタント・コーヒーを探した。引越業者が勝手に荷物を片づけてしまったので、なにがどこにあるのか、まるでわからない。ようやく、ユーバンの小瓶《こびん》が見つかったが、蓋を外すと、胃散が入っていた。

「コーヒーがなくなった……」

寺尾は声をかけた。

「オレンジ・ジュースでいいだろうか」

「ええ」

「たしか、冷蔵庫に……」

寺尾は冷蔵庫の扉をあけた。奥の方に、上はしのあいた紙の容器があった。愛嬌《あいきよう》のないコップに、オレンジ・ジュースを注いだ。

「申しわけない。外食ばかりしてるもんで……」

寺尾はコップを紀子に手渡して、

「来客用のテーブルもないんだ。窓のところに置いてかまわないよ」

紀子は微笑《ほほえ》んだ。

寺尾は椅子に浅くかけて、

「お父さん、お元気ですか」

と愚問を発した。

自分でも、かけ値なしの愚問だと思った。老人は、寺尾よりもはるかに頑健で、寺尾よりも長生きしそうだった。

「寺尾さんがどうなさるか、心配してますわ」

「ああ」

寺尾は苦笑して、

「ぼちぼち、やっていけそうだと言ってた、と伝えて下さい」

「オフィスが決ったそうですね」

「なんとかねえ……」

「忙しくなるんじゃないですか」

「そうならないと、これだもの」

寺尾は片掌で喉《のど》を押えた。

「きっと、成功しますよ」

「さあ。こればかりは、ふたを開けてみないと……」

「寺尾さんは、根が堅気ですもの」

「それは、褒めたことにはならないよ。インチキ臭くなければ生きていけない世界だもの。……もっとも、だいぶ、インチキ臭くなったとは思うがね」

紀子は首を横にふった。

「あなたは、まともよ」

「そうだろうか」

かすかに吐息を洩らして、

「だとすると、前途多難だな」

「大丈夫よ。稀少《きしよう》価値ということで……」

「なんだか、からかわれているようだが……まあ、いい。オフィスを開くと、数年は、フル回転しなきゃならないだろうから、そのまえに旅に出ようかと思う」

「旅?」

「うん。ひと月ぐらい……いや、そんなにゆっくりはできないが。三週間——いや二週間から十日ってところかな」

「どこへ行くの?」

「スペインなんか、どうかと思っている」

寺尾は思いつきを口にした。

「スペイン?」

「あそこは行ったことがないんでね。……たとえば、ヴァレンシアとかね」

「ヴァレンシア?」

「大した意味はないんだけど……たぶん、神経が休まるんじゃないかと思うんだ。どうせ、何もないところだろう。城とか寺院のほかには……」

「で、どうなさるの? スペインのお城でも買うつもり?」

「城を買う?」

「スペインの田舎のお城は、とても安いんですって。何百万とかで買えるらしいわ」

「そんな気はないよ」

寺尾は、一呼吸、置いてから、たずねた。

「きみも、スペインに行ってみる気はないか？」

「私が⁉」

紀子は驚いた。

「びっくりすることはないさ」

寺尾は神経質そうに笑って、

「きみは、あの晩、ぼくにはコン・マンとしての才能がある、と勇気づけてくれたじゃないか。あの時から、ぼくは、一つの考えを温め続けてきた。……たのむから笑わないでくれよ。きみと組めば、ぼくも、たぶん、秘められた能力を発揮できると思うんだ。はっきり言えば、赤坂のオフィスは、ぼくの表看板だ。じつは、きみとのカップリングで、コン・ゲームの王国を作りたいんだ。ぼくらは良いコンビになり得ると思う。フレッド・アステアとジンジャー・ロジャース、ジョージ・バーンズとグレーシー・アレンなみのね」

「ボニーとクライドというのも、あるわ」

紀子はまぜっかえした。

「あなた、本気なの？」

「本気だとも」

「だとしたら、病気だわ。過度のロマンティシズムが、あなたの病気……」

（その通りだ……癒《いや》しがたい病気ではあるんだが……）と寺尾は首肯した。（コン・ゲームの王国を作る夢を、スペインで語り合いたいのだ。それを語る場所が、香港とかマニラとか名古屋では、いかんのだ。断じて、スペインかポルトガルでなければ……）

「病気ではいけないかい？」

「そうね」と紀子は言った。「見えるものが見えなくなってしまうことがあるわ」

「どういう意味だい？」

寺尾はききかえした。

「本当に、まだ、気がつかないの？」

「なんのことだ？」

「私をからかっているんじゃないでしょうね？」

「からかう？　ぼくが？」

寺尾の声が高くなった。

「じゃ……まだ、私を、長島の娘と考えているの？……」

寺尾は絶句した。

（……そんな……まさか……）

紀子の眼は彼を凝視していた。仮借のない視線だった。

（……やっぱり……そういうことなのか……）

やがて――

「てっきり、見抜かれたと思ってたのよ」

と紀子は低い、陰気な声で言った。

「一億円のゲームが、私を一人前にするためのプロセスだと、あなたが見抜いたと聞いたもので……」

「きみは、いったい、何者だ？」

寺尾はゆっくりとたずねた。

「いや、こんな質問は無意味だ。本当のことを言うはずはないからな。年齢も確かめたい気がするが、それも無意味だろう……」

錯乱気味の早口になった。

「……きみは、何のために、この部屋にやってきたのだ。ぼくを嗤《わら》うためか？　そうだったら、ねたには困らんはずだ」

「そんなんじゃありません。……見抜かれたと思ったので、今日のパーティーに出席できないことをお断りしようと思って……」

寺尾は沈黙した。

やや、あって——

「……そうだ……これは、ぼくだけの問題じゃないから、きいておこう。……あの老人の過去で、本当の部分は、どこなんだい？　橋爪のために、仲間がばらばらになって、子供が死んだと言ってたけれど……」

「そこは本当なんです。たった一人の娘を死なせてしまったのが、あの人の人生を狂わせて、すべてのエネルギーを復讐《ふくしゅう》に向けるようになったのです」

「本当かね？　ここまで騙《だま》されると、ぼくは、その話さえ、出来過ぎているように思えるんだが……」

「本当なんです。……それに、私だって、初めから、あなた方を騙すつもりだったんじゃありません。……それは……ああいう人と、いっしょに棲《す》んでるわけですから、汚れたことを知らないとは言いませんが……私は私で、自立した放送作家になるつもりでいたのです。……私も騙されたのよ。無料でシナリオの手ほどきをしてくれるなんて話にのせられて……」

「あれは、ぼくが言ったんじゃないぞ。旗本の口車だ」

「入ってみたら、とんでもないオフィスじゃないですか。びっくりしたんです。……で、家に帰って、やめようと思う、と言うと、待ったがかかったのです。若くて、少しすれているアマチュアを、ずっと探していた、と、あの人は言うの」

「わかったよ、もう。……で、ぼくが臆病風に吹かれて、手を引こうとしたとき、うまい具合にコンタクト・レンズが床に落ちた。あれで、ぼくは離れられなくなった。……きみが、ぼくをロマンティック過ぎると嗤うのが、いまでは、よく、わかる。ぼくは、あれいらい、ジャズ・ヴォーカルで恋の歌をきくのが、ひどく、辛かった。辛くても、きかずにはいられなかった。たぶん、ぼくは頭がおかしいか、病気か、どっちかだったんだ」

「あなたは優しかったわ」

「にせの優しさだ。きわめて発作的、突発的なね」

寺尾はわらった。

「にせの優しさでも、無いよりは、ましだわ」

紀子はそう答えた。

「きみの本当の名前を教えてくれないか」

「ほら、また、病気が出た」

紀子は無邪気そうな笑いを浮べて、

「寺尾さんは、堅気の仕事に邁進《まいしん》なさることよ。ご自分のオフィスが持てたのだから、これ以上のことはないわ。コン・ゲームのあれこれは、忘れた方がいいと思うの……」

## 2

〈解散式〉までは、まだ、時間があった。

寺尾はタクシーをひろって、赤坂のオフィスに向った。

車が混《こ》むので、ホテル・ニュージャパンの向い側でタクシーを降り、道を渡って、少し歩く。サラリーマンたちが軽装になっていた。衣替えという習慣がまだ残っていたのか、と寺尾は思った。

小さなビルの五階にあるオフィスは、正式に開いているわけではない。旧知の女流放送作家が、留守番を兼ねて、仮りの仕事場にしている。オフィスが発足すると、寺尾はその作家のマネージメントをも引き受けることになっているのだ。

有名なコーヒー店の前を過ぎるとき、寺尾は、急に、碾《ひ》きたての本物のコーヒーが飲みたくなった。

彼は自動ドアの前に立った。ドアが開くと、コーヒーの強い香りが彼を包む。

そのまま、カウンターに向い、

「コーヒー」とだけ、言った。

ハワイ・コナがどうの、モカがどうの、と、うるさい講釈をして、注文をつける趣味は寺尾にはなかった。

「おや……浜野さんじゃないですか」

きき覚えのある声が響いた。

寺尾はゆっくり右手を見た。

白背広を着た宮田杉作が窓際のテーブルにいた。

ヤバい、と寺尾は思った。カウンターにかけた片手がふるえた。

「いや、あなたには合わす顔もないのだが……」

宮田老人は近づいてきて、

「奇遇ですな、これは。天のお導きでしょうか」

寺尾は答えない。老人が、どう出るかわからないのだった。

老人は、となりのスツールに腰かけて、

「お元気ですか？」

と、たずねた。

「ええ、まあ……」

「五分、いや、三分ほど、よろしいですか」

「はあ」

寺尾は生返事をする。

「……例の山岸久子ですが……手強《てごわ》いですな。私がいままでに付き合ったタレントたちとは違います。チープではない。ニューヨークのディスコに誘うと、先月、行ってきたばかり――と、こうです。……そうなると、私は、いよいよ燃え上るわけでして……」

まだ、やっているのか、と寺尾はひそかに苦笑する。

「いったい、貴女《あなた》は世の中で手に入らないものはないのか、と私はたずねました。贅《ぜい》沢《たく》なマンションと外車を二台も持っていて、一文にもならぬ小さな芝居に出ておる。ここらが謎《なぞ》ですな」

「ははあ」

どういうパトロンがいるのか知らないが、生活が豊かだからこそ、〈小さな芝居〉に出られる、という単純なからくりがわからないのか、と寺尾は思った。

「強いて、一つあげてみてくれないか、と言うと、西洋のお城――と言いました、あのかわいらしい唇で」

「お城？」

「さっそく値段を調べてみると、ものによっては、東京の高級マンションより安いのですな。西洋の城を専門に売る業者がいるのです、日本に……」

「ふーむ」

寺尾には縁のない世界だった。

「で、お買いになるのですか？」

「……私ひとりの好みでは決められんので、海外からカタログをとり寄せたりしているうちに、自分の城を安く売りたいというスペインの伯爵が現れたのです」

「伯爵？」

寺尾は吹き出しそうになった。

「そう都合よく、城を売りたい人間が出てくるのが、おかしいな」

「私もそう考えました。ポルトガルの賭博《とばく》場で破産したというのですが、まあ、眉唾ものだと……」

「詐欺ではないですか」

「ご相談したかったのは、ここです。私も、初めは、とり合わなかったのですが……」

老人は改めて注文したアイス・コーヒーをストローで啜《すす》って、

「破産したというのは嘘だ、と、みずから告白するのです。それは、もう、涙を流しましてね。……本当は、日本娘に惚《ほ》れて、結婚したいのだが、娘の父親が許さないのだ、と、こうですよ」

「それと、スペインにある城と、どう結びつくのです？」

「ひとり娘なんですな、相手は。で、父親は、結婚そのものには反対ではない。しかし、娘がスペインへ行ってしまうのは反対、許さない、というわけです。はっきりいえば、二人とも日本に住め、ということです」

「そうすればいいじゃないですか」

寺尾は言った。

「城なんか空けとけばいいでしょう」

「そうもいかんらしいです。没落貴族が物価高の日本で暮すのは大変だとコボしてました……」

詐欺だな、と寺尾は思った。わざと嘘をついて見破らせるのが初歩だ、と長島老人は教えてくれたが……。

長島老人が……。

あっ、と彼は気づいた。

表面は落ちついたふりをして、

「そのスペイン人は、日本で暮すと金がかかるから城を売るというのですか」

「はあ……」

「相手の娘さんには会いましたか?」

「一度、船の中で……」

「船の中？」

「九州の南端へ行くフェリーの特等室に呼ばれました。私も船旅は嫌いではないので、おつき合いしました。もちろん、お父さんが、ごいっしょですよ。このお父さんという人が、実に愉快な人で、ポーカーをやりました。徹底的に毟《むし》ってやりましたがね」

「ポーカーを？」

「娘さんは加わりませんでした。ほかに年輩の江戸っ子のような人が二人……」

「どんな娘でしたか？」

「ぱっと眼につくというひとではありませんが、笑顔が魅力的で……スペイン人が、のぼせ上るのがわからんでもない……」

寺尾は老人に別れを告げた。

紀子の言葉で気になることがあったので、その足で、近くの、深夜営業で知られた本屋にとび込み、英和辞典をめくった。

スペインのところには何もなかった。では、城だ……

——Castle＝城・城郭。build a castle in Spain＝空中楼閣を築く、たわいもない空想にふける。

「とんだ食わせものでしたな」

旗本の細い眼が、サングラスの奥で光った。

相変らず悪い顔色が、神宮前アパートの一室の暗い澱《よど》んだ空気と奇妙に合うのである。

「親子ってのは、これもんだと思ってましたがね」

眉毛に唾をつける手つきをした旗本は、齧歯目《げっしもく》動物のような前歯をみせた。

「見抜いてたのか、きみは？」

寺尾はたずねる。それならば、早く、注意してくれればいいのである。

「なんとなくですよ。かすかな匂いみたいなものだから、口にはできませんや」

そう言って、旗本はグリーンの袋からメントール入りのモアを抜いた。

「さすがだな」

「いやあ……」

旗本は苦笑を浮べて、

「一寸《ちよつと》したことがありましてね。それいらい、ヤバい女だなと思ったんでさ」

「一寸したこと？」

寺尾は、きっとなる。

「お話するようなことじゃありませんよ」

「なんだい？　言ったっていいじゃないか」

「つまらないことですよ」

「どういう風につまらないんだ?」

「どうってこたあないス」

旗本は軽く咳《せき》をして、

「いつだったかな……ぼくは忘れっぽいもので……とにかく、コン・ゲームなんて糞《くそ》くらえって気持になった時ですよ」

「ふむ」

寺尾は旗本のグラスにビールを注いだ。清水が現れないので、二人で、始めてしまったのである。

「一時的だけど、かなり気分が落ち込んでいたのです。……そう、二人で酒を飲んでたんだ、この部屋で」

「ふむふむ」

「不意に、ぼくに寄りかかってきたんですよ、あの女が……」

「……」

「冗談はやめてくれって言ってやりましたよ。なんか雰囲気《ふんいき》が変なんでね。……そら、まあ、キスぐらいはしましたわな。挨拶というか、礼儀ですからね。……それ以上は、まずいでしょう。チームの和がおかしくなる。甘く見るな、と言いたいのを我慢してました」

「……それっきりかい？」

「それっきりです。ぼくの好みじゃないし……それよりも、チームの和が大事です。〈フォア・ザ・チーム〉ですよ」

旗本はビールをひとくち飲んで、

「もう少し、冷やした方がいいですね」

と言った。

寺尾は考え込んでいた。

「だいたい、チームワークがおかしくなるのは紅一点からでしょう。ぼくは女好きですが、この紅一点のために仕事ががたがたになるのは好かんです。……そこら、きちんとしないと、収拾がつかなくなってねえ。……寺尾さん、そんなこと、なかったですか？」

「そんなこと？」

「あの女ですよ。……なかったですか？」

「ないよ」

と寺尾はむきになった。

「あるはずがないじゃないか」

「そうですか」

旗本は、つまらなそうに、モアを吸っている。

寺尾は信じたくなかった。紀子に向って冷笑的な言葉をならべ立てたものの、紀子と自分のあいだには非常に奇妙な愛情があった、と彼は思い込んでいた。旗本の言葉が本当であるとしても、なおかつ、あの夜の彼女は本気だったと思いたかった。

「ま、そうでしょうな」

旗本は、ゆっくり、煙を吐いて、

「寺尾さんは懲りてるはずですからな……」

その時、アロハシャツの上に白の上着という流行《はやり》の服装の清水がとび込んできた。

「遅くなりまして……」

「どこに、ひっかかってたんだ!」

旗本は不機嫌そうに叱った。

「こういう時は、先にきて、ビールを冷やしたりしとくものだ」

「すみません。いろいろ買い漁《あさ》ってたもので……」

清水はドアまで戻って、紙袋をとってきた。

それは近くの高級スーパーのもので、冷やしたキャビアや、コールド・ビーフ、フォアグラの罐詰め等が出てきた。

「仕方がない。改めて、乾杯だ」

　と旗本が言った。

　寺尾が冷蔵庫から新しいビールを出し、三つのグラスに注いだ。

「寺尾さん、締《しま》めの言葉をお願いします」

　旗本が注文をつける。

「そんなものが必要なのか？」

「あった方がいいですよ。われわれの再出発のためですから」

「嫌いなんだよ、ああいうの。なんか白々しくて」

「そこを、我慢して。短いやつで、けっこうです」

「じゃ……」

　寺尾は一呼吸してから、ゆっくりと口を開いた。

「……打ち上げの会ってのは、たいてい、いいかげんなものだけど、今日のこの席は、そうじゃないと思う。……われわれは、真珠湾攻撃にまさる電撃作戦を敢行し、多大なる戦果を収めた。われわれの戦いは、間違っても、歴史に残るものではないが、しかし、戦い止《や》んだいま、われわれは新たな出発をもって、戦果の記録に代えようとしている。……新たなる出発とは、なにか？　それは日本国憲法第二十五条に謳《うた》われている〈健康で文化的な最低限度の生活〉である。われわれは、金がないために、そうした生活を送ることができずにいたのよ。そして、いま、われわれは、〈健康で文化的な最低限度の生活〉のための資金を得た。……むろん、上を見れば、きりがない。堪えがたきを堪え、忍びがたきを忍び、一見ウエストコースト的・コカコーラ的日本帝国において、適当かつ姑息《こそく》にサヴァイヴァルしてゆかんことを願ってやまない。以上……」

「乾杯の音頭も、ひとつ」

旗本が促した。

「諸君の健康を祈って——乾杯！」

寺尾は大声で言った。

「乾杯！」

旗本と清水はグラスを挙げた。

「やれやれ、冷や汗が出るぜ」

「いや、けっこうでした。深夜テレビで観た戦争映画みたいなところもありましたがね」

旗本は好意的な笑いをみせて、

「よく、ああ、すらすら出ますな」

「ぼくが、小学生のとき、何になりたかったか、わかるかい」と寺尾。「陸軍の参謀だよ。作戦を計画・指導する将校さ」

「本当ですか！」

「本当だよ。……だから、テレビ局に入っても、参謀役専門。その方が身に合うんだ。トップに立つ人の脇にいて、いろんなアイデアを出すのが、性に合っている」

「じゃ、今度の会社は成功しますよ！」

「それはわからん。ぼく自身がトップに立つんだから。本当は、脇で動きまわる方が楽しいんだがね」

成功すると言われたのは、今日、二度目だった。紀子が言い、旗本が言った。いくらか、そうした匂いがするのだろうか。

「で、きみは、これから、どうするの？」

「悪くない話があるんです」

旗本は声をひそめて、

「搾取のひどいプロダクションから独立はしたものの、世渡りの見当がつかない歌手が、二、三、いましてね。まあ、ぼくは歌手として彼らの先輩にも当るわけで、面倒を見てくれないかと頼まれまして……」

「それはいい。きみには、これからも、世話になるだろう」

「ぼくの方こそ、お世話になると思います」

旗本は軽く頭をさげた。

「清水君はどうするの？」

「困ってるんです」と清水は言った。

「当分、マスコミには顔写真が出せませんし」

「そうかね？ 借金は返したのだろう？」

「マンションを買いまして……そこで、少々、まずいことが……」

「知らねえぞ、おれは」

旗本が言った。

「実は、お二人にきいて頂きたいことがあるんです！」

「なんだ、藪《やぶ》から棒に」と旗本が口をとがらす。

「その……寝ないで考えた計画が、一つ、あるんです」

「計画？」

寺尾がききかえした。

「ええ。……われながら、ぞくっとするようなやつでして、成功すれば、まず三億はカタい……」

「おい、莫迦《ばか》を言うな。コン・ゲームなんてものはもう終ったんだ。寺尾さんも、おれも、堅気になるんだぞ、これから……」

旗本は苦い顔で、

「ねえ?」と、寺尾に同意を求めた。

「決ってるじゃないか」

寺尾はゆっくりと頷《うなず》いた。

「こそこそした行動とか、セコい変装のたぐいは、もう沢山だからね」

そう言いざま、旗本の胸ポケットのグリーンの袋からモアを一本抜いて、唇のはしにくわえ、

「――と突っ放したいところだが、どうだろう? 清水君が、せっかく苦心して考えついたというのだから……まあ、話だけでも、きいてみたら。それだけなら、べつに、差支えはないんじゃないかね?……」

堀内恭一氏著「コンピュータ犯罪」（日本工業新聞社）
を参考にしたことを付記します。

作者

# 作者自身による解説

小林信彦

この小説は一九七九年に「週刊サンケイ」に連載されたものです。

コン・ゲーム小説というのは、日本ではあまり例がないのですが、こういう小説をやってみたいという気持は、映画「スティング」の試写を観たときから、ボンヤリとあったと思います。しかし、あの話は小説には不向きで、役者で見せるものです。ロバート・レッドフォードがまじめな人をやるはずという観客の予想をうまく利用しています。

「スティング」の試写は一九七四年。そして、「百万ドルをとり返せ！」が畏友・永井淳氏の訳で世に出たのは一九七七年八月です。こういうのを試みてみようと考えた——という風に記憶しています。

はじめは「たそがれ同盟」という題でしたが、〈たそがれ〉はまずいという意見があって、「紳士同盟」に代えました。外国映画の題名を使うのは、いまだに好ましくないと思っていますが。

芥川賞の候補に三回なって、外れ、次に直木賞の候補になったとき、急に、週刊誌三誌ぐらいから連載小説の依頼があったので、こういうものか、と思いました。しかし、大借金をしてボロ家つきの土地を買っていたので、ここから、私が苦手な〈エンタテインメント小説〉をしばらく書きました。「週刊サンケイ」の担当者は、梅雨の中、ボロ家をなおしている私に同情して、渋谷の東武ホテルというビジネスホテルで仕事をするお金の一部をもってくれました。万事お金の世の中——小説の中も外も、そういうことです。

のちに映画化（一九八六年）されたのは、アイドル映画ですから、内容が変ってもいいのですが、小説の〈プロローグ〉のラストの伏線がないのだけが残念でした。ま、そういうものでしょう。

（二〇〇八年六月）

# 被害者を探せ

松田道弘

小林信彦氏の『紳士同盟』は、最初「週刊サンケイ」に連載されました。(一九七九年三月十五日号〜十月十八日号)挿画は河村要助氏。一九八〇年三月に新潮社から単行本で刊行されたとき、その帯カバーに「本格的コン・ゲーム小説の登場」というキャッチフレーズと並んで「この本の68ページ以降は、他人に絶対にしゃべらないで下さい!」というお願いの文章が刷りこまれていたのが印象的でした。ここでも本書の内容やトリックに触れるつもりはまったくありませんが、本書の題名からヒューマニズムあふれるポリティカル・ノベルとかんちがいされたり、キャッチフレーズのコン・ゲームが、コンピュータ・ゲームとまちがえられたりしないためにも、必要最低限度の紹介だけははじめにしておいたほうがいいと思います。

『紳士同盟』の主題はコン・ゲーム、すなわち詐欺です。テックス・アベリー(悪夢のようなギャグで知られるアメリカのマンガ映画作家）的状況の下で、とつぜんテレビ局をくびになった四十六歳のテレビ・ディレクターを中心に、まとまった金を必要とする四人の男女が、車椅子にのった老コン・マンの名コーチで、新商売コン・ゲーム開業にのりだすという奇想にみちたユーモア小説です。

本書の題名『紳士同盟』は、おそらく映画好き《シネマディクト》の作者が、同名のイギリス映画のタイトルをふまえたものではなかろうかと推察します。人員整理のため軍を退役させられた中佐（ジャック・ホーキンス）が、社会に対する報復のため、同じような境遇の七人の仲間をあつめて銀行やぶりを計画するという、一九六〇年のアーサー・ランク社の作品で、原題は League of Gentlemen といいます。

一九六八年十二月号の「ミステリ・マガジン」に、アメリカにおける詐欺の実例がいくつもあつめられていました。詐欺のやり口を傑作とよんだり、おもしろいといったりすると、不謹慎のそしりを免れないかもしれませんが、どれも古典的な傑作ぞろいでした。人間心理のすきをつく詐欺トリックの名作には、傍観者からみると本書の作者のいう「ソフィスティケーションとユーモア」があるようです。今でも忘れられないのが、家庭で輪ゴムつくりをすすめる通信販売の詐欺広告です。こんな広告文です。

「輪ゴムの需要は、いまやその供給が追いつかないほどです。あなたも簡単な道具で、輪ゴムを片手間につくってみませんか。当社はこの輪ゴム製造機を六カ月十ドルであなたにお預けします。もちろんそのとき原材料もいっしょに提供します。できあがった輪ゴムは当社が高額で引きとらせていただきます」

広告文につられて十ドルを送ると、おりかえし（詐欺でない証拠に）輪ゴム製造機が到着します。「簡単な道具」のはずです。ただのハサミなのですから。それでは輪ゴムの原材料というのは？　自転車の古チューブが一本入っているだけです。製造法の説明文はそのままジョークとしても通用しそうです。「同封のハサミでチューブを幅〇・五ミリに切りきざむこと」

これはダビット・モーラー著『ザ・ビッグ・コン』という本からと出典が明らかにしてあったので、この原本をずっとさがしているのですが、まだみつかりません。かわりに手に入れたのが、同じ著者の『アメリカン・コンフィデンス・マン』（一九七四年版）という本です。著者はその序文でコン・ゲームの歴史に触れ、コンフィデンスという言葉が詐欺の意味で最初にアメリカで使用されたのは、一八四九年であり、アメリカ文学にこの言葉が登場するのは、かのハーマン・メルビル（『白鯨』の著者）の『ザ・コンフィデンス・マン』（一八五七年）という小説が最初であり、また英国のＯＥＤ（オックスフォード・イングリッシュ・ディクショナリー）で初出の栄をになうのは、アメリカにおくれること三十五年の一八八四年であるなど、あまり日常生活に役立たない知識を豊富に提供してくれます。

コン・ゲームというのは、コンフィデンス・ゲーム（Confidence Game）を短かくしたもので信用詐欺のことです。犠牲者《カモ》（これをマークという）に不正な、あるいは違法の手段で金もうけができると信用させ、大金を投資させてこれをまきあげるといったタイプの詐欺手段をいいます。

著者はさらにコン・ゲームを厳密に、ビッグ・コンとショート・コンのふたつに分けます。著者によるとビッグ・コンは二十世紀のアメリカが生んだブリリアントな発明で、これを定義するとマーク（犠牲者）に大金を用意させ、ビッグ・ストアに送りこんで、そっくりその金をまきあげることとなります。ビッグ・ストアというのは映画『スティング』にでてきたように、一時的ににせの場外馬券売場などのセットを組んでマークを欺くことです。

これに対してショート・コンというのは、ストアという特設ステージを必要としない、カモの被害金額がそのときマークのもちあわせていた金額に限られるものをいうのだそうです。（ビッグ・コンの場合は、犠牲者が銀行から金をおろしたりすることがあるからです）『スティング』でいうと、映画の冒頭で、ロバート・レッドフォードが黒人コン・マンと三人組で、シンジケートの下っぱをひっかけたやり方（ハンカチにつつんだ金を、新聞紙をつつんだ別のハンカチとすりかえる方法。これをスイッチという）や、街頭でよくみかけるスリー・カード・モンテなどの詐欺がショート・コンに入ります。モーラーの本にはビッグ・コンのスケジュールが放送台本のように書き記されているので引用してみます。

①まず金がたっぷりある犠牲者《カモ》をみつけだす。②詐欺チームのひとりがカモに近づいてその信用をかちとる。③チームの一員であるインサイド・マンとひきあわす。④インサイド・マンがカモにどうやってボロもうけをするか、その手口を教える。（この役は重要です。インサイド・マンはカモに大金を投資させるまで、完全に自分の意志の支配下におけるような心理的テクニックが必要だからです）⑤実際にカモにもうけさせ、味をしめさせる。⑥カモに投資金額を用意させ、⑦カモをストアに向わせる。⑧カモにストアで大金を賭《か》けさせ、そっくりまきあげる。⑨できるだけ早く手を引かせ、⑩相手が法的手段に訴えられないように先手をうっておく。

コン・ゲームという言葉を日本ではやらせるきっかけをつくったのは、アメリカ映画『スティング』（日本公開一九七四年）ですが、映画のシナリオは、まるでモーラーの本をお手本にしたのではないかと怪しまれるほど、教科書通りの筋書きなのに気づかれるでしょう。

あるとき上方落語の鬼才桂枝雀の「ひとり酒盛」をきいて、東京ネタとまるっきりちがうその解釈の新鮮さにおどろいたことがあります。東京でもあまりやらないはなしのようで、私は『円生全集』（青蛙房《せいあぼう》版）で読んだことがあるだけです。

ある男が友達をよんで、その友達をあごで使ってつぎつぎと用事をいいつけます。酒のさかなを買いにやらせ、酒のかんをつけさせます。主人公はひとりで酒をのみ、ひとりでごたくを並べ、友達には一杯ものませない。とうとう友達がおこって帰ってしまうと「あの野郎は酒ぐせがわるい」というのがサゲになっています。円生の演出《やりかた》は例によってキメが細かい。主人公が一杯、また一杯と次第にできあがっていく過程が、まるでフル・アニメのトレーシングをみているような丹念さで表現されています。

　枝雀の演出は主人公を、「ひどい奴があったもので」ということで片づけられるようなエゴイスティックな加害者に仕立てていません。こき使われる友達のほうを、子供の頃から何をやってもドジで、大人になっても酒のかんひとつ満足にできない不器用な性格のため、みているとイライラしてついいびりたくなるような幼友達というシチュエーションにしているのです。いってみれば生れながらの犠牲者《ボーン・トゥ・ヴィクティム》タイプの負け犬型人間を創造することで、この男がいびられる必然性をつくりあげたところに枝雀の解釈の新しさがあります。

「コン・ゲーム、また、しかりじゃ。非常に良いトリックを思いついただけではいかん。被害者学をマスターしとらんとな」これは本書に登場する老コン・マンが、コン・ゲーム道の要諦《ようてい》を説くレクチュアの中での言葉です。

奇術の場合もこれとよく似ています。たいていの人はネタを知ったら奇術がすぐにできるものだと考えています。奇術のもつ心理的な要素を完全に見落しているのです。「どれでもいいから一枚お好きなカードをおとりください」と奇術師が客に近づいてきて一枚のカード（トランプ）を抜かせます。このとき上手な奇術師は、自分に都合のいいカードを思いのままに客に引かせることができるものです。客は磁力にひかれたようにぴたっとそのカードをとります。この技法を奇術の用語でフォーシング（強制法）といいますが、その秘密はコン・ゲームと同じように心理的なものです。どうしてこんなことができるかというと、（パラドキシカルな表現を許していただけるなら）客がカードを選ぶのでなく、演者が客を選んでいるのです。演者は体験的にどんなタイプの客が（いいかえれば犠牲者《マーク》が）すんなりとこちらの思いどおりのカードを引いてくれるかを知っているからです。ここで大切なことは、はじめからしまいまで、客に自由意志でカードを選んだのだと思いこませて疑わせないことです。

「悲劇とはわれわれの感情をまきぞえにする笑劇《ファルス》であり、笑劇とは他人の身におきた悲劇である」という英国の作家オルダス・ハックスレイのまわりくどい表現がありますが、他人の不幸を距離をおいて眺めたいというひそやかな、ただしバイタリティのある人間本能が、しばしばフィクションを成立させているのです。もういちど老コン・マンの言葉を借りるなら「最初に被害者ありき」ということになるでしょう。

（昭和五十七年十二月）

（新潮文庫版解説）

# 本格的コン・ゲーム小説の登場
## ——小林信彦著『紳士同盟』を読む

永井　淳

わたしが翻訳したジェフリー・アーチャーの『百万ドルをとり返せ!』(新潮文庫)が出てから半年ほどたって、ある出版社からコン・ゲーム小説のシリーズをやりたいから知恵を貸して欲しいという電話をもらったことがある。わたしはたまたまこの作品を訳しただけで、べつにコン・ゲーム小説に精通しているわけではないし、第一コン・ゲーム小説という明確なジャンルがあるかどうかさえも知らないと答えたのだが、その後企画が具体化したようすがないところを見ると、どうやらこの話は話題作に敏感な編集者の勇み足だったらしい。

だいたいちょっと考えてみても、コン・ゲームを扱った小説で一応の水準に達した作品が、比較的この種の作品の多い外国ものでも、シリーズを作るほど簡単に見つかるとは思えない。コン・ゲーム小説というのはふつうのミステリーの何倍もの労力が必要だろうと想像されるからである。おそらく本格ミステリーの新しいトリックを考えるのと同じくらいの、あるいはそれ以上の苦労があると思う。

前置はこれぐらいにして、小林信彦氏の新作『紳士同盟』（三月、新潮社刊）に話を進めよう。この作品はたぶん日本作家によるはじめての本格コン・ゲーム小説といえるものではないかと思う。

物語の発端は昭和二十二年の東京渋谷の闇市場、闇物資を摘発するGIと二世通訳に化けた一味が、闇商人の橋爪に正体を見破られ、ピストルで追っぱらわれる。二世に化けた男は戦前の銀座でその人ありと知られた詐欺師の長島だった。

時代は下ってうわべだけの経済の繁栄を謳歌する現代の東京。ここに思わぬ運命の急変から至急に大金が必要になった四人の男女がいる。まず女優がらみのスキャンダルでテレビ局を馘になり、映画評論家の女房には愛想をつかされて、銀行ローンの残っているマンションの明渡しを迫られているテレビ・ディレクターの寺尾文彦。つぎは虎の子の清純派女優に駆落ちされ、暴力団金融から借りた金が返せなければ命さえあぶないというロカビリー歌手あがりの芸能プロダクション経営者、旗本忠敬。それからサラ金業者十数軒から借りまくって、目下追われる身のタレント志願の青年、清水史郎。もう一人は親の入院手術費を至急に捻出しなければならない放送作家志望の若い娘、中本紀子。この四人がチームを組んで、昨日までは思いもかけなかった詐欺師への道を踏みだすわけだが、戦争中に少年時代を過した世代の心情を随所にのぞかせる寺尾と、熱帯魚のごとくはなやかな芸能界を軽薄に遊泳する旗本や、いかなる心理的屈折とも無縁なのっぺらぼうの現代青年清水との、微妙な意識のずれがいたるところにあらわれて、作者と同年代のわたしのような読者のある種の苦い笑いを誘いだす。ちょっと大袈裟にいえば、戦前に確固としてあった価値基準の崩壊と、戦後民主主義の風化という、二度にわたる幻滅の苦さを、処女作以来通奏底音として奏で続ける小林信彦の姿勢が、こういう娯楽性に徹した作品にもちらと顔をのぞかせるところがまことに興味深い。

さて、寺尾が退職金の残りの三百万円をキャッシュカードのすりかえ詐欺で捲きあげられたのをきっかけに、四人組は紀子の父親で、戦前は名うての詐欺師だったが今は車椅子の生活を余儀なくされるホイールチェア・コンマン（アームチェア・ディテクティヴを連想されたし）を師匠または頭脳として、四つのコン・ゲームを実行することになる。

第一の作戦では、銀行の警備カメラと送金システムの裏をかいて一千万円をかすめとる。これは素人の四人組に対する老人のテストであり、いわば小手調べの段階である。

第二は功成り名を遂げた地方名士を騙して、架空の公開テレビ番組「ここに人生あり」を作り、三千万円を捲きあげる話。

第三はテレビ局を舞台に、二インチVTRテープから一インチ・テープへの移行を見越して専用の貸スタジオを作る話を持ちかけて、前出の地方名士から六千万円捲きあげる話。この地方名士は二度にわたって計九千万円の被害にあうわけで、ちょっと気の毒な気もするが、被害者に被害者意識を持たせないというコン・ゲームの鉄則が守られているので、後味は悪くない。それからこの作戦の番外篇ともいうべき葬式の場面が古典落語にでもありそうな秀逸な味で、わたしには一番面白かった。

そして四番目が実業界の黒幕で、冷血無比のやりてだが、映画に目がないという弱点を持つ橋爪を騙して、ルイス・アルトンというアメリカ映画史上に残る鬼才に日本で最後の映画を作らせるというふれこみで、一億円の製作費を捲きあげる作戦。

ここにいたってこの作品は『モンテ・クリスト伯』も顔負けの一大復讐劇の様相を帯びはじめる。そして結末のたたみかけるようなどんでん返しにいたるまで、読者は作者の術中にはまって引きまわされるはめになる。

四つの作戦のトリックは読んでのお楽しみとしてここでは明かさないが、最初よりも二番目、二番目よりも三番目と、騙し取る金額もその仕掛けも大きくなってゆくところが、読者の期待感をそそるうえできわめて効果的である。紀子の父親の口から「コン・ゲーム道」なるものを説かせて、コン・ゲームとはいかなるものかを解説しているところもうれしい。

ちょっと人目を惹く犯罪記事が新聞にでも出ると、すぐに現実があとを追いかける世の中だ。この作品に使われたトリックを現実に借用して詐欺を働く人間が現われないとも限らない。そうすれば原典が話題になって作者も大いにうるおうことだろう。最後に数あるジョークのなかで最も笑えたのを一つ。物すごく辛いインド料理を食べた四人組の一人が店を出てしばらくしてから曰く、「ここまでくれば大丈夫でしょう」

（『波』〔新潮社〕一九八〇年三月号掲載）

# 解説

杉江松恋

『紳士同盟』大好き。そうか、これが品切れになっていたのか。もったいない。

最後に読んだのは、映画化されて文庫の表紙が主演の薬師丸ひろ子と時任三郎のスチールに替えられたときだから、一九八六年である。故・那須博之監督や、脚本の丸山昇一、主演の二人のファンには悪いのだけど、私は好きになれなかった。あれ以来、なんとなく読んでなかったのだな。試写で観た松田優作が、居合わせた小林信彦に「原作はこういうものじゃないんでしょ?」と尋ねた、というエピソードを覚えていたので捜してみたら、『コラムにご用心』(一九九二年/ちくま文庫)だった。「松田優作の死とカーク・ダグラスの自伝」という回に出てくる。

映画版しかご存知ない方のためにお断りしておくが、小説版はまったく別の内容である。そもそも登場人物が一人残らず差し替えられており、薬師丸ひろ子が演じた樹里野悦子も、時任三郎の春日民夫も原作には登場しない。薬師丸を売るというアイドル・システムに乗っかった映画だから仕方ないのだけれど、この配役では原作の真価を活かすことはできない。

もともとの『紳士同盟』は、こんな話だ。

六本木テレビのディレクターだった寺尾文彦は思いがけないことが原因で馘首《かくしゅ》される。過去においてごく短い間だけ関係をもっていた女優が話題作りのためにそのことを暴露したため、スキャンダルが持ち上がり、辞めざるを得なくなったのだ。職を失ったばかりか、妻からも三行半《みくだりはん》をつきつけられた寺尾は、さらに不注意から全財産を詐取されてしまう。プロダクション経営者の旗本、売れないタレントの清水と身を寄せ合ったのはいいものの、全員に半端ではない額の借金があることが判明した。寺尾も、別れた妻に譲渡したマンションのローン残額三千万円を支払わなければならないのである。

三人に思いがけない解決策をもたらしたのは、旗本が連れてきた事務員の中本紀子だった。彼女の父親は、今でこそ車椅子生活を余儀なくされているが、実は戦前から知られた伝説の詐欺師だったのだ。その男、長島老人からコン・ゲーム道の手ほどきを受けた寺尾たちは、ゲームの目標額を二億円と決め、動き始める。最初に狙うのは銀行だ。長島老人によれば、「暴力や威しによらずに、銀行からお金をとる方法」というものがあるそうなのである。

この銀行篇のエピソードはほんの挨拶のようなものだ。銀行を含めた金融機関における セキュリティ技術革新は進歩が著しいため、本書で使われた手口の多くは現在では通用しないだろう。しかし、読んでいて時代遅れという印象は少しも受けない。作中で描かれているのが、単なる物理的なトリックだけではないからだ。長島老人から伝授されたテクニックには関係者の視線や動きを自在に操るための心理トリックも含まれていた。〈操り〉こそ、コン・ゲームの真髄だ。

第二のヤマに寺尾たちが足を踏み入れたとき、読者はコン・ゲーム道なるものの奥深さを知ることになる。教授役の長島老人は「被害者学」こそが重要であると告げるのだ。最近でこそ耳慣れてきた用語だが、作品が発表された一九八〇年当時、被害者学はまだまだ一般的ではなかったはずである。長島老人に「コン・ゲームにおいては〈初めに被害者ありき〉さ」「被害者としての資格を充分に持っている。そうした人間を見つけられるかどうかが、この道の発端というてもええ」と語らせた小林信彦は、その時点で時代の先を見据えていた。

被害者として適格な（というのも変な言い方だが）宮田という人物が出てきてから、小説は一気に加速を始める。寺尾が元ＴＶマンであるというのが効を奏するのだ。Ｔ

V業界という、一般人から見れば非日常に見える世界の知識があることを武器として、チームは大掛かりなゲームを開始する。小林は、一九六〇年代に放送作家としてTV業界に深く関与していた。TVの黄金時代の真っ只中に居合わせた体験が、本作では十二分に生かされている。『紳士同盟』以外に小林信彦が書いたミステリー作品については続刊の『紳士同盟ふたたび』解説に譲ってここでは触れないが、他にもTV業界を舞台にしたものが多数ある（もっとも有名なものは、リサーチ会社による視聴率調査を操作するトリックについて書いた「雲をつかむ男」だろう。在京キー局が、この小説に書かれたのとまったく同じ手口で不正を行っていたことが明るみに出て、話題になったからだ）。TV局を舞台にした作品といえば、景山民夫『トラブルバスター』（角川文庫）が思い出されるが、日本では存在自体が難しいハードボイルド・ヒーローという幻想を成立させるために、TV局という非日常を利用した点が『紳士同盟』と共通している。それもそのはずで、景山は喜劇映画評論をはじめとした小林信彦の著作の愛読者だったから、間違いなく『紳士同盟』からも影響を受けているはずだ。

被害者の心理に重点を置いた詐欺計画、TV局という幻想機械、そのいずれもが映画版からは抜け落ちていたのだが、さらにもう一つ足りないものがあった。先述した、登場人物の配置の問題である。小説版の主人公・寺尾文彦は四十六歳なのだ。小説の発表年（一九七九年に週刊誌連載された）から見て、生年は一九三二年といったところ。少年時代に焼け跡となった国土に生きた体験があると考えなければならない。心のどこかに豊かさへの欠乏感を抱えた人物なのである。だからこそ彼は、開巻早々でこうぼやいてみせるのではないか。

〈生まれてから飢えたことのない若い連中は、どうも好きになれない。……いや、女の子は別だ。いかんのは男どもだ。背がひょろっと高いだけで、キャッチボールも、ろくにできない。食うのに不自由しないので、〈優しさ〉などと、軽く、口にする……〉

　この意識、飢えることに対する根源的な恐怖があるからこそ、失業という局面に瀕して詐欺などという犯罪行為に手を染めることを選ぶのである。しかもそこに、ロマンスの要因まで絡んでくる。四十男の寺尾は、二十歳近く年の違う中本紀子に惚れてしまうのだ。長島老人の入院費を稼ぐために金が必要という紀子に対し、寺尾は騎士道精神を発揮する。「若い連中は、どうも好きになれない」と言いながら「女の子は別だ」と認めてしまう、本人も気づいていない脇の甘さが、寺尾を犯罪行為へと駆り立てるのである。

　主人公にこうした弱さがあることを示さないと、『紳士同盟』はドラマとして破綻したものになってしまう。映画にもロマンスの要素はあるのに、笑える部分が少なかったのはそのためだろう。原作『紳士同盟』は、コメディとしても十分な完成度をもった作品なのである。ひとつひとつ元ネタを紹介するのは野暮になるのでよしておくが、ところどころに作者は小さなくすぐりを入れているので、そこだけを拾い読んでも、可笑しいはずだ。一つだけ、小林作品を初めて読む人にはわかりにくいところを説明しておくと、一九七ページに名前が出てくるイラストレーターの小林泰彦は、作者の実弟である。山岸久子が「弟がいて、小林なんとかって名前で、小説、かいてるわ」と言っているのは微妙に間違いで、ここはつまり楽屋落ちになっているわけです。

ここまでなんの説明もなくコン・ゲームという言葉を使ってきたが、用語のなりたちについては、『紳士同盟』新潮文庫版（一九八三年一月刊）解説の「被害者を探せ」で、奇術研究家の松田道弘が詳述している。本書に再録してあるので、ご参照いただきたい。簡単に書くと、コン・ゲーム小説とは信用詐欺Confidence Gameを行う犯罪者を主役に据えた小説のことだ。さらに言えば、描かれる犯罪は頭脳戦で、暴力行為が極力排除されているのが普通である。

『紳士同盟』は一九八六年に文藝春秋によって行われた古今東西のミステリー人気アンケート『東西ベストミステリー一〇〇』（文春文庫）において百二十三票を獲得し、

四十五位に入っている。その際に無記名の筆者によって記された〈うんちく〉のコン・ゲーム小説論がなかなか的を射たものであると思うので、少し長くなるが引用しておきたい。

――それはともかく、コン・ゲーム小説は書くのがむずかしい。徒党を組んで着々と準備をかさね、銀行を襲撃したり収容所を大脱走するだけでは駄目（引用者注・これでリチャード・スターク〈悪党パーカー・シリーズ〉などの、いわゆる襲撃小説は除外される）。ある手口に誘いこんで、カモどころか読者もアッといわせなければならない。ミステリーはもともと読者を騙す奇術的仕掛け小説であって、意外な犯人や結末をもつものはすべてそれ自体はコン・ゲームなのだ。つまり、鮮やかな劇中劇がなければコン・ゲーム小説にならないのである。

つまり、作中で登場人物が他の登場人物を騙すだけでは駄目で、仕掛けを施して読者まで欺かなければコン・ゲーム小説とは認めないと言っているわけだ。なかなかハードルが高い。これは卓見ですね。日本においてはコン・ゲームを扱った作品というと映画『スティング』（ジョージ・ロイ・ヒル監督／一九七三年）の人気が非常に根強いが、あの作品を観た方なら、「カモどころか読者（観客？）もアッといわせ」る趣向を思い出されるはずである（そういえば映画版『紳士同盟』でもあのラストシーンを真似していましたね）。高いハードルをクリアした作品だからこその人気度であるわけだ。

実は『東西ベストミステリー一〇〇』を見ても、純粋なコン・ゲーム小説はほとんど選ばれていない。日本ではこの『紳士同盟』、海外作品ではジェフリー・アーチャー『百万ドルをとり返せ！』（海外篇第五十二位／新潮文庫）があるだけだ。他の作品がよくないわけではなく、この二作がそれだけ飛びぬけた出来なのである。この辺の事情を理解するためには、海外・国内それぞれの歴史的背景を頭に入れておく必要があります。

海外のコン・ゲーム小説史について、少しおさらいしてみよう。詐欺という意味でConfidenceという単語が初めて使われた例として松田解説でも紹介されているハーマン・メルヴィル『詐欺師』（八潮出版社）がアメリカで発表されたのは一八五七年のことである。メルヴィルはこの作品で、詐欺という倫理上は許されない行為を働く人物に、最下層の階級の生まれであるという免罪符を与え、主人公に起用した。詐欺という行為は、主人公がカモにする人々の取り繕った態度が偽善であると告発するものでもあるのだ。こうした人物像は、メルヴィル・ディヴィスン・ポーストが一八九六年に発表した『ランドルフ・メイスンの七つの罪』（長崎出版）で登場させた悪徳弁護士の主人公などに引き継がれていく。

また、イギリスでは十八世紀以降に大陸起源の物語形式であるピカレスク小説が大量に発表された。ピカレスクは、最下層の階級に生まれた主人公が成功を収めることによって自らを蔑んだ社会に対して報復するという諷刺《ふうし》の構造を持つ小説である。そこから諷刺性の棘を抜き、社会の常識を嘲弄する主人公という要素だけを採用した作品が、十九世紀末にスリラー小説の中に現れてくる。アーネスト・ウィリアム・ホーナングが一八九九年発表の短篇集『二人で探偵を』で登場させた紳士泥棒ラッフルズが、その嚆矢《こうし》である。英米両国で並行して誕生した悪の人物像は、ミステリーにおけるアンチ・ヒーローの典型として定着し、以降さまざまな類型を生み出すことになったのだ。

こうしてミステリーには、法の秩序に頼らず自らの才覚一つで状況を切り拓いていく悪者タイプの主人公が多く存在するようになった。そうしたCon Artistの活躍する犯罪小説の一ジャンルとして、狭義のコン・ゲーム小説は出現してきたのである。先鞭をつけたのが、イギリスの作家ヘンリ・セシルだ。法曹家出身のセシルは、デビュー作『メルトン先生の犯罪学演習』（一九四八年／創元推理文庫）で、精神に異常を来たした法律学教授を代弁者として、法の網を破るためのありとあらゆる手段を披露してみせた。そうした法律演習作品の延長として書かれた一九五二年の『あの手この手』（ハヤカワ・ミステリ）は、ニコラスとベズルという二人の詐欺師が舌先三寸のでたらめを連発して純朴な人々を騙しまくるという、紛れもない〈信用詐欺〉小説である。ここを本格的なコン・ゲーム小説の出発点と見てもいいはずだ。アメリカでは、劇作家のパーシヴァル・ワイルドが一九二九年に『悪党どものお楽しみ』（国書刊行会）を発表している。これは、引退した賭博師の主人公がいかさま賭博師の手口を暴くという連作短篇集で、コン・ゲーム小説的な要素もあるが詐欺のみを扱ったものではないので、やはり元祖の地位は『あの手この手』に譲るべきである。

セシル以降では、ドナルド・E・ウェストレイクがダシール・ハメット・スタイルのハードな犯罪小説から転じて発表したユーモラスな犯罪小説『我輩はカモである』（一九六七年／ハヤカワ文庫）、バーナード・ショーの有名戯曲を本歌取りしたような筋書きが可笑しい『マイ・フェア・レディース』（トニー・ケンリック作／一九七六年／角川文庫）といった傑作が発表されている。だが、コン・ゲーム小説にミステリー・ジャンル内の市民権を与えた作品といえば、ジェフリー・アーチャーが一九七六年に発表した『百万ドルをとり返せ！』を措いて他にはない。アーチャー自身が詐欺被害にあった体験から着想を得たというこの作品は、金融詐欺の被害者四名が、各自の得意分野の知識を武器として喪った百万ドルを取り返そうとする物語である。目には目を、詐欺には詐欺をという自助努力の姿勢や、原題にもなっている〝Not a

Penny More, Not a Penny Less（一ペニーも多くなく、一ペニーも少なくなく）〟、すなわち自らの被害額以上は一切の報酬を受け取ろうとしない主人公の紳士的態度が特長で、犯罪を主題としていながら実に爽快な印象のある一作である。やや遅れて発表された歴史ミステリー『イングランド銀行をカモれ！』（スティーヴン・シェパード作／一九七九年／角川文庫）には犯罪者を主人公とする小説らしい悲愴感が漂っており、さらには暴力の要素もある。アーチャー作品にはそれがなく、むしろ犯罪をゲームとして愉しむような感覚が溢れていた。実に明朗なのである。ベストセラーとなったのもよく判る。

その後の経過を詳述している余裕はないが、カリブ海に浮かぶ小さな島を舞台に大仕事を企む詐欺師夫妻の物語『アイランド』（トマス・ペリー作／一九八七年／文春文庫）、贋《にせ》の珍獣を仕立ててテーマ・パークに人を呼ぼうとする小悪党の話『珍獣遊園地』（カール・ハイアセン作／一九九一年／角川文庫）など、アメリカの犯罪小説作家には、大掛かりなヤマを描いた詐欺小説を書いている者が多い。だが、舌先三寸で危地を切り抜けていくコン・ゲーム小説の興趣は、そうした大作よりもエリック・ガルシア『マッチスティック・メン』（二〇〇二年／ヴィレッジブックス）のような小品の方が味わいやすいはずである。『マッチスティック・メン』は酒場でカモを引っかける詐欺師のコンビを主人公にした小説で（日本でいえばデンスケ賭博師のようなものか）物悲しい味さえある。昔からのファンなら『ペーパー・ムーン』を思い出すはずだ。ボグダノヴィッチの映画じゃなくて、ジョー・デヴィッド・ブラウンの原作の方ね（ハヤカワ文庫）。

　海外作品の話題はこのくらいにして、国内作品に目を向けます。実を言えば、『紳士同盟』以前に本格的なコン・ゲーム小説の作例は乏しいのである。『日本ミステリー事典』（新潮社）の「コン・ゲーム小説」項目執筆者である権田萬治は、一九二九年に大下宇陀児が発表した骨董がらみの詐欺を描く短篇「金色の獏」（国書刊行会刊『烙印』所収）を国内におけるコン・ゲーム小説の嚆矢とされているが、私見では一九一八年の谷崎潤一郎「白昼鬼語」（集英社文庫『谷崎潤一郎犯罪小説集』所収）などにもその萌芽があるように思われる。

　戦後の長篇では江戸川乱歩『ぺてん師と空気男』（一九五九年／光文社文庫江戸川乱歩全集第二十二巻所収）という作例もあるが、これはハリー・アレン・スミスのプラクティカル・ジョーク集『いたずらの天才』（一九五三年／文春文庫）をタネ本としたもので、詐欺師の小説を企図した作品ではない。詐欺小説といえば高木彬光が一九六〇年に発表した『白昼の死角』（光文社文庫）という代表作もあるが、現実の金融犯罪事件を下敷きにしているだけに内容は切実で、コン・ゲーム小説らしい爽快さには欠ける。

星新一の第一長篇『気まぐれ指数』（一九六三年／新潮文庫）は詐欺行為だけを主題にした作品ではないが、作中で複数の犯罪が進行する背後で、真の首謀者というべき人物がある企みを実行に移し、関係者たちをはめようとする。血腥《ちなまぐさ》いところのない陽性のユーモアが楽しめる作品であり、先の〈うんちく〉で紹介した「作中作」の要素も備えている。また、梶山季之『夜の配当』（一九六九年／徳間文庫）は脱サラ後に怪しげな経営コンサルタントに転じた男の話で、堅気と犯罪者の境界領域にふてぶてしく居座る主人公像が印象的だ。コン・ゲーム小説と呼んで、ほぼ問題ない作品である。しかし、後続に与えた影響度ということになると、残念ながら『紳士同盟』には及ばない。

本書の単行本は一九八〇年に刊行されたが、その年の年末に「週刊文春」が開催するミステリー作品への人気投票〈ミステリー・ベスト一〇〉で、第十位に選ばれた。十位というとそれほど驚くべきことでもないように思われるかもしれないが、とんでもない。この企画が始まったのは一九七七年だったが、当初は海外・国内を併せて一つの順位で発表していた。年内に日本国内で読むことができたミステリー作品すべてを並列に評価した上での十位なのである。高評価であるということがわかる（ちなみに『百万ドルをとり返せ！』は一九七七年に森村誠一『野性の証明』と並んで三位にに選ばれた）。『紳士同盟』がどのように顕彰されたかは、ベスト一〇が発表された際に山口雅也（作家デビュー前で、ミステリー評論家として活躍していた）が寄せた、「日本では珍重すべき、そして、今後開拓すべきコン・ゲームの佳作」という評言からも読み取ることができる。

ところで井家上隆幸は、新潮文庫版の『紳士同盟ふたたび』解説で、本シリーズの魅力を「〈堅気〉と〈詐欺師〉の境界線をかなり平然と、というか軽やかに往復できる」主人公像の上に見出している。アーチャーの『百万ドルをとり返せ！』も四人のアマチュアが犯罪を企むという点に独創性があったが、スポーツ大国であるイギリスではアマチュアリズムがおおいに重視される傾向がある。日本にはそうした精神風土がなく、阿佐田哲也『麻雀放浪記』（角川文庫他）のように、大衆小説のヒーローの座には手練の技を発揮するプロが就くことを讃美する傾向がある。そこにアマチュアの主人公を投げこんだという点でも、『紳士同盟』は画期的だったわけです。

本書以降の状況に目を向けると、一九八三年に〈冒険小説の時代〉が到来した後は、大状況を描く国際謀略小説や活劇小説が流行し、『紳士同盟』のようにソフィスティケートされた作品は、残念ながらあまり書かれなかった（多島斗志之の一連の謀略小説は、それに匹敵する洗練度を持つと思うが）。

コン・ゲーム小説再興の契機となったのは、一九九六年に発表された真保裕一『奪取』（講談社文庫。第十回山本周五郎賞受賞作）ではないだろうか。これはコン・ゲーム小説ではなくて贋札製造を扱った作品なのだが、明らかに作者はコン・ゲーム小説的な「読者をアッといわせる」ための企みを持って小説を書いている。〈冒険小説の時代〉にデビューした逢坂剛は、もともと謎解き小説的などんでん返しを盛りこんだスリラーを多く書いていたが、『相棒に気をつけろ』（二〇〇一年／新潮文庫）『相棒に手を出すな』（二〇〇七年／新潮社）の連作でついにコン・ゲーム小説を書いている。九段下に怪しげな事務所を開いている本名もわからない怪しげな主人公が、やはり素性不明の女性と組んでさまざまな騙しの手口を披露するという連作ミステリーである。

詐欺師チームが活躍する作品としては、怪しげな霊能力者を中心としたチームの井上夢人『the TEAM』（二〇〇六年／集英社）、自称トラブル・コーディネーターの男女を主人公とした平安寿子『あなたにもできる悪いこと』（二〇〇六年／講談社）などがある。以前に比べ、連作ミステリー短篇が発表しやすい土壌ができたことが、こうした軽い作品が量産される背景にあるのかもしれない。あ、京極夏彦の時代ミステリー『巷説百物語』（一九九九年／角川文庫）も、人間心理の盲点を妖怪というギミックによって欺こうと企む小悪党の物語であるからコン・ゲームの一種ととらえることができますね。

最近の長篇作品の白眉は、垣根涼介『ワイルド・ソウル』（二〇〇三年／第六回大藪春彦賞・第二十五回吉川英治新人文学賞・第五十七回日本推理作家協会賞受賞／幻冬舎文庫）だろう。ブラジルに棄てられた移民の恨みを晴らすために日本にやって来た男が、日本政府を相手取って犯罪行為をくわだてるという話だが、流血沙汰を排した物語運びや読者に対する目配りなどは単なる活劇小説ではなくコン・ゲーム小説そのもの。このジャンルの新たな可能性を拓いた作品として評価すべきである。また、いわゆるノワールとコン・ゲーム小説の結合という、木に竹を接《つ》ぐような冒険に挑み成果を挙げた作品として小川勝己『この指とまれ』（二〇〇七年／実業之日本社）がある。直木賞作家・石田衣良は『赤・黒――池袋ウェストゲートパーク外伝』（二〇〇一年／徳間文庫他）や『波のうえの魔術師』（二〇〇一年／文春文庫他）でコン・ゲーム小説的なプロットを用いており、金融小説などで定評のある楡周平も『フェイク』（二〇〇四年／角川文庫）、『クレイジー・ボーイズ』（二〇〇七年／角川書店）などのコン・ゲームを意識した作品を書いている。

　これだけでもまだ一部。すべての書名を挙げていくだけでも長大な枚数を連ねることになってしまう。コン・ゲーム小説というジャンルは、二十一世紀に入った現在になって大輪の華をつけ、いよいよ栄えていこうとしている。『紳士同盟』こそがそのルーツと呼ばれるにふさわしい作品なのである。四半世紀以上が経過しても、少しも風化したところがない。現状を考えると、むしろ『紳士同盟』は、世に出るのが早すぎたというべき傑作である。未読の方はぜひ手にとって、このエッセンスを味わい尽くしてくださいな。

# 小林信彦著作リスト（小説篇）

日下三蔵・編

1 虚栄の市
64年1月25日 河出書房（河出ペイパーバック）
B6判 ビニールカバー 帯
76年4月10日 角川書店（角川文庫）
A6判 カバー 帯
※河出書房版は中原弓彦名義

2 汚れた土地
65年10月15日 講談社
B6判 函 ビニールカバー 帯
※中原弓彦名義

3 冬の神話
66年11月5日 講談社 B6判 カバー 帯
75年11月10日 角川書店（角川文庫）
A6判 カバー 帯

4 オヨヨ島の冒険
70年3月30日 朝日ソノラマ（サンヤングシリーズ22） B6判 函
74年9月30日 角川書店（角川文庫）
A6判 カバー 帯
92年12月3日 筑摩書房（ちくま文庫）
A6判 カバー 帯
96年11月25日 角川書店（角川文庫リバイバルコレクション） A6判 カバー 帯

5 ある晴れた午後に ↓ 監禁
［ある晴れた午後に／川からの声／日々の漂泊／監禁］
70年9月15日 新潮社 B6判 カバー 帯
75年12月25日 角川書店（角川文庫）
A6判 カバー 帯

6 怪人オヨヨ大統領
70年12月10日 朝日ソノラマ（サンヤングシリーズ28） B6判 カバー
74年10月30日 角川書店（角川文庫）

A6判　カバー　帯
93年3月24日　筑摩書房（ちくま文庫）
A6判　カバー　帯

7　大統領の密使
71年7月31日　早川書房　B6判
カバー　ビニールカバー　帯
74年10月30日　角川書店（角川文庫）
A6判　カバー　帯
93年9月22日　筑摩書房（ちくま文庫）
A6判　カバー　帯

8　大統領の晩餐
72年3月15日　早川書房　B6判
カバー　ビニールカバー　帯
74年10月30日　角川書店（角川文庫）
A6判　カバー　帯
94年1月24日　筑摩書房（ちくま文庫）
A6判　カバー　帯

9　オヨヨ島の冒険
〔オヨヨ島の冒険／怪人オヨヨ大統領〕
72年5月25日　晶文社　B6判
カバー　ビニールカバー　帯

10　合言葉はオヨヨ
73年2月10日　朝日新聞社
B6判　カバー　帯
74年11月30日　角川書店（角川文庫）
A6判　カバー　帯
94年4月21日　筑摩書房（ちくま文庫）
A6判　カバー　帯

11　秘密指令オヨヨ
73年6月30日　朝日新聞社
B6判　カバー　帯
74年12月20日　角川書店（角川文庫）
A6判　カバー　帯
94年8月24日　筑摩書房（ちくま文庫）
A6判　カバー　帯

12　オヨヨ城の秘密
74年3月30日　晶文社　B6判　カバー　帯
75年4月20日　角川書店（角川文庫）
A6判　カバー　帯
93年6月24日　筑摩書房（ちくま文庫）
A6判　カバー　帯

13　オヨヨ大統領の悪夢
75年8月5日　角川書店　B6判　カバー　帯
76年11月10日　角川書店（角川文庫）
A6判　カバー　帯

14　クネッケ博士のおかしな旅
76年3月　偕成社（絵本の絵本9）
A5判変形　カバー
※絵・小林泰彦、奥付に発行日の記載なし

15　家の旗
〔兩國橋／家の旗／決壊／丘の一族〕
77年3月25日　文藝春秋　B6判　カバー　帯

16　神野推理氏の華麗な冒険
77年9月25日　平凡社　B6判　カバー　帯
81年9月25日　新潮社（新潮文庫）
A6判　カバー　帯

17　唐獅子株式会社
〔唐獅子株式会社／唐獅子放送協会／唐獅子生活革命／唐獅子意識革命／雲をつかむ男／雲をつかむ男ふたたび／JELLIES〈ジェリーズ〉〕
78年4月1日　文藝春秋　B6判　カバー　帯

18　ドジリーヌ姫の優雅な冒険
78年7月25日　文藝春秋　B6判　カバー　帯
80年12月25日　文藝春秋（文春文庫）
A6判　カバー　帯

19　唐獅子惑星戦争《スターウォーズ》
〔唐獅子惑星戦争（唐獅子映画産業／唐獅子惑星戦争／唐獅子探偵群像）／甚助グラフィティ／横になった男／中年探偵団／衰亡記〕

78年11月15日　文藝春秋　Ｂ6判　カバー　帯

20
ビートルズの優しい夜
〔ビートルズの優しい夜／金魚鉢の囚人／踊る男／ラストワルツ〕
79年5月25日　新潮社　Ｂ6判　カバー　帯
82年6月25日　新潮社（新潮文庫）
Ａ6判　カバー　帯

21
唐獅子超人伝説《スーパーマン》
〔唐獅子超人伝説（唐獅子暗殺指令／唐獅子脱出作戦／唐獅子超人伝説）／わがモラトリアム／親子団欒図／おとなの時間／家の中の名探偵／鉄拐／消えた動機〕
79年6月30日　文藝春秋　Ｂ6判　カバー　帯

22
夢の街　その他の街
〔みずましの街／八月の視野／息をひそめて〕
79年9月30日　文藝春秋　Ｂ6判　カバー　帯

23
袋小路の休日
〔隅の老人／北の青年／根岸映画村／路面電車／自由業者／ホテル・ピカディリー／街〕
80年1月25日　中央公論社
Ｂ6判　カバー　帯
83年12月10日　中央公論社（中公文庫）
Ａ6判　カバー
04年11月10日　講談社（講談社文芸文庫）
Ａ6判　カバー　帯

24
紳士同盟
80年3月15日　新潮社　Ｂ6判　カバー　帯
83年1月25日　新潮社（新潮文庫）
Ａ6判　カバー　帯
08年6月　日　扶桑社（扶桑社文庫）
Ａ6判　カバー　帯
※本書

25
悪魔の下回り
81年2月1日　文藝春秋　Ｂ6判　カバー　帯
84年4月25日　新潮社（新潮文庫）

Ａ6判　カバー　帯

26　超人探偵
81年3月15日　新潮社　Ｂ6判　カバー　帯
84年1月25日　新潮社（新潮文庫）
Ａ6判　カバー　帯

27　唐獅子株式会社
〔唐獅子株式会社／唐獅子放送協会／唐獅子生活革命／唐獅子意識革命／唐獅子映画産業／唐獅子惑星戦争／唐獅子探偵群像／唐獅子暗殺指令／唐獅子脱出作戦／唐獅子超人伝説〕
81年3月25日　新潮社（新潮文庫）
Ａ6判　カバー　帯

28　中年探偵団
〔甚助グラフィティ／わがモラトリアム／親子団欒図／ＪＥＬＬＩＥＳ〈ジェリーズ〉／中年探偵団／鉄拐／おとなの時間／家の中の名探偵／雲をつかむ男／雲をつかむ男ふたたび〕
81年5月25日　文藝春秋（文春文庫）

Ａ6判　カバー　帯

29　サモアン・サマーの悪夢
81年9月10日　新潮社　Ｂ6判　カバー　帯
84年11月25日　新潮社（新潮文庫）
Ａ6判　カバー　帯

30　変人十二面相
81年11月30日　角川書店　Ｂ6判　カバー　帯
83年12月25日　角川書店（角川文庫）
Ａ6判　カバー　帯

31　唐獅子源氏物語
〔唐獅子選手争奪／唐獅子渋味闘争／唐獅子異人対策／唐獅子電撃隊員／唐獅子源氏物語／唐獅子紐育俗物／唐獅子料理革命〕
82年12月5日　新潮社　Ｂ6判　カバー　帯
86年2月25日　新潮社（新潮文庫）
Ａ6判　カバー　帯

32　ちはやふる奥の細道
83年6月25日　新潮社　B6判　カバー　帯
88年11月25日　新潮社（新潮文庫）
A6判　カバー　帯

33　夢の砦
83年10月20日　新潮社　B6判　カバー　帯
90年6月25日　新潮社（新潮文庫）
A6判　カバー　帯
※文庫版は上・下二分冊

34　発語訓練→素晴らしい日本野球
〔W・C・フラナガン　素晴らしい日本野球／W・C・フラナガン　素晴らしい日本文化／サモワール・メモワール／野球につれてって／翻訳・神話時代／到達／ハーレクイン・オールド／いちご色の鎮魂歌／嵐を呼ぶ昭和史・抄／発語訓練〕
84年5月5日　新潮社　B6判　カバー　帯
87年7月25日　新潮社（新潮文庫）
A6判　カバー　帯

35　紳士同盟ふたたび
84年9月15日　新潮社　B6判　カバー　帯
86年7月25日　新潮社（新潮文庫）
A6判　カバー　帯

36　ぼくたちの好きな戦争
86年5月25日　新潮社（純文学書下ろし作品）
B6判　函　帯
93年11月25日　新潮社（新潮文庫）
A6判　カバー　帯

37　極東セレナーデ　上・下
87年4月30日　朝日新聞社
B6判　カバー　帯
89年11月25日　新潮社（新潮文庫）
A6判　カバー　帯

38　悲しい色やねん
〔悲しい色やねん／みずすましの街／横になった男／消えた動機〕
87年12月20日　新潮社（新潮文庫）

A6判　カバー　帯

39　世間知らず　↓背中あわせのハートブレイク
88年5月20日　新潮社　B6判　カバー　帯
91年6月25日　新潮社（新潮文庫）
A6判　カバー　帯

40　裏表忠臣蔵
88年11月20日　新潮社　B6判　カバー　帯
92年11月25日　新潮社（新潮文庫）
A6判　カバー　帯
98年8月10日　文藝春秋（文春文庫）
A6判　カバー　帯

41　イエスタデイ・ワンス・モア
89年9月25日　新潮社　B6判　カバー　帯
94年10月1日　新潮社（新潮文庫）
A6判　カバー　帯

42　世界でいちばん熱い島
91年1月25日　新潮社（純文学書下ろし特別作品）　B6判　函　帯
95年7月1日　新潮社（新潮文庫）
A6判　カバー　帯

43　ハートブレイク・キッズ
91年4月25日　光文社　B6判　カバー　帯
94年4月25日　新潮社（新潮文庫）
A6判　カバー　帯

44　ミート・ザ・ビートルズ
↓イエスタデイ・ワンス・モアPart2　ミート・ザ・ビートルズ
91年9月15日　新潮社　B6判　カバー　帯
94年12月1日　新潮社（新潮文庫）
A6判　カバー　帯

45　ドリーム・ハウス
92年10月20日　新潮社　B6判　カバー　帯
96年10月1日　新潮社（新潮文庫）

A6判　カバー　帯

46　怪物がめざめる夜
93年9月20日　新潮社（純文学書下ろし特別作品）B6判　函　帯
97年3月1日　新潮社（新潮文庫）
A6判　カバー　帯

47　イーストサイド・ワルツ
94年3月10日　毎日新聞社
B6判　カバー　帯
95年11月1日　新潮社（新潮文庫）
A6判　カバー　帯

48　侵入者
94年9月10日　メタローグ（一時間文庫）
B6判　カバー　帯
04年12月10日　文藝春秋（文春文庫）
A6判　カバー　帯
※文庫版は「雲をつかむ男」「尾行」「話題を変えよう」「悲しい色やねん」「みずすましの街」の五篇を増補

49　ムーン・リヴァーの向こう側
95年9月30日　新潮社（純文学書下ろし特別作品）B6判　函　帯
98年9月1日　新潮社（新潮文庫）
A6判　カバー　帯

50　笑いごとじゃない
〔唐獅子料理革命／唐獅子異人対策／唐獅子源氏物語／〈降りられんと〉急行の殺人／ヨコハマ1958／W・C・フラナガン素晴らしい日本野球／W・C・フラナガン　素晴らしい日本文化／サモワール・メモワール／ハーレクイン・オールド／嵐を呼ぶ昭和史・抄／虚名戦争〕
95年12月10日　文藝春秋（文春文庫）
A6判　カバー　帯

51　家族漂流　東京・横浜二都物語
〔みずすましの街／息をひそめて／丘の一族／

家の旗〕
96年6月10日　文藝春秋（文春文庫）
A6判　カバー　帯

52
結婚恐怖
97年10月20日　新潮社　B6判　カバー　帯
01年1月1日　新潮社（新潮文庫）
A6判　カバー　帯

53
東京少年
05年10月30日　新潮社　B6判　カバー　帯

54
丘の一族　小林信彦自選作品集
〔丘の一族／家の旗／八月の視野／みずすまし
の街〕
05年11月10日　講談社（講談社文芸文庫）
A6判　カバー　帯

55
うらなり
06年6月25日　文藝春秋　B6判　カバー　帯

56
決壊
〔金魚鉢の囚人／決壊／息をひそめて／ビート
ルズの優しい夜／パーティー〕
06年10月10日　講談社（講談社文芸文庫）
A6判　カバー　帯

57
日本橋バビロン
07年9月15日　文藝春秋　B6判　カバー　帯

**小林信彦**

昭和7（1932）年、東京生まれ。昭和30年、早大英文科卒業。翻訳小説雑誌編集長ほかの職業を経て、作家になる。主な作品に「袋小路の休日」「唐獅子株式会社」「紳士同盟」「夢の砦」「ぼくたちの好きな戦争」「東京少年」「日本橋バビロン」があり、「うらなり」で第54回（平成18年）菊池寛賞受賞。時評、映画評も多数。「定本　日本の喜劇人」が主要作の一つ。

# 紳士同盟

発行日　2008年6月30日　第1刷

著　者　小林信彦
発行者　片桐松樹
発行所　株式会社 扶桑社
〒105-8070　東京都港区海岸1-15-1
TEL.(03)5403-8859（販売）　TEL.(03)5403-8870（編集）
http://www.fusosha.co.jp/

印刷・製本　文唱堂印刷株式会社
装丁・デザイン　峰岸　達
編集　吉田　淳

万一、乱丁落丁（本の頁の抜け落ちや順序の間違い）のある場合は
扶桑社販売宛にお送りください。送料は小社負担にてお取り替えいたします。


ISBN978-4-594-05703-9
Printed in Japan（検印省略）
定価はカバーに表示してあります。